MORIR DE MIEDO

LOS MISTERIOS DE LA DETECTIVE KAY HUNTER

RACHEL AMPHLETT

CAPÍTULO 1

Yvonne Richards aferró la hoja de papel entre sus manos, arrugándola con el puño.

La escritura había sido garabateada con prisa, deslizándose sobre las líneas azules que cruzaban la hoja.

—¿Tony? *Date prisa.*

—Voy tan rápido como puedo —dijo él entre dientes.

La respuesta le hizo brotar lágrimas mientras él se aclaraba la garganta.

—¿Cómo se llama la calle otra vez?

Ella levantó el pulgar del papel, notando que el calor de su piel había difuminado la tinta, y entrecerró los ojos para leer la letra.

—Innovation Way.

Levantó la hoja de papel de donde su mano había estado apoyada en su pierna y la miró de nuevo. La letra de Tony era espantosa en el mejor de los casos, pero ahora le costaba leerla; sus manos habían temblado cuando escuchó la voz del que llamaba.

—¿Este u Oeste?

—Oeste.

Él giró demasiado pronto, el coche llegó a un callejón sin salida en pocos metros. Pisó los frenos, ambos se tensaron contra sus cinturones de seguridad.

—¡No, no! ¡La siguiente!

—Dijiste que era esta.

—No, dije Oeste. Innovation Way *Oeste*.

Él maldijo entre dientes, puso el coche en marcha atrás y lo giró hacia la vía principal antes de doblar en el siguiente cruce.

—Lo siento.

—No, está bien. Está bien. Lo siento yo.

Dejó caer su mano en su regazo, aferrando la página por temor a perderla antes de que pudieran llegar a su destino, y ahogó un sollozo.

Una mano se extendió hacia la suya, y ella entrelazó sus dedos con los de él, buscando fuerza.

No encontró ninguna.

Las manos de él estaban tan húmedas como las suyas, y él aún temblaba.

—Las dos manos al volante, Tony —murmuró, y le apretó los dedos.

Tragó saliva mientras sus ojos recorrían la piel bronceada de él.

Incluso su pelo se había aclarado bajo el resplandor del sol italiano. Su propio cabello estaba encrespado por la humedad, su piel pálida en comparación, y había envidiado ese brillo saludable cuando bajaron del avión el viernes.

Antes de que llegaran a casa.

Antes de la llamada telefónica.

Él retiró la mano y aceleró el coche hacia una mini rotonda en la carretera.

Yvonne apartó la mirada de la dirección escrita en el papel y miró por la ventanilla del pasajero.

El polígono industrial nunca se había recuperado completamente de la recesión, con solo algunas pequeñas empresas subsistiendo en los márgenes exteriores de la zona. Las superestructuras de vidrio y hormigón de las empresas más grandes que habían bordeado el santuario interior del centro del polígono yacían inactivas, mientras las ventanas vacías miraban acusadoramente a las tranquilas carreteras que las rodeaban, y los descoloridos carteles de las inmobiliarias se agitaban tristemente contra las vallas de malla.

El paisajismo ornamental que había sido tan cuidadosamente atendido ahora se asemejaba a una mezcolanza de plantas tropicales mal colocadas luchando contra las malas hierbas comunes decididas a reclamar su territorio.

Yvonne se estremeció y apartó la mirada, luego gritó y se aferró al reposabrazos.

Tony corrigió el volante cuando el neumático trasero rozó el bordillo antes de salir de la rotonda, y luego exhaló.

Ella relajó su agarre y recuperó el papel del suelo, alisándolo sobre su rodilla.

—Lo siento.

—Está bien.

Nunca había sido un gran conductor, e Yvonne se dio cuenta de que probablemente nunca había conducido tan rápido en toda su vida. Ciertamente no en los casi veinte años que llevaban juntos.

Melanie ya les había informado que se estaba haciendo cargo de la organización de la fiesta de aniversario.

—Será genial —había dicho.

Yvonne parpadeó y se secó una lágrima.

—Todo saldrá bien —dijo Tony.

Ella no respondió y en su lugar se concentró en la carretera frente a ellos.

—¿Qué número?

—Treinta y cinco.

—¿Estás segura?

—Podría ser treinta y seis.

Tony maldijo entre dientes.

—Es treinta y cinco. Estoy segura.

El coche redujo la velocidad hasta casi detenerse, y ella escudriñó a través de la ventana.

—No veo ningún número.

—Sigue mirando.

Yvonne se protegió los ojos de la luz del sol que coronaba los edificios y se esforzó por encontrar una pista de su ubicación.

Aquí y allá, los chicos habían cubierto las paredes de los espacios industriales con latas de spray, etiquetas de grafitis familiares salpicaban las puertas y señales que advertían sobre cámaras de videovigilancia y guardias de seguridad con perros, que no se habían visto en el polígono durante más de dos años.

—Quince —gritó Tony.

Ella se giró para mirarlo, pero él estaba asomado por su ventana mientras mantenía el coche a un ritmo constante, sus nudillos estaban blancos mientras agarraba el volante.

Mientras los edificios abandonados pasaban, se le secó la boca mientras intentaba alejar los pensamientos de Melanie retenida dentro de los confines de uno de ellos.

Solo llevaba una fina camiseta sin mangas y vaqueros cuando Yvonne la vio por última vez hace cinco días.

Cinco días.

El teléfono había sonado tarde el viernes por la noche, cuatro horas después de que regresaran del aeropuerto. Tony había estado sentado en uno de los taburetes de la barra de la cocina, una botella de vino abierta a su lado, una copa de tinto entre sus dedos mientras hojeaba el periódico gratuito. Ella había dejado caer su bolso sobre la superficie y aceptado la segunda copa que él le había ofrecido.

—¿Dónde está Mel?

—Aún no ha llegado a casa.

Yvonne había mirado su reloj. —Más le vale darse prisa, o se quedará sin cena.

Tony había gruñido sin comprometerse y se había servido más vino. —Probablemente esté pasando el rato con esa chica Thomas.

—Ojalá no lo hiciera.

—Sí, pero dile eso y lo hará de todos modos.

Entonces el teléfono los había interrumpido, y sus vidas habían cambiado para siempre.

Ahora, Yvonne se inclinó hacia adelante en su asiento, apoyando la mano en el salpicadero mientras el coche pasaba lentamente junto a la siguiente valla cerrada con candado. —Es esa. Esa es.

Tony giró el coche hacia la acera y apagó el motor.

Ella escuchó su respiración, pesada en sus labios, y se preguntó si ella sonaría igual para él. No podía saberlo: su corazón latía tan fuerte que el sonido de su sangre rugía en sus oídos.

Él alcanzó la manija de la puerta.

—Espera. —Ella le agarró el brazo—. ¿Y si todavía está aquí?

Tony miró por encima del hombro. —Acabamos de dejar una bolsa con veinte mil libras a tres kilómetros de aquí —reprochó—. ¿De verdad crees que se va a quedar por aquí para darnos las gracias?

Yvonne frunció los labios y negó con la cabeza.

—Bien, entonces.

Se zafó de su mano, y ella lo observó mientras movía la

cabeza de lado a lado, como si se estuviera mentalizando, antes de colocar la mano contra la puerta del coche y abrirla.

Ella se lanzó fuera del coche tras él.

Cuando se acercaron a la valla, Tony agarró la cadena que pasaba por las aberturas del alambre.

Se deslizó fácilmente entre sus dedos.

—Está abierta —dijo Yvonne.

—Dijo que lo estaría.

Entonces pudo oírlo, el miedo arrastrándose a través de su voz, reemplazando el tono brusco y práctico que había intentado mantener desde que salieron de casa.

—¿Dijo dónde...?

—Sí. Sígueme.

Instintivamente, ella extendió la mano buscando la suya, y él la tomó entre sus dedos, la apretó, y luego se dirigió hacia el costado del edificio.

Ahora sabía cuán asustado estaba realmente. No podía recordar la última vez que se habían tomado de la mano. Últimamente, lo único que hacían era discutir y atacarse mutuamente por las cosas más insignificantes.

Melanie siempre había sido la niña de papá, e Yvonne luchó contra la oleada de celos que amenazaba con surgir.

Solo quería que volviera.

Ya.

Las ventanas del edificio reflejaban su imagen al pasar. Se había aplicado una película de privacidad de color oscuro, impidiéndole ver las habitaciones más allá.

Estiró el cuello, observando el monolito de concreto de tres pisos.

Cualquier señalización corporativa había sido retirada cuando los inquilinos habían desalojado las instalaciones, y las paredes que originalmente habían sido teñidas de un tono blanco hueso ahora se asemejaban más a un gris sucio. La suciedad y la mugre libraban una batalla pareja con los grafitis, y letreros descoloridos que mostraban zonas de evacuación y salidas de emergencia se aferraban a la superficie en algunos lugares, con las puertas tapiadas y poco acogedoras.

—¿Cómo vamos a entrar?

—Dijo que una de estas estaría abierta.

Efectivamente, hacia la parte trasera del edificio descubrieron una puerta de acero sólido. Aunque estaba cerrada, un candado descartado yacía sobre el asfalto picado del perímetro.

Tony alcanzó el pomo.

—Espera.

Él frunció el ceño. —¿Qué?

Ella tragó saliva. —¿No deberías cubrirte la mano? ¿En caso de que la policía quiera revisarla en busca de huellas dactilares?

—Quiero recuperar a mi hija —dijo, y giró el pomo.

Ella hizo una pausa mientras él cruzaba el umbral, luego tomó una respiración profunda y lo siguió. Compartía el miedo a los espacios cerrados de Melanie, y la bilis le subió a la garganta al imaginar el terror que sentiría su hija al ser retenida aquí.

Entrecerró los ojos cuando Tony sacó una linterna de su bolsillo y la encendió, el haz cegándola antes de que él lo bajara, la luz cayendo sobre muebles de oficina desechados. Se apartó y parpadeó mientras intentaba ajustar sus ojos a la penumbra más allá del haz de la linterna una vez más. El olor penetrante de excrementos de rata y humedad de un techo con goteras llenó sus sentidos, y contuvo las ganas de vomitar.

Tony ya había empezado a apresurarse hacia la puerta interior, y ella lo siguió a través de la oficina abandonada hacia un pasillo estrecho que recorría el edificio a lo largo.

Tony giró a la izquierda, iluminando con la linterna hacia adelante.

Al final del pasillo, un conjunto de puertas dobles bloqueaba su camino.

Ella se apoyó contra ellas y empujó.

Se abrieron suavemente, y ella exhaló un suspiro de alivio antes de que se le erizara la piel cuando la puerta se cerró con un siseo detrás de ellos. Se dio la vuelta, tocó la manija y empujó de nuevo, aterrorizada ante la idea de que no pudieran salir.

Se abrió con facilidad.

—Tiene un cierre automático —dijo Tony, y señaló hacia el marco superior—. Vamos. Date prisa.

Yvonne se mordió el labio inferior, pero lo siguió, abrazándose a sí misma. —¿Qué *era* este lugar?

—Aquí había una empresa de biociencias. ¿Recuerdas que los manifestantes siempre se reunían en el ayuntamiento?

La confusión la invadió, luego el temor. —¿El lugar de experimentación con animales?

Él no respondió, simplemente asintió e iluminó las paredes con la linterna.

La empresa europea de experimentación con animales se había instalado hace más de una década, a pesar de que se había entregado al ayuntamiento local una petición con varios miles de firmas pocas semanas después de la solicitud de planificación original.

Fregaderos de aluminio estaban atornillados a una pared, con azulejos blancos sucios por el abandono sobre cada uno. Unidades de estanterías salpicaban otra pared, los restos astillados de vidrio crujiendo bajo sus pies mientras avanzaban por la habitación.

Sus pasos resonaban en un suelo de baldosas con una

inclinación que Yvonne encontraba difícil de caminar con sus tacones.

—¿Qué le pasa al suelo? —Su voz tembló.

—Es un desagüe —dijo Tony, señalando la gran rejilla en el centro de la habitación—. Toda el agua se drenará hacia allí.

Recorrió la habitación, pasando las manos sobre las baldosas.

—¿Dónde está, Tony?

Yvonne se estremeció cuando su voz rebotó en los azulejos, antes de que el miedo se enroscara en sus entrañas y las apretara.

—Dijo que estaría aquí —comentó él. Continuó pasando las manos por los azulejos—. ¿Quizás haya una puerta oculta?

Yvonne contuvo la respiración.

—¿Oíste eso?

—¿Qué? —Se giró para mirarla—. ¿Qué?

—Shh —le instó, y levantó un dedo.

Melanie no era una niña grande; de hecho, era delgada para su edad, con hombros y caderas estrechos. Yvonne siempre se había maravillado de que su hija nunca se hubiera roto un hueso; parecía tan frágil, como si el más mínimo roce pudiera hacerla añicos.

—¿Tony? —Señaló la rejilla en el suelo de azulejos.

Su piel palideció mientras seguía su mirada, antes de caer de rodillas, sus dedos empujando a través de la rejilla—. No puedo ver nada.

Yvonne se agachó, entrelazó sus dedos alrededor de la rejilla y encontró su mirada.

—A la de tres.

La estructura de acero gimió bajo su tacto, y luego se

levantó un poco, con su borde derecho tentadoramente más alto que el izquierdo.

Tony acercó más los dedos y apretó su agarre.

—Ahora.

La rejilla se deslizó, exponiendo la oscura abertura.

—Hay una escalera —dijo Yvonne, y se inclinó más cerca.

Cuando él iluminó con la linterna las fauces abiertas del agujero, ella frunció el ceño, incapaz de comprender lo que estaba viendo.

Entonces Tony gritó, su angustia haciendo eco en las paredes del laboratorio.

CAPÍTULO 2

La mano de la Oficial de Policía Kay Hunter se disparó y agarró la manija en el costado de la puerta del coche mientras el Agente Ian Barnes aceleraba en una curva cerrada a la izquierda.

—La unidad uniformada lo informó hace veinte minutos —dijo él, mientras enderezaba el vehículo y aflojaba el pie del acelerador—. Somos los detectives más cercanos, así que adivina qué.

—¿Qué?

—Nuestro día acaba de irse a la mierda.

Kay reconoció la afirmación con un resoplido.

Más adelante, un coche sedán plateado y dos patrullas aparecieron a la vista, uno con las luces de emergencia aún parpadeando y la puerta del pasajero abierta.

—El patólogo ya está aquí —dijo ella, y agradeció en silencio a los primeros agentes de policía en la escena por estar tan organizados.

—Debe de haber sido un día tranquilo para él —comentó Barnes.

Mientras reducía la velocidad para acercarse a los coches estacionados, repasó los hechos conocidos.

—El padre hizo la llamada. La mujer del despacho informó que estaba casi histérico cuando habló con él. Al parecer, él y su esposa descubrieron a su hija de diecisiete años, Melanie, en un desagüe en uno de los edificios de aquí.

—¿Cómo llegó ella aquí?

—Fue secuestrada, hace cinco días.

Kay suspiró. —Maldita sea, ojalá nos lo hubieran dicho.

Barnes gruñó en respuesta.

A pesar de las amenazas que un secuestrador podía hacer, la práctica policial común significaba que muchos secuestros en el Reino Unido se resolvían con éxito, simplemente porque la policía trabajaba diligentemente entre bastidores y con un apagón total de los medios.

Kay aflojó su agarre en la puerta mientras su colega giraba el coche para detenerse detrás de uno de los vehículos de patrulla.

Salió del coche y se presentó a los dos agentes uniformados que estaban de pie junto a una pareja de unos cuarenta y tantos años, con una expresión de horror en sus rostros.

El mayor de los dos agentes uniformados dio un paso adelante. —Soy el sargento Davis. Fuimos los primeros en responder.

Ella se presentó y luego los guio a través del patio de hormigón del edificio hasta que estuvieron lejos de la pareja antes de hablar.

—Entiendo que han encontrado a su hija aquí.

Él asintió. —Fue secuestrada mientras estaban de vacaciones —dijo—. Pagaron el rescate hace una hora y les dijeron que vinieran aquí a buscar a su hija. Encontraron su cuerpo en el antiguo laboratorio de pruebas, en un desagüe.

Los ojos de Kay se posaron en el coche plateado. —¿Y llamaron al patólogo?

—Sí. Llegó diez minutos antes que ustedes. —Davis señaló con el pulgar por encima de su hombro—. Está allí ahora.

—¿No se pudo hacer nada para salvarla?

Sus ojos se nublaron y negó con la cabeza. —Es bastante malo. La chica está colgando del desagüe por el cuello. —Frunció el ceño—. Es difícil determinar por los padres qué podrían haber tocado. Definitivamente quitaron la tapa del desagüe para tratar de alcanzar a la chica. No hemos tocado nada allí, y la escena ha sido preservada. Tomamos las huellas dactilares de los padres para eliminarlas para los forenses.

—Buen trabajo, gracias. —Kay se volvió hacia el otro detective que se había acercado—. Bien, Ian —dijo—, tú habla con el marido. Yo tendré unas palabras con la esposa.

—De acuerdo. —Barnes asintió y se dirigió hacia la pareja.

Kay esperó un momento y luego se unió a él, dirigiéndose directamente hacia la mujer. —¿Yvonne Richards?

La mujer asintió.

—Soy la Oficial de Policía Kay Hunter. Lamento mucho lo de su hija, pero necesito hacerle algunas preguntas.

La mujer miró a su marido, que ya estaba conversando con Barnes. Él levantó la vista, asintió y volvió a dirigirse al otro detective.

Una lágrima rodó por su mejilla, pero parecía no darse cuenta, y Kay tuvo que contenerse para no limpiársela.

En su lugar, pasó la página de su cuaderno y continuó, manteniendo la voz calmada.

—Yvonne, cuando Tony hizo la llamada al triple nueve,

dijo que Melanie había sido secuestrada hace cinco días. ¿Por qué no llamaron a la policía entonces?

La mujer ahogó un sollozo y juntó las manos.

—No sabíamos que se había ido. Estábamos en Europa. Solo… solo volvimos el viernes, y fue entonces cuando él llamó. Dijo que la mataría si llamábamos a la policía. Dijo que primero la violaría y nos haría escuchar. —Se interrumpió y sus manos revolotearon hacia su boca—. Le arrebaté el teléfono a Tony y le supliqué al hombre que la dejara ir, pero dijo que no estábamos escuchando. Luego hizo que ella gritara.

Kay miró hacia donde Barnes estaba hablando con Tony Richards. Frunció el ceño y vio que tenía la mano en el brazo de Tony y parecía estar sosteniéndolo.

—Lo siento —dijo Kay, dirigiendo su mirada de vuelta a Yvonne—. Tengo que hacer estas preguntas.

La mujer agitó una mano. —Lo sé. Lo sé. Oh, Dios…

Sorbió ruidosamente, tomó el pañuelo de papel que Kay le entregó y se sonó la nariz.

Kay se tomó un momento y luego continuó.

—¿Tiene alguna idea de por qué se llevaron a Melanie?

Yvonne negó con la cabeza. —No somos ricos —logró decir—, a pesar de lo que pueda parecer para algunos. Tony no trabaja; mi negocio va bien, así que él se queda en casa. —Tragó saliva—. Es agradable para Mel tener a alguien allí cuando llega a casa de la escuela por las tardes.

—¿Qué dijo el secuestrador que quería?

—Veinte mil libras.

Kay mantuvo su rostro impasible y escribió la cifra en su cuaderno, colocando un signo de interrogación junto a ella.

—¿Qué plazo les dio?

—Hoy. —Yvonne frunció el ceño—. Fue muy preciso:

teníamos que dejarlo entre las seis y media y las siete de la mañana.

—¿Cómo le entregaron el dinero?

—Tuvimos que ponerlo en un sobre acolchado —dijo Yvonne—. Nos dijo que lo pusiéramos en el buzón de Channing Lane, la calle que corre detrás del parque industrial.

—¿En el buzón?

—Solo lo suficiente para que la punta aún sobresaliera. —Yvonne se estremeció—. Tony tuvo que hacerlo. Mis manos temblaban tanto que pensé que lo soltaría, y entonces, ¿qué habríamos hecho?

Kay se volvió hacia el oficial uniformado más cercano.

—Toma tu coche. Preserva la escena. Ya sabes qué hacer. Ve.

El hombre no dudó. Llamó a su colega y corrieron hacia su coche; las luces se encendieron un segundo antes de que la sirena aullara, y se alejaron de la acera.

Kay los vio marcharse y luego se volvió hacia Yvonne. —¿Qué pasó después?

—Nos fuimos en coche, como nos dijo. Tuvimos que aparcar en el estacionamiento junto a la biblioteca en Allington. Nos llamó, dijo que tenía el dinero y nos dio la dirección de dónde podíamos encontrar a Mel. Nos dijo que nos apresuráramos, porque el tiempo se acababa.

El rugido de un motor los interrumpió, y Kay se giró para ver una furgoneta oscura frenando junto al coche de policía sin distintivos antes de que su conductor la pusiera en reversa y se detuviera junto a las puertas abiertas de las instalaciones de biociencias.

La conductora salió del vehículo y se dirigió hacia un lado del edificio.

Un hombre con mono de trabajo salió de las instalaciones

y se unió a ella antes de que comenzaran a conversar en voz baja.

—¿Quién es esa?

La voz de Yvonne tenía un temblor.

—La jefa del equipo de investigación de la escena del crimen —dijo Kay. Guio a Yvonne lejos del edificio y se giró para que la mujer diera la espalda a las dos figuras.

Al poco tiempo, el lateral de la furgoneta se abrió y el equipo se reunió, sus acciones rápidas y bien ensayadas.

La cabeza de Kay giró bruscamente al oír un grito de Barnes.

—¡Llama a una ambulancia!

Sus ojos se abrieron de par en par al ver a Tony Richards desplomarse en el suelo, antes de que Barnes le agarrara del brazo para amortiguar su caída y le ayudara a sentarse.

Kay no dudó. Marcó el triple nueve en su teléfono móvil y recitó rápidamente los detalles a la sala de control mientras corría hacia el hombre caído, con los pasos de Yvonne cerca detrás.

Llegaron a Tony al mismo tiempo.

—¿Qué pasó?

Barnes se agachó junto al hombre, le agarró la muñeca y presionó su dedo índice contra la fina piel. —Dolores en el pecho.

—Oh, Dios mío… Tony.

Yvonne Richards se dejó caer al suelo junto a su marido, cuyo rostro había palidecido, y le agarró la otra mano.

Un gruñido salió de sus labios y sus ojos se cerraron un momento antes de desplomarse hacia un lado.

Kay se acercó y le arrancó la camisa, esparciendo los botones por el suelo, antes de cerrar su mano en un puño y golpear fuertemente el pecho del hombre una vez.

Barnes se inclinó, enderezó suavemente la cabeza del hombre, la sujetó entre sus manos y asintió a Kay.

Ella comenzó las compresiones, una mano colocada sobre la otra a través de las costillas de Tony.

El sudor brotó entre sus omóplatos, pero el hombre permaneció sin responder después de varios minutos.

—¿Oficial? ¿Quieres que te releve?

—Estoy bien —dijo ella.

Maldijo para sus adentros.

Tony Richards no parecía un hombre enfermo, pero no se podía saber qué efecto podía tener el shock en una persona.

Ahora mismo, tenía que mantener la calma. No podía dejar que la esposa del hombre la viera entrar en pánico, no con todo lo que ya estaba pasando.

—Oficial, yo me encargo.

Barnes la apartó con un empujón, y ella se echó hacia atrás sobre sus talones, agradecida por el respiro.

Tony emitió un jadeo y sus ojos se abrieron ligeramente.

—¡Tony!

Yvonne Richards empujó a Barnes a un lado y rodeó con sus brazos el pecho de su marido.

—Señora Richards, por favor —dijo Barnes. La apartó suavemente—. Déjele respirar.

El sonido de las sirenas que se acercaban llegó con el viento, y Kay se enderezó cuando la ambulancia dobló la esquina.

Se apresuró a recibirla, señalando la ruta de acceso que debían tomar para llegar a su paciente, y esperó mientras se ponían apresuradamente monos, guantes y cubre zapatos de plástico sobre sus uniformes para evitar contaminar la escena.

Siguió el camino que tomaron con la camilla, el traqueteo y el estrépito de las ruedas sobre la superficie agrietada del hormigón le ponían los nervios de punta.

Se mantuvo cerca mientras evaluaban los signos vitales de Tony, sus voces calmadas mientras trabajaban. El mayor de los dos se puso de pie y le hizo un gesto para que se apartara con él, fuera del alcance del oído de Yvonne.

—Vamos a tener que llevárnoslo —dijo—. Lo han hecho bien, pero necesitamos llevarlo al hospital ahora. Es demasiado arriesgado esperar.

—¿Les informaron de camino de lo que ha pasado aquí? —Kay arqueó una ceja.

El paramédico asintió. —Informaremos al hospital cuando lleguemos allí y pediremos que los mantengan informados.

Kay le entregó una de sus tarjetas de visita. —Gracias. Vayan.

Él asintió, y en cuestión de minutos habían subido a Tony a la camilla y lo llevaron hacia la parte trasera de la ambulancia.

Kay se apresuró hacia Yvonne Richards, que estaba siendo consolada por uno de los oficiales de policía, con la mano sobre su boca y los ojos abiertos mientras veía cómo se llevaban a su marido en camilla.

La mujer miró por encima de su hombro hacia el edificio industrial donde se había encontrado el cuerpo de su hija, y luego de vuelta a la ambulancia.

Kay dio un paso adelante y puso su mano en el brazo de la mujer.

—Vaya con su marido. Yo me quedaré con su hija.

Los ojos de la mujer se encontraron con los suyos, la confusión cruzando su rostro, y Kay vio entonces que era la decisión correcta. La mujer necesitaba ir al hospital de todos modos, antes de que el shock se instalara y ella también sufriera algún tipo de condición médica.

—Vaya con este hombre —reiteró—. Él la llevará al hospital con su marido.

Uno de los paramédicos asintió y guio a la mujer hacia la ambulancia que esperaba, sus luces azules parpadeando sobre la pared de las instalaciones de biociencias.

Yvonne apretó los dedos de Kay antes de que estuviera fuera de alcance.

—Gracias —susurró, y luego se apresuró a través de las puertas traseras de la ambulancia para estar con su marido.

Kay cerró su libreta de golpe y la metió en su bolso, luego se quitó una goma elástica de la muñeca y se ató el cabello rubio que le llegaba a los hombros.

—Muy bien, cabrón —murmuró—. Veamos qué le hiciste.

CAPÍTULO 3

Kay dejó su bolso en el suelo junto al agente de policía uniformado que custodiaba la puerta y firmó la hoja de asistencia que este le entregó en un portapapeles de colores brillantes.

Rompió el sello de los cubre zapatos y el mono nuevos que le entregó uno de los técnicos de la policía científica y se apartó un mechón de pelo antes de ponerse la capucha.

—A la izquierda por el pasillo —dijo el agente de policía. Señaló—. A través de la puerta del fondo.

—Gracias.

Se puso los guantes y pisó el plástico que cubría el suelo de baldosas. Sus pasos crujieron sobre la pasarela temporal que se había colocado para preservar la escena y resonaron con un ruido sordo en las paredes del pasillo.

A pesar del murmullo de voces que emanaba de las puertas dobles abiertas al final del pasillo, un escalofrío involuntario le recorrió los hombros.

Por fuera, el edificio se parecía a muchas de las otras estructuras abandonadas de cristal y hormigón del desgastado polígono industrial. Otrora el pináculo de los complejos empresariales de aspecto moderno, ahora la carcasa exterior desgastada y gastada parecía anticuada y desolada.

En el interior, la historia del negocio se aferraba a las paredes.

Kay apartó la mirada de los diversos carteles de seguridad envejecidos e intentó no pensar en los experimentos que podrían haberse llevado a cabo entre esas paredes.

Llegó a las puertas dobles al final del pasillo, ambas ahora atrancadas para permitir un mejor acceso al equipo de investigación de la escena del crimen.

Se detuvo en el umbral, sus ojos recorriendo la escena que tenía ante sí.

Baldosas de color pálido veteadas de suciedad cubrían las paredes de suelo a techo, con un efecto general de confinamiento. Ninguna otra puerta salía de la habitación. Había una entrada y una salida.

Se habían retirado las tuberías del espacio sobre los lavabos que bordeaban la pared, y las juntas cubiertas con cinta sobresalían de los huecos.

Un aroma cobrizo flotaba en el aire, junto con el inconfundible hedor de orina y heces, y arrugó la nariz ante el olor.

Se habían instalado dos focos sobre trípodes, con las patas sobre más láminas de plástico.

Lucas Anderson, el patólogo forense, estaba agachado junto a un gran desagüe abierto en el centro de la habitación con dos de sus colegas, señalando diferentes detalles y dándoles instrucciones. Una investigadora de la escena del crimen recorría la habitación, el flash de su cámara iluminaba aún más el espacio con estallidos de luz.

Se movió, se puso a un lado del desagüe, lejos de la luz

que proporcionaba a Lucas y su equipo una visión clara de su área de trabajo, sus manos enguantadas sostenían la cámara. Levantó la vista a la llegada de Kay y le hizo un gesto.

—Adelante —dijo.

Lucas se volvió. —Buenos días, oficial Hunter.

—Hola, Lucas —saludó con la cabeza a la investigadora—. Gracias, Harriet.

Kay mantuvo una amplia distancia mientras caminaba por el perímetro de la habitación para unirse a Lucas. Solo cuando estuvo a su lado se asomó al agujero.

Sabía que era mejor no hacer preguntas en este momento. Lucas y Harriet le dirían lo que sabían, cuando lo supieran, y nunca se aventurarían a adivinar.

Los peldaños de una escalera fueron lo primero que notó, luego en el cuarto peldaño vio una cuerda anudada alrededor de su longitud, el extremo tenso, desapareciendo en la oscuridad.

Los extremos cortados de una cuerda más fina estaban enredados a ambos lados del peldaño superior, una mancha de sangre cubría uno de ellos.

El patólogo terminó de hablar con sus dos asistentes y se enderezó. —Vamos a estar aquí durante un buen rato —dijo—. Ha sido estrangulada con el nudo atado a la escalera. En algún momento, sus manos estuvieron atadas por encima de su cabeza a los lados del tercer peldaño de la escalera. Pudo apoyar los pies en los peldaños inferiores hasta hace poco.

Kay frunció el ceño. —¿Hasta hace poco?

El patólogo asintió y señaló los objetos dispuestos junto al agujero. —Parece que quien le hizo esto hizo un esfuerzo consciente por aumentar su terror —dijo, con los ojos grises encendidos—. Esa botella de aceite de motor está conectada al tubo de plástico, que luego se ha introducido por el agujero para que gotee sobre los peldaños de la escalera.

—¿Perdió el equilibrio? —Kay dio un paso adelante.

—Finalmente —dijo Harriet—. Le ató el nudo alrededor del cuello, le aseguró las manos al pecho y dejó que el aceite hiciera el resto.

Kay se inclinó más cerca. —¿Eso es… es eso una *cámara* ahí abajo?

—Sí —Harriet se agachó y le hizo un gesto para que se uniera a ella—. Es uno de esos modelos pequeños que usan los ciclistas de montaña y similares. Ligera.

—Entonces, ¿la estaba filmando?

Harriet asintió. —La luz de grabación no está encendida, así que probablemente se opera a distancia. Haré que el equipo técnico se ocupe de ello lo antes posible.

—¿Cómo la vería, por ordenador? Obviamente no planeaba volver aquí a recogerla.

—O a través de una aplicación de teléfono móvil, sí.

Kay exhaló y se quedó de pie con las manos a la espalda mientras miraba por el agujero, manteniendo su peso en el pie trasero.

El pálido cuello de la chica colgaba en un ángulo imposible, su rostro oculto por una maraña de cabello cobrizo.

Kay tragó saliva y resistió el impulso de pasarse un dedo enguantado por el cuello. —¿Cuánto tardó?

—Te lo haremos saber, pero quizás pregunta a los padres a qué hora les dieron la ubicación y cuánto tardaron en llegar aquí, eso ayudará.

—Lo haré.

Se volvieron al oír pasos apresurados, y Lucas frunció el ceño.

—Quien sea más vale que se quede en ese maldito camino —dijo.

Barnes apareció en la puerta, con el mono retorcido por

habérselo puesto apresuradamente. Levantó su teléfono móvil con la mano enguantada.

—Acabo de recibir una llamada del hospital, oficial. Tony Richards no lo logró. Murió al llegar.

CAPÍTULO 4

Kay atravesó a grandes zancadas el aparcamiento hacia la puerta trasera de la comisaría.

Barnes pasó su tarjeta de seguridad por un panel fijado a la pared, luego mantuvo la puerta entreabierta para ella antes de guiarla por el edificio y subir un corto tramo de escaleras a lo largo de un pasillo con baldosas de moqueta hasta una oficina de planta abierta.

Ya se había apoderado una sensación de urgencia del área más cercana a su escritorio, donde el resto del equipo se estaba organizando, con una atmósfera tensa.

Vio al Inspector Devon Sharp caminando hacia ella.

Mayor que ella por cinco años, era exmilitar y caminaba con la postura erguida de un hombre entrenado en un campo de desfile.

Había traído consigo un enfoque sólido y sin tonterías a su trabajo que Kay había reconocido de inmediato al unirse a las filas de la comisaría de la ciudad.

—¿En qué sala estamos?

—En la Invicta —dijo él—, pero antes de empezar, una palabra en mi oficina, si no te importa.

Kay le indicó a Barnes que continuara sin ella, y luego siguió a Sharp hasta una pequeña oficina en forma de caja situada contra la pared del fondo de la sala principal.

Mientras pasaba por los grupos de escritorios que componían el espacio de los detectives, sus ojos recorrieron las pilas de papeleo que yacían sobre las superficies, todos casos activos en proceso de ser trabajados y resueltos. Cerca de la oficina de Sharp, dos agentes de policía de mayor rango discutían sobre un resultado reciente de fútbol, sus voces elevándose a medida que la discusión de buen humor progresaba.

Cerró la puerta tras ella al entrar en la oficina, cortando las voces a mitad de comentario, y tomó el asiento frente al escritorio de Sharp.

Él esperó hasta que ella se hubiera acomodado, y luego se inclinó hacia adelante, con las manos entrelazadas.

—Buen trabajo en la escena. Supongo que Lucas y Harriet siguen allí.

Ella asintió. —Y estarán allí por un buen rato más. — Continuó explicando lo que había sucedido, y cómo había entregado la escena a la investigadora de la escena del crimen cuando esta había llegado.

Sharp gruñó. —Harriet es una buena investigadora de la escena del crimen —concordó—. ¿Qué pasó con el padre, Tony?

—Se desplomó durante el interrogatorio. Realizamos RCP en el lugar, y respondió a eso, luego llegó la ambulancia. Yvonne, su esposa, fue con él. Estábamos donde se encontró el cuerpo de Melanie, con Lucas y Harriet, cuando el Agente Barnes recibió una llamada de los uniformados que acompañaron a Yvonne diciendo que Tony murió al llegar.

—Cristo, qué desastre. —Sharp se pasó una mano por su cabello castaño corto—. ¿Qué hay de Yvonne Richards?

—Aún no hemos tenido noticias del hospital. De nuevo, los uniformados informaron que los médicos insistieron en mantenerla en observación. El Oficial de Enlace Familiar llegó allí hace media hora. Barnes dio sus datos como primer punto de contacto para cualquier noticia.

—De acuerdo. Mantenme informado si sabes algo. Obviamente, necesitamos entrevistar a la madre de nuevo lo antes posible, pero lo haremos según las circunstancias.

—¿Quién está en el equipo?

Sharp se reclinó en su silla. —Usted, Barnes y Carys Miles; ella no ha trabajado en un caso como este antes, pero es una trabajadora incansable, y creo que será un activo.

—De acuerdo.

—También conseguiremos un par de uniformados para que actúen como oficial de pruebas y proporcionen asistencia administrativa general.

—Bien.

Dos uniformados procesando el lado administrativo de la investigación liberaría a los detectives para perseguir tareas más urgentes.

—Hay una cosa más —dijo Sharp, con los ojos cautelosos.

Ella lo miró a través de su flequillo. —¿Jefe?

—El Inspector Jefe Angus Larch va a seguir este caso de cerca. Órdenes de arriba. Lo siento. —Hizo un gesto hacia el papeleo que cubría su escritorio—. Están anticipando cómo van a reaccionar los medios cuando se enteren de este caso, así que quieren que se monitoree desde el principio.

Ella maldijo por lo bajo, y él levantó una ceja.

—¿Va a ser eso un problema, Hunter?

—No, jefe. No para mí.

Su boca se torció. —Vamos, entonces.

CAPÍTULO 5

Kay regresó a su escritorio, cogió su cuaderno, botella de agua y un bolígrafo de repuesto, y se dirigió fuera de la habitación, por el pasillo, hasta el espacio de reuniones que ahora había sido designado como sala de incidentes críticos.

Los expertos en informática habían renovado las salas de reuniones hacía unos años, asegurándose de que en todo momento hubiera suficientes tomas de teléfono, conexiones a internet y regletas de enchufes para respaldar una investigación importante.

Ian Barnes y Carys Miles ya se habían instalado en dos escritorios que habían juntado, mientras que un joven agente de policía, Gavin Piper, se inclinaba sobre una mesa y conectaba ordenadores que pronto enlazarían al equipo con la base de datos del Sistema de Investigación de Grandes Casos del Ministerio del Interior.

Carys se había unido al equipo hacía seis meses, trasladándose desde la policía de Thames Valley, y parecía estar adaptándose bien. Estaba a finales de sus veinte, su cabello castaño oscuro enmarcaba un rostro en forma de corazón con ojos verdes que podían taladrar al sospechoso más empedernido, y Kay sentía que la mujer tenía una carrera prometedora por delante.

No había trabajado antes con Piper, pero Barnes sí, y sabía que el joven agente estaba ansioso por aprobar sus exámenes y convertirse en detective. Los mechones rubios en su cabello castaño claro sugerían un tipo amante de la vida al aire libre, y Kay supuso que sería alguien de confianza si necesitaba a alguien en quien apoyarse. El agente de policía de hombros anchos ya había llamado la atención entre los miembros más jóvenes del equipo administrativo desde que se unió a la ajetreada comisaría, pero mantenía su vida personal en privado y parecía ajeno a la atención.

Kay esperó un momento en la puerta, la emoción de una nueva investigación atemperada por el pensamiento de que le debía a la madre de Melanie descubrir quién había sido responsable de su muerte, y la de Tony Richards.

Las próximas horas serían críticas, y sabía que el Inspector Jefe Larch presionaría al equipo para obtener un resultado, y rápido.

Giró la cabeza al oír pasos detrás de ella, y luego se hizo a un lado para dejar pasar a Sharp.

—¿Cómo vamos?

—Estamos listos.

Colocó su botella de agua, cuaderno y bolígrafo en un escritorio cerca de la puerta, y se dirigió a la pizarra blanca que la otra agente, Debbie West, había alejado de la pared.

—Buenos días, oficial —dijo, mientras Kay se acercaba.

—Buenos días. Por favor, llámame Kay. ¿Tienes todo lo que necesitamos?

—Sí. Administración trajo un montón de material de oficina aquí hace media hora —dijo Debbie, apartándose el pelo de los ojos—. He llamado a IT para ver si podemos conseguir una impresora extra.

—Buen trabajo.

Rotuladores de colores descansaban en el estante bajo la pizarra, junto con un borrador.

Kay arrojó el borrador sobre una mesa de trabajo que recorría la longitud de la sala de reuniones. Nada sería borrado, no hasta que el caso estuviera cerrado.

Era solo una de las reglas por las que se regía, inculcada en ella por Sharp.

Kay mantuvo lo que esperaba fuera una expresión neutral en su rostro cuando el Inspector Jefe Larch entró en la habitación.

Era la primera vez que estaba cerca de él desde que el comité de Estándares Profesionales había descartado cualquier acción en su contra, y no estaba segura de cómo se comportaría.

Sus ojos se posaron sobre ella, y su mandíbula se tensó antes de girarse y examinar al resto del equipo reunido alrededor de la pizarra. Se acercó a un escritorio cerca de la puerta, empujó algunos papeles a un lado y se acomodó allí, con los tobillos cruzados y los brazos casualmente cruzados sobre el pecho.

Kay exhaló, luego parpadeó y desapretó los puños.

Aunque el asunto se había cerrado hacía casi cuatro semanas, la desconfianza que él había mantenido hacia ella aún dolía. Al igual que el efecto de los rumores que habían circulado por la comisaría durante ese tiempo. Por supuesto, hubo quienes vieron su situación como una excusa para sacar los cuchillos.

Ciertamente había descubierto en quién podía confiar y quién apoyaría sus afirmaciones de inocencia después de todo el fiasco.

—Concéntrate —murmuró para sí misma.

———

—Antes de desmayarse, Tony Richards declaró que el secuestrador les había advertido que no fueran a la policía, o de lo contrario le haría daño a Melanie —dijo Barnes—. Durante la segunda llamada telefónica que recibieron después de que Melanie fuera secuestrada, ella gritó; Tony dijo que no era el grito de alguien asustado. Estaba herida.

—Lucas informó que el dedo meñique de su mano derecha había sido cortado —dijo Kay—. Parece que el sospechoso usó un cuchillo, pero no fue un trabajo limpio. Tendrá más detalles después de la autopsia.

La habitación quedó en silencio por un momento.

—Bastardo —murmuró uno de los agentes uniformados.

—En efecto —dijo Sharp—. Bien. ¿Pensamientos inmediatos?

—No hay informes de nada parecido ocurriendo localmente antes —dijo Carys—. Estamos esperando noticias sobre casos nacionales.

—¿Tal vez una banda nueva en la zona? —sugirió Barnes—. ¿Intentando causar impacto?

Sharp se volvió hacia la pizarra y habló por encima del hombro mientras escribía. —Quienquiera que sea estará entrando en pánico, especialmente con la muerte del padre también.

—Veinte mil libras no es mucho dinero, jefe —dijo Kay.

Algunas cabezas giraron para mirarla, pero ella mantuvo sus ojos en la pizarra.

—Continúa —dijo Sharp.

—Bueno, las investigaciones iniciales indican que el negocio de Yvonne Richards va bien. Viven en una casa bonita, y pudieron reunir el dinero relativamente rápido sin alertar a nadie. Seguramente, si el secuestrador los estuviera observando durante un tiempo para determinar una rutina, ¿no se habría dado cuenta de que tenían dinero y habría pedido más?

Sharp asintió y escribió su sugerencia en la pizarra antes de dibujar un signo de interrogación junto a ella. —Buen punto. ¿Alguien más?

La habitación quedó en silencio.

—Bien —continuó—. Estamos en las primeras etapas. Va a haber mucha información llegando. Basándonos en lo que tenemos, quiero dos líneas de investigación separadas hasta que una quede descartada. Oficial Hunter, quiero que lideres el ángulo de ganancia no monetaria: averigua si es personal, en lugar de oportunista. Cualquier deuda pendiente, amenazas a la familia, rencores contra ellos con respecto al negocio. Carys, tú liderarás el ángulo monetario, y mantendrás a Kay informada de todo lo que encuentres. Quiero a todos de vuelta aquí a las seis en punto diariamente para una actualización completa, y nos reuniremos a las ocho en punto cada mañana. ¿Alguna pregunta?

La habitación permaneció en silencio.

Sharp miró su reloj y luego se volvió hacia el Inspector Jefe Larch. —¿Algo que quiera añadir?

—Gracias, Sharp —dijo Larch y dio un paso adelante, con voz serena—. Un asesinato de cualquier tipo es una tragedia. Sin embargo, cuando involucra a una niña, y el efecto de ese asesinato resulta en la muerte de su padre… Este tiene que ser uno de los casos más horribles que he visto.

El Inspector Jefe dirigió su atención a Sharp. —Haré algunas llamadas; veré qué puedo hacer para conseguirle más recursos.

—Gracias. —Sharp arrojó el marcador del pizarrón sobre un escritorio junto a donde estaba parado—. Bien, todos. Vayan a hacer las llamadas necesarias a sus familias, háganles saber que no los van a ver mucho durante un tiempo. Nos esperan largas horas de trabajo.

CAPÍTULO 6

—¿Qué has averiguado sobre el edificio donde se encontró el cuerpo de Melanie?

Kay dio un sorbo a su café y miró fijamente el mapa aéreo clavado en la pared con el polígono industrial en el centro, luego se giró y se enfrentó al equipo.

—Hasta hace dos años, había una empresa de biociencias instalada allí. —Carys hojeó unos papeles en su escritorio—. Aunque tenían licencia para realizar pruebas con animales con el fin de evaluar la toxicidad de un nuevo medicamento, también tenían tratos con la industria cosmética: productos de maquillaje de gama alta, champús, cosas así.

—¿Ha estado abandonado desde que se fueron?

La agente asintió y levantó una página.

—Cerraron doce meses antes de que su sede central en Alemania emitiera un comunicado de prensa diciendo que entraban en administración voluntaria. Según los registros en línea, parece que el negocio de cosméticos estaba sosteniendo la mitad de las biociencias. Después de la crisis financiera global, nunca se recuperaron realmente: la gente dejó de comprar productos de gama alta, descubrió buenas alternativas baratas y nunca volvió. —Tiró la página a un lado—. El edificio nunca se volvió a alquilar.

—¿Qué hay de las patrullas de seguridad?

—Hablé con la agencia que alquila los edificios en el polígono. Al parecer, después de que el último inquilino se fuera, el propietario decidió cancelar las patrullas. Demasiado caro, dado que no podía traspasar una parte de los costos a un nuevo inquilino.

—¿Te dieron una lista de las personas con llaves de la propiedad?

—Estoy trabajando en ello ahora.

Kay se volvió hacia el joven agente.

—Gavin, ¿cómo vas progresando con la obtención de las grabaciones de las cámaras de seguridad?

—Es irregular, oficial. Muchas de las cámaras han sido vandalizadas a lo largo de los años, y supongo que como no hay inquilinos en los edificios, las cámaras no han sido reemplazadas.

—Entendido. Haz lo que puedas para conseguirlas, y vamos a estar trabajando juntos por un tiempo, así que ¿por qué no me llamas Kay mientras estemos aquí? Dejaremos las formalidades fuera de esta habitación.

Él asintió en respuesta.

—¿Cuál fue el resultado de la búsqueda en el lugar de entrega del dinero? —Su mirada recorrió la habitación y se detuvo en Barnes cuando este levantó la mano.

—¿Ian?

—Forense tomó las huellas dactilares que pudo del buzón. Dijeron que la superficie cerca de la ranura de correo había sido rociada con lejía.

—Maldición —Suspiró—. Avísame si encuentran algo que podamos usar. Cuanto antes podamos confirmar los resultados forenses de ambas escenas del crimen, aunque sea información fragmentada hasta que tengan el panorama completo, quiero saberlo.

—Sí, oficial.

—Bien. Cronología del secuestro. —Se volvió hacia la pizarra y cogió uno de los rotuladores. Dibujó una línea en la parte superior y marcó cinco secciones—. Melanie fue secuestrada el martes —dijo, escribiendo en el primer recuadro de la izquierda—. Sus padres no regresaron de vacaciones hasta tres días después. —Marcó una "x" en el recuadro del medio—. Esa noche recibieron una llamada del secuestrador dándoles instrucciones. —Garabateó en el último recuadro y tapó el rotulador antes de enfrentarse de nuevo a su equipo—. Treinta y seis horas después, Melanie estaba muerta.

Fue recibida con silencio mientras todas las miradas caían en el lado derecho de la pizarra. Abrió su cuaderno y repasó la breve entrevista que había tenido con Yvonne en la escena del crimen.

—¿A qué hora del viernes por la noche dijo Tony Richards que recibieron la primera llamada, Ian?

Barnes se aclaró la garganta.

—A las siete en punto. Su taxi los dejó en casa esa tarde, y estaban a punto de empezar a preparar la cena. Tony dijo que esperaban que Melanie apareciera en cualquier momento; ella sabía que volverían de vacaciones, y habían acordado tener una cena familiar a las ocho en punto.

—¿Así que Melanie le contó la rutina a su secuestrador? —dijo Gavin.

—O estaba vigilando la casa —dijo Kay. Hizo un gesto a Barnes—. Continúa.

—El móvil de Tony sonó, él contestó, y el secuestrador preguntó si él e Yvonne estaban solos en la casa.

Kay frunció el ceño.

—O no tenía visión de la casa entonces, o los estaba poniendo a prueba.

—Tony confirmó que estaban solos, y fue entonces cuando el que llamaba afirmó que tenía a Melanie —dijo Barnes—. Según Tony, dijo: "Tengo a su hija. Si quieren volver a verla con vida, sigan estas instrucciones". Luego procedió a decirle que tuviera veinte mil libras en billetes usados de diez y veinte libras disponibles en treinta y seis horas.

—Es extraño que les diera tanto tiempo para conseguir el dinero —dijo Gavin, rascándose la barbilla.

—La mayoría de los bancos no te dejan retirar más de unos pocos miles a la vez —dijo Kay.

—O no estaba listo —dijo Carys.

—Podría ser, aunque por la forma en que tenía todo preparado en el sitio, me pareció bastante organizado —dijo Kay. Miró su reloj—. Voy a ir al hospital después de esto para ver cómo está Yvonne Richards. Tal vez los médicos me dejen hablar con ella. Al menos así, podríamos tener más con qué trabajar cuando nos reunamos aquí por la mañana.

—¿Y si estuviera trabajando con alguien más? —dijo Barnes—. ¿Y si tuviera que coordinarse con ellos para organizar la recogida del dinero?

Kay le señaló con el dedo.

—Buen punto. —Se volvió y garabateó en la pizarra—. Yvonne dijo que la siguiente llamada llegó al día siguiente. Se les había indicado que salieran de casa solo para ir al banco, y que no llamaran a la policía ni a nadie más para pedir ayuda si querían volver a ver a Melanie. El secuestrador llamó exactamente a la misma hora que antes, para preguntar si tenían el dinero. Luego dijo que llamaría al día siguiente con más instrucciones.

—En ese momento, Tony dijo que Yvonne le arrebató el

teléfono y le gritó al secuestrador. Dijo que le dijo que dejara ir a Melanie —dijo Barnes. Cerró su cuaderno de golpe—. Fue entonces cuando Tony dice que el secuestrador hizo gritar a Melanie.

—La entrega —dijo Kay—. Esta mañana. ¿Qué salió mal?

—Nada —dijo Barnes—. Tony dijo que recibieron una llamada telefónica a las cinco y cuarenta y cinco de esta mañana. Siguieron las instrucciones del secuestrador. Pusieron las veinte mil libras en un sobre acolchado y lo colocaron en la abertura del buzón en Channing Lane antes de alejarse en coche. Se les dijo que esperaran en el aparcamiento de la biblioteca, a unos veinte minutos de distancia del punto de entrega, otra llamada.

—Yvonne Richards declaró que recibieron un mensaje del secuestrador en el móvil de Tony que les decía dónde encontrar a Melanie.

—¿A qué distancia estaban? —dijo Carys.

—Al otro lado de Maidstone. —Kay se mordió el labio—. Nunca iban a llegar a tiempo. No desde allí.

CAPÍTULO 7

Kay maniobró el maltrecho vehículo policial hacia el último espacio disponible en el estacionamiento del hospital, tratando de no mirar al conductor de un BMW que esperaba y la fulminaba con la mirada a través del parabrisas antes de marcharse acelerando.

Cerró la puerta con llave, corrió hacia la máquina expendedora de boletos y metió las últimas monedas sueltas que le quedaban en la ranura antes de arrancar el ticket de papel de su compartimento.

Después de arrojar el boleto sobre el tablero, serpenteó entre cinco filas de coches estacionados y repasó mentalmente los eventos de la tarde una vez más.

El edificio principal del hospital se alzaba imponente frente a ella. Construido a principios de los años 80, la estructura había sido modernizada y ampliada con el tiempo, con unidades especializadas de oncología y fisioterapia ahora alojadas en sus propios edificios de poca altura a ambos lados de la huella original.

Una brisa levantó el cuello de su blusa mientras se

acercaba a la entrada del edificio, provocándole un escalofrío por la espalda al recordar a la adolescente.

Apretó el puño con más fuerza alrededor de su bolso y atravesó las puertas dobles automáticas.

Después de hablar con una mujer en recepción, se dirigió hacia los ascensores.

A su alrededor, el olor a desinfectante y preocupación impregnaba sus sentidos. Voces apagadas brotaban de puertas entreabiertas, y en algún lugar más allá de la planta baja, un niño lloraba.

Se mordió el labio, se obligó a avanzar y mantuvo la mirada baja.

Sabía que era poco probable que alguno del personal la reconociera; veían a tantos pacientes cada día, y ella no les había revelado su ocupación, solo que su marido era veterinario. Lo habían felicitado discretamente; su rápida reacción al llevarla al hospital cuando lo hizo significó que pudieron operarla antes de que su vida corriera mayor peligro.

Su bebé no había sobrevivido.

Apretó el puño y se obligó a concentrarse. Se había enterado de que estaba embarazada solo unas semanas antes del aborto espontáneo. Accidental, el embarazo había causado conmoción, que gradualmente se convirtió en emoción a medida que comenzaba a hacer planes para el futuro.

Todo eso le había sido arrebatado.

Con solo unas pocas semanas en el vientre, su bebé no tuvo oportunidad. El médico que se reunió con ellos después les había explicado en tono cauteloso que el aborto espontáneo posiblemente había sido provocado por el estrés.

Ni ella ni Adam habían mencionado la investigación de Estándares Profesionales que había comenzado la semana anterior.

Tampoco habían mencionado que toda su carrera pendía de un hilo y que se cernían sobre ella amenazas de cargos criminales.

En su lugar, le habían dado las gracias y regresado a casa, donde se atrincheraron a esperar los resultados de la investigación mientras Kay se recuperaba e intentaba no pensar en el siguiente golpe que el médico les había dado: que nunca más podría concebir.

Las puertas del ascensor se abrieron y Kay retrocedió para dejar pasar a un camillero, cuyo rostro estaba animado mientras charlaba con el anciano al que empujaba en una silla de ruedas. Cruzó la mirada con él, logró esbozar una sonrisa y luego presionó el botón del segundo piso.

La maquinaria gimió en protesta antes de que el ascensor subiera por el edificio. Kay buscó en su bolso su libreta y bolígrafo, sus ojos repasando los hechos que había anotado del breve informe mientras formulaba mentalmente su interrogatorio.

Cerró la libreta de golpe cuando el ascensor se detuvo con una sacudida y las puertas se abrieron.

La agente Hazel Aldridge, la Oficial de Enlace Familiar, había llegado al hospital cuarenta minutos después de la ambulancia, y ahora estaba sentada en una silla de plástico en el pasillo. Se puso de pie cuando Kay se acercó.

—Oficial.

Inclinó la cabeza hacia la puerta cerrada. —¿Cuáles son las últimas noticias?

—El médico está con ella ahora —dijo Hazel—. Le han dado un sedante suave, pero está exigiendo irse a casa. —Se encogió de hombros—. Viene un familiar en camino, su hermana.

Kay exhaló y se preguntó qué tan fuerte habría sido el sedante administrado por el médico.

Cuanto más tuviera que esperar para interrogar a Yvonne, más le preocupaba que los acontecimientos de los últimos tres días se vieran difuminados por el dolor. Sabía que algunos podrían considerarla desalmada, pero su prioridad era atrapar a un asesino.

—¿Cuánto tiempo lleva ahí dentro?

—Unos diez minutos.

En ese momento la puerta se abrió y apareció un hombre alto y corpulento con camisa y corbata. Echó un vistazo a Kay, salió al pasillo y cerró la puerta tras de sí.

—¿Oficial…?

—Oficial de Policía Kay Hunter —dijo, y extendió su mano.

Su apretón fue sorprendentemente suave, y Kay relajó el suyo para corresponder.

—¿Cómo lo está sobrellevando?

Frunció los labios y luego se pasó una mano por su cabeza afeitada. —Ya se lo puede imaginar. Le he dado un sedante para mantener estable su ritmo cardíaco. Está un poco adormilada ahora. Con suerte dormirá unas horas.

—¿Cuánto tiempo planea tenerla ingresada?

—Solo por esta noche.

—Necesito que responda algunas preguntas preliminares.

—Me lo imaginaba. —Miró por encima de su hombro hacia la puerta cerrada, luego consultó su reloj y se volvió hacia Hazel—. ¿A qué hora esperaba llegar su hermana?

—Salió de Dover hace una hora. Dado el tráfico de la hora punta, espero que esté aquí en los próximos veinte minutos más o menos.

El médico suspiró. —No más de cinco minutos, ¿de acuerdo?

—De acuerdo —dijo Kay—. Entiendo que está ocupado,

pero ¿podría quedarse conmigo durante esto, solo en caso de que lo necesitemos?

Asintió. —De todos modos, habría insistido en ello.

—Lo sé. —Hizo un gesto hacia la puerta—. Guíe el camino.

CAPÍTULO 8

El doctor empujó la puerta de la habitación de Yvonne y se hizo a un lado para dejar pasar a Kay.

Las paredes parecían abalanzarse sobre la figura envuelta entre mantas en la cama, pero cuando la puerta se cerró con un clic, Kay agradeció que a la mujer se le hubiera permitido algo de privacidad en lugar de colocarla en una de las salas principales.

Una lámpara fijada a la pared proyectaba su tenue luz sobre la cama y arrojaba un resplandor amarillento sobre la almohada, sin poder alcanzar las esquinas de la habitación donde las sombras se arrastraban por el suelo embaldosado. Un monitor cardíaco emitía un constante *bip*, la máquina al otro lado de la cama parpadeaba con luces rojas y verdes mientras registraba los signos vitales de Yvonne.

—¿Cómo está ella, en cuanto a su salud? —preguntó Kay.

—En forma y saludable. Entiendo por sus notas que era asidua al gimnasio local, a diferencia de su marido.

Kay captó las palabras no dichas. Parecía que Tony Richards podría haberse beneficiado de la disciplina saludable de su esposa.

Rozó su brazo contra el del doctor al girarse y bajó la voz.

—¿Qué hay de su marido?

—Nos hemos puesto en contacto con el patólogo de la escena. Él se encargará de todo a partir de ahora.

—Gracias.

Kay se acercó a la cama y contuvo la respiración cuando los ojos de Yvonne se abrieron lentamente y luego se ensancharon.

Un jadeo escapó de los labios de la mujer, antes de que una lágrima rodara por su mejilla.

—Hola, señora Richards —dijo Kay.

La mujer tosió y luego intentó levantar la cabeza.

El doctor se acercó y acomodó las almohadas para sostenerla.

—Tranquila, Yvonne. Está bien si quiere dormir.

—Lamento su pérdida de hoy —dijo Kay. Acercó la única silla que estaba bajo la ventana con cortinas a la cama y se sentó—. No la molestaré mucho tiempo. Entiendo que su hermana está en camino y que usted necesita descansar.

Yvonne asintió y luego sorbió.

—Y usted tiene un trabajo que hacer —dijo.

—Así es, tiene razón.

—Puede llamarme Yvonne.

—Gracias.

—¿Qué quiere saber?

—¿Melanie tenía novio?

Yvonne negó con la cabeza.

—No. Bueno, no que yo supiera. —Una triste sonrisa cruzó sus facciones—. Parecía más interesada en cualquier banda que estuviera en las listas de éxitos cada semana que en alguien a su alrededor.

Se pasó la lengua por los labios.

Kay alcanzó una jarra de agua y un vaso junto a la cama.

Llenándolo, se agachó junto a la cama y ayudó a Yvonne a tomar un sorbo antes de devolver el vaso a la pequeña mesa a su lado.

—Gracias.

Kay recuperó su libreta.

—¿Pertenecía a algún club deportivo o algo así? ¿Lugares a los que iba después de la escuela?

—No —dijo Yvonne. Su voz tembló—. Un poco como su padre en ese aspecto. Le gustaba ver televisión y jugar videojuegos. No le gustaba mucho el aire libre.

—¿Tenía algún trabajo?

—Solía venir a mi oficina después de la escuela y ayudar algunas tardes. Pensé que le daría una buena experiencia.

Kay se reclinó.

—¿Cuándo cumplió diecisiete?

—A finales del mes pasado —dijo Yvonne. Cerró el puño y se frotó los ojos—. No puedo creer que se haya ido —susurró—. No puedo creer que ambos se hayan ido.

El monitor de frecuencia cardíaca se saltó un latido y luego aumentó.

—¿Oficial Hunter? —El doctor se movió desde su posición en las sombras—. Me gustaría que mi paciente descansara ahora, por favor.

Kay lo miró a los ojos. No habría compromiso.

—De acuerdo.

Bajó la mirada hacia Yvonne.

—Gracias, Yvonne. Me pondré en contacto con usted una vez que regrese a casa.

La mujer asintió, pero Kay no estaba segura de que hubiera escuchado sus palabras. Las lágrimas corrían por su rostro ahora, y su respiración escapaba en sollozos mordaces.

Saliendo al brillante pasillo, Kay cerró la puerta tras de sí, cerró los ojos y respiró profundamente.

—¿Todo bien?

Abrió los ojos para encontrar a Hazel mirándola con preocupación en sus ojos.

—Sí, gracias. —Se sacudió mentalmente—. Bien. Me voy a ir. ¿Podrías avisarme cuando llegue la hermana, por si necesitamos hablar con ella?

—Lo haré.

Kay se abrió paso de vuelta por el hospital. Mientras empujaba las puertas dobles que conducían al estacionamiento, inhaló el aire fresco, tratando de liberar sus sentidos del olor pegajoso a desinfectante.

Sacó su teléfono móvil del bolso para revisar mensajes o llamadas perdidas y buscó las llaves de su coche.

Apuntando el mando a distancia hacia el vehículo mientras se acercaba, arrojó su bolso en el asiento del pasajero y se sentó un momento, recordando su conversación.

—Te encontraré, maldito —murmuró, y arrancó el motor.

CAPÍTULO 9

Eli Matthews lanzó la maltrecha bolsa deportiva de lona por encima de la valla de madera y escuchó un suave crujido cuando esta cayó sobre la grava junto al cobertizo destartalado del jardín.

Comprobó que las llaves de su ciclomotor estuvieran bien guardadas en su bolsillo y luego miró a ambos lados del callejón.

Satisfecho de que nadie lo hubiera visto, se impulsó sobre las tablas de la valla y escudriñó en la penumbra hacia la puerta trasera de la casa adosada.

No se veía luz alguna a través de las ventanas y, una vez seguro de que no sería visto, se izó por encima, aterrizando junto a la bolsa.

Se agachó por un momento, esperando, mientras sus ojos distinguían los escombros que cubrían el césped y el sendero de piedra invadido por las malas hierbas y agrietado por el paso del tiempo y el abandono.

Finalmente se puso de pie, agarró la bolsa y se apresuró hacia la puerta trasera. Sacó una llave del bolsillo de sus vaqueros, agradecido de haber pensado en aceitar la cerradura varios días antes, y cruzó el umbral hacia una pequeña cocina.

Cerró la puerta, con cuidado de no hacer tintinear los cristales de la ventana de la cocina que estaba al lado, y luego se quitó las botas.

Estaba cansado ahora, toda la adrenalina de la semana pasada se había disipado y agotado su energía. Luchó por mantener la cabeza fría. Tenía que llegar a su habitación sin tropezarse con ella. Especialmente ahora.

Se echó la bolsa de lona al hombro, agarró sus botas con la otra mano y cruzó sigilosamente el suelo de linóleo hacia el pasillo. Una puerta abierta a su derecha conducía a la sala de estar, que evitaba a toda costa.

Ese era el dominio de ella, y no era seguro.

Tomó una respiración profunda y subió las escaleras. Aunque estaban alfombradas, el cuarto y el séptimo escalón albergaban un formidable chirrido. Los salvó con zancadas largas y llegó al rellano superior sin hacer ruido.

Allí se detuvo, aguzando el oído para captar cualquier sonido proveniente del dormitorio principal en la parte delantera de la casa.

Había considerado si entrar a la casa por la ventana del dormitorio en la parte trasera de la propiedad, pero descartó la idea casi de inmediato. No podía arriesgarse a que los vecinos le dijeran algo a ella, o que alguno lo viera en el acto.

Eso plantearía demasiadas preguntas que no estaba preparado para responder.

Contuvo la respiración.

Un leve ronquido emanaba de detrás de la puerta cerrada, y sus hombros se relajaron. Pasarían varias horas antes de que ella despertara, y con suerte, él ya se habría ido para entonces.

Había cometido el error hace una semana de entrar por la

puerta trasera, con la mente en otra parte, antes de darse cuenta de que ella aún estaba en la sala de estar.

Ella se había lanzado sobre él, un puñetazo bien dirigido le alcanzó en la parte posterior del brazo antes de que lograra cerrar de golpe la puerta de su habitación.

Se frotó la mano sobre el moretón que se desvanecía y, en su lugar, se centró en los recuerdos de los últimos días.

Reprimió un bostezo.

En general, había sido una semana productiva fuera del trabajo. Todo había salido según lo planeado.

Mejor, de hecho.

Mucho mejor.

Llegó a la puerta del dormitorio trasero y la abrió, deslizó el cerrojo de latón por detrás y dejó caer la bolsa de lona sobre la alfombra desgastada. La habitación apestaba; un olor a humedad que comenzaba a impregnar su ropa cuanto más tiempo permanecía allí, pero tendría que servir.

Por ahora.

No había ningún otro lugar al que pudiera ir.

Colocó sus botas junto a la puerta, luego se acercó a la ventana y abrió el más pequeño de los dos paneles antes de cerrar las cortinas.

Se quitó los calcetines, los arrojó a un montón de ropa sucia en la esquina y se tumbó en la cama. Una sonrisa se formó en sus labios y cerró los ojos antes de recostarse y apoyar la cabeza en la almohada.

Mientras el sueño comenzaba a apoderarse de él, su mano derecha viajó por su pecho y estómago hasta la cintura, y luego continuó por debajo.

Sí, había sido una buena semana libre.

Quizás debería tomarse vacaciones más a menudo.

CAPÍTULO 10

Kay se hizo a un lado cuando una figura apareció a través del cristal esmerilado un momento antes de que la puerta principal de su casa se abriera de golpe.

—Hola, ojos azules.

Sonrió y volvió a guardar las llaves en su bolso.

Adam llevaba puesto uno de sus viejos suéteres sobre unos vaqueros que habían conocido días mejores, y sostenía un par de botas de agua en la mano. Tenía el pelo mojado, y el olor a gel de ducha se extendía por el umbral. —No pensé que te vería antes de irme.

Su tono no era acusatorio; era simplemente la verdad. Era uno de los dos veterinarios locales que se especializaban en ganado y caballos de carreras en la zona, por lo que a menudo pasaba sus noches atendiendo varias emergencias en granjas y pueblos cercanos con poca antelación. Con ambos trabajando largas jornadas, a Kay a veces le parecía que pasaban la mayor parte del tiempo charlando en el umbral o en el pasillo.

—¿Qué es esta vez? —Le besó la mejilla y luego cerró la

puerta tras ella. Se quitó la chaqueta y la colgó en el poste de la escalera.

—Los establos de Tonbridge. Una yegua ha estado teniendo dificultades durante los últimos tres meses de su embarazo. Esta noche empeoró.

Podía escuchar el cansancio en su voz mientras se agachaba y revisaba la bolsa en el suelo, asegurándose de tener todo lo que necesitaba.

—¿Qué tan malo es?

Él se encogió de hombros y se rascó la barbilla sin afeitar. —No estoy seguro. Los dueños tienden a entrar en pánico, pero ya veremos.

Ella lo miró a los ojos y él se mordió el labio.

Hace solo unas semanas, habrían bromeado sobre los dueños neuróticos.

Hace solo unas semanas, las cosas eran normales.

Adam se aclaró la garganta y luego se enderezó. —¿Y tú?

—Tenemos un caso desagradable. Un secuestro que salió mal.

Él acortó la distancia entre ellos y le levantó el mentón hacia él. —Bueno, por lo que parece tienen a la mejor detective en el caso —dijo, y la besó.

Sabía que ella nunca podía hablar de un caso mientras estuviera abierto. También sabía lo mal que la investigación de Estándares Profesionales había afectado su confianza, especialmente porque había acabado con sus posibilidades de ascender a inspectora de manera tan brutal.

Y sus posibilidades de tener una familia propia.

La pieza clave de evidencia que habría encerrado de por vida a uno de los personajes más desagradables de Kent había desaparecido unos días antes de su juicio, reduciendo el caso en su contra a pedazos. Según los registros, Kay había sido la última en acceder a la caja fuerte cerrada donde se guardaba la pequeña pistola, y a pesar de sus afirmaciones de que no la había sacado, el Inspector Jefe Angus Larch le había impuesto todas las medidas disciplinarias que pudo, culminando en la investigación de Estándares Profesionales.

Kay sabía que habría hecho lo mismo si se hubiera enfrentado a la misma situación. Sin embargo, eso no hacía que fuera más fácil lidiar con las consecuencias.

Se mordió el labio.

Adam miró su reloj y suspiró. —Somos como barcos que se cruzan en este momento, ¿no?

Su boca se torció. —Bueno, diles a todos esos malditos caballos de carreras que dejen de aparearse, entonces.

Él se rio. —Lo tendré en cuenta.

Ella sonrió y lo dejó sentarse en las escaleras para ponerse las botas. Se quitó los zapatos, recogió su maletín y caminó por el pasillo hacia la cocina, luego encendió el interruptor de la luz mientras entraba por la puerta.

Gritó, y su maletín golpeó las baldosas con estrépito.

—¿Qué pasa?

Los pasos de Adam resonaron por la alfombra del pasillo antes de que su cabeza asomara por la esquina de la puerta.

Kay señaló la caja de cristal sobre la encimera, cuyo contenido se retorcía.

—Hay una maldita serpiente en la cocina.

Adam se rio. —Conoce a Sid.

—¿Sid?

Kay miró de nuevo la caja de cristal y dio un paso atrás. Estaba acostumbrada a que Adam trajera ocasionalmente un animal enfermo a casa, pero la última vez había sido un gato esperando una camada que terminaron atendiendo a las dos de la mañana. Algo peludo. Algo *normal*. —¿Cuánto tiempo estará aquí?

—Solo unos días. Se enfermó cuando su dueño estaba a

punto de irse de vacaciones a Budapest. —Salvó la distancia entre ellos y la abrazó—. No te hará daño. Está perfectamente seguro ahí dentro.

—Hmm.

—Tengo que irme.

Le besó el cabello, luego giró sobre sus talones y salió corriendo de la habitación.

Kay oyó cerrarse la puerta principal, y la casa quedó en silencio.

Reprimió un bostezo, el cansancio se apoderaba de ella a pesar de que la investigación estaba en sus primeras etapas. Sabía que parte del problema era ver a Larch de nuevo, aunque era solo cuestión de tiempo antes de que tuvieran que trabajar juntos otra vez.

Suspiró, apartó el pensamiento de su mente y centró su atención en la comida.

Ella y Adam habían adquirido el hábito de cocinar comidas en grandes cantidades para tener siempre algo saludable en el congelador para calentar, y ahora sacó una bolsa de boloñesa, con cuidado de evitar mirar el contenido del cajón inferior donde se habían guardado los ratones congelados de la serpiente.

Mientras esperaba que el microondas hiciera su magia, hojeó las páginas de su cuaderno, refrescando su conocimiento de los hechos hasta el momento.

El teléfono fijo comenzó a sonar, seguido de cerca por el alegre *ping* del microondas.

Kay miró su reloj y gimió. Solo podía haber una persona que llamara a esta hora del día.

—Hola, mamá.

—¿Acabas de llegar a casa?

Aquí vamos, pensó Kay. —Hace como media hora. —Cruzó los dedos—. Estaba a punto de sentarme a comer.

—Creo que es una vergüenza las horas que te hacen trabajar, además de cómo te han estado tratando. Deberías buscar otra cosa que hacer. Al menos así, estarías más tiempo en casa para Adam.

Kay estaba segura de que el rechinar de sus dientes se oiría por el teléfono. —Mamá, estoy cansada. No voy a tener esta conversación ahora.

—Mira a tu hermana —continuó su madre—. Un bonito trabajo de nueve a cinco, gana el doble que tú y tiene dos hijos.

—Mamá…

—Hace lo que quiere los fines de semana, tiene muchos pasatiempos por las noches… una vida.

Kay giró la cabeza y miró la boloñesa enfriándose en el microondas. Luego, su mirada se posó en la botella de pinot noir medio llena sobre la encimera junto a este.

—Mamá, tengo que irme. Hay una emergencia. Hablamos pronto.

—Oh, bueno, eso es típico, ¿no? Te llaman a ti. ¿Por qué no llaman a otra persona?

—Adiós, mamá.

Kay colgó el teléfono y lo colocó suavemente en la base, a pesar de querer lanzarlo al otro lado de la habitación.

Respiró hondo.

Su madre sabía cómo alterarla. Lo había hecho durante años, con constantes comparaciones con su hermana mayor, su desagrado por su trabajo; solo recientemente había dejado de reprocharle que viviera con Adam sin estar casados, y eso después de varios años diciéndole que él no era lo suficientemente bueno para ella.

Antes de eso, durante su crecimiento, era sobre cómo se vestía, quiénes eran sus amigos, cómo sus resultados de los exámenes no habían cumplido con las expectativas de su madre.

Kay había estado bastante satisfecha con sus resultados de los exámenes. Significaba que podía aceptar una oferta de una universidad a varios condados de distancia de su madre, para empezar.

Y su título la había llevado a unirse a la Policía de Kent a los pocos meses de graduarse. Era eso o volver a su ciudad natal.

El pensamiento la hizo estremecer.

También le molestaba que, tantos años después, su madre todavía pudiera meterse bajo su piel con tanta facilidad.

Respiró profundamente. No le había contado a su madre sobre el aborto espontáneo. Si era honesta, no sabía cómo iniciar la conversación. Si era realmente honesta, también estaba ligeramente aliviada de no haberlo hecho.

Simplemente la habría animado a volverse aún más dominante.

Presionó el botón del microondas para dar a su comida un calentón rápido, sacó una copa de vino del armario de arriba y se sirvió una pequeña cantidad del pinot.

—Salud de todos modos, mamá —dijo, brindando con el teléfono silencioso, y dio un sorbo.

CAPÍTULO 11

Eli Matthews se bajó del ciclomotor y guardó el casco en el compartimento trasero.

Se estiró el cuello, luego se pasó una mano por el pelo color paja y caminó tranquilamente hacia las puertas abiertas del depósito, su figura larguirucha proyectando una larga sombra sobre el asfalto.

El aire fresco de la mañana lo envolvió, una brisa que le revolvía el cabello y le llenaba las fosas nasales, a pesar de la expansión urbana de concesionarios de coches, naves industriales y carreteras entrelazadas que rodeaban el edificio.

Sin duda, para cuando estuviera a mitad de su turno hoy, los niveles de humedad habrían subido por las nubes una vez más, y el aire acondicionado de la furgoneta fallaría.

El chirrido irritante de la reja de seguridad de malla metálica al replegarse en la entrada del aparcamiento llenó sus oídos mientras olfateaba el aire por última vez, invadido por una sensación de expectación.

Después de una semana libre, casi le apetecía volver al trabajo. De no haber sido por el pequeño proyecto paralelo que había tramado para su ausencia del caos del depósito, se habría vuelto loco estando en la misma casa durante siete días completos intentando evitar a su madre.

Sus comentarios mordaces aún resonaban en su mente, y apretó los dientes, alejando los recuerdos.

Necesitaba concentrarse hoy.

Especialmente hoy.

Actúa con normalidad.

Excepto que iba a ser difícil, porque ahora todo era tan diferente.

Lo había hecho. Por fin lo había hecho.

Una pequeña sonrisa tiró de la comisura de su boca.

—Caramba, Eli. Deberías largarte de vacaciones más a menudo. Nunca te había visto tan alegre.

Eli frunció el ceño.

Bob Rogers, uno de los gerentes del depósito, se apoyaba contra una de las puertas de acero, dando una larga calada a un cigarrillo medio consumido.

—Es porque no estaba aquí —dijo Eli mientras pasaba.

Rogers se rio entre dientes. —Me alegro de verte también.

Eli entró en el depósito, antes de girar a la izquierda por una entrada amplia. Pasó su tarjeta de seguridad por un torno, y luego caminó por un pasillo hasta el vestuario.

Contuvo la respiración al abrir la puerta, y luego exhaló aliviado al ver que el espacio estaba vacío.

Odiaba tener que charlar de trivialidades; no le veía el sentido, y no quería que los demás le arruinaran el buen humor. Rogers ya lo había intentado, y casi lo había logrado.

El aire en el vestuario era rancio, un tufo tangible de sudor y ropa húmeda que se filtraba en las paredes de ladrillo encaladas.

Sacó una pequeña llave de su bolsillo, abrió su taquilla y metió su chaqueta de cuero dentro. Siempre guardaba un juego de ropa de trabajo limpia en la taquilla, así como pares de calcetines extra y una toalla. Se pronosticaba una tormenta para más adelante en la semana, y quería tener al menos un juego de ropa seca.

Cuando iba a cerrar la puerta, un sobre en el estante superior llamó su atención, y alargó la mano para cogerlo. Su buen humor regresó; se había olvidado del aumento de sueldo que les habían otorgado hace dos semanas, su mente había estado en otras cosas.

Volvió a meter el sobre en su sitio y cerró la puerta. No se lo llevaría a casa, su madre lo encontraría, y entonces empezarían las discusiones cuando quisiera saber por qué no le daba más dinero.

Hacía meses que había dejado de explicarle que él no era responsable de sus hábitos de fumar y beber. Ya recibía suficiente con las ayudas sociales.

No, se guardaría la noticia para sí mismo, la escondería cuando tuviera la oportunidad.

Tenía un lugar especial para secretos como ese.

Un lugar que su madre no conocía y nunca conocería.

Dejó caer la llave en su bolsillo mientras la puerta del vestuario se abría de golpe.

—Eh, el rezagado regresa.

Eli se giró y asintió. —Steve.

Un segundo hombre siguió al primero. —¿Una buena semana libre?

—Sí, gracias.

—¿Qué hiciste?

—No mucho.

Forzó una pequeña sonrisa, luego pasó rozando al segundo hombre y salió apresuradamente de la habitación, haciendo un punto de mirar su reloj.

Su turno comenzaba en cinco minutos.

———

Eli soltó el freno de mano, y la furgoneta salió de su espacio dirigiéndose hacia las puertas de seguridad.

Tamborileó con los dedos sobre el volante mientras esperaba un hueco lo suficientemente grande para pasar la furgoneta, y luego giró a la derecha y pisó el acelerador.

Durante el resto de la mañana, condujo fuera de la ciudad, a través de los pueblos periféricos de Leeds y Chart Sutton, dando vueltas por tierras de cultivo y cruzando la A20 para luego ir al norte sobre la línea de tren de alta velocidad. Todo el tiempo, tarareaba para sí mismo, contento de hacer sus entregas y disfrutar de la relativa soledad.

A las once menos cinco, detuvo la furgoneta frente a una tienda de conveniencia de pueblo, con el brillante letrero de una cadena nacional colgando sobre el marco bajo de la puerta.

Asintió al cajero, sacó una bebida energética del refrigerador en la parte trasera de la tienda, tomó un grueso rollo de salchicha envuelto en plástico del expositor refrigerado y se dirigió a la caja registradora.

Una pila de periódicos locales había sido colocada en el suelo cerca de sus pies.

Su frente se arrugó mientras sus ojos escaneaban los titulares.

—¿Algo más?

Se agachó y cogió uno de los periódicos. —Me llevaré esto también.

Los ojos del cajero se posaron en los moretones del antebrazo de Eli mientras tomaba su dinero, antes de parpadear y apartar la mirada, sumar sus compras y devolverle el cambio. —Que tenga un buen día —murmuró.

Eli arrebató el cambio y giró sobre sus talones.

De vuelta en la furgoneta, abrió la lata de refresco y dio un trago antes de colocarla en el portavasos entre los asientos delanteros. Puso el rollo de salchicha en el salpicadero, luego abrió el periódico, pasando página tras página.

Nada.

Frunció el ceño.

Quizás era demasiado temprano. ¿Tal vez se habían perdido la tirada?

Arrojó el periódico al asiento del copiloto, desenvolvió el rollo de salchicha y presionó el botón de encendido de la radio.

Odiaba la radio comercial, pero necesitaba saber.

Necesitaba escuchar.

El reloj digital incrustado en el tablero contaba los segundos hasta las noticias de la hora, y aumentó el volumen.

El locutor de noticias comenzó puntualmente, justo después de que se emitiera el último anuncio y se desvanecieran las últimas notas de la sintonía de la emisora, pero empezó con una historia sobre algo que el primer ministro estaba haciendo en Londres.

Eli masticó en silencio.

La siguiente noticia llegó y pasó; una perorata de treinta segundos sobre la campaña contra la conducción bajo los efectos del alcohol que la policía de Kent había desplegado por todo el condado, y luego una tercera noticia. Seguida por los titulares deportivos y, finalmente, el tiempo.

Eli miró fijamente la radio, tragó el último bocado del rollo de salchicha y luego parpadeó.

No se estaba informando de nada.

Furioso, arrugó el envoltorio vacío, lo metió en el bolsillo de la puerta del conductor y alcanzó la bebida energética. Dio un largo trago, golpeó la lata de vuelta en el portavasos y aceleró el motor.

—Paciencia —se recordó a sí mismo—. Ten paciencia. Dales tiempo.

CAPÍTULO 12

Carys giró el coche hacia el pequeño parque empresarial, y Kay repasó mentalmente sus tácticas mientras observaba el cartel a la entrada de la zona que lo anunciaba como el centro de innovación más nuevo de la región.

Parecía haber un renovado esfuerzo por derribar los edificios abandonados alrededor del pueblo y reemplazarlos con viviendas y parques empresariales lo antes posible. No pudo evitar preguntarse qué historia se podría perder en el proceso, especialmente porque algunos de los desarrollos parecían tardar meses en completarse, a pesar de la prisa con la que se demolían los viejos puntos de referencia.

Se sacudió de sus pensamientos cuando el vehículo se detuvo suavemente frente a una unidad de negocio, una de las cuatro en fila que daban a la carretera principal. Cada edificio constaba de una gran puerta enrollable que se extendía desde el suelo hasta los aleros del techo, una sola puerta de cristal a su lado y dos ventanas sobre la entrada.

Kay se desabrochó el cinturón de seguridad, salió y estiró la espalda mientras esperaba que Carys cerrara el coche, luego se dirigió a la puerta de recepción.

Estaba cerrada y no hubo respuesta cuando presionó el interfono.

—Entonces será por la entrada de servicio —le dijo a Carys, y la guio hacia la puerta enrollable abierta—. Averiguaré más sobre el negocio en general, y te dejaré hablar con quien esté a cargo de las cuentas para ver qué puedes descubrir, ¿te parece bien?

—Me parece perfecto.

Kay escudriñó en la penumbra.

—¿Hola?

—Por aquí.

Kay se adentró en el espacio del almacén y registró movimiento hacia el fondo mientras sus ojos se adaptaban a la oscuridad.

Serpenteó entre cajas y embalajes que bordeaban un pasillo mal formado. La mayoría estaban abiertos; los que estaban sellados habían sido cerrados con generosas capas de cinta adhesiva.

—¿Puedo ayudarlas?

Una mujer mayor que parecía tener unos sesenta años se acercó, ajustándose el cabello que había sido atado en un moño suelto y ahora intentaba escapar de sus ataduras. Rizos rebeldes caían sobre los ojos de la mujer, y los apartó mientras entrecerraba los ojos para mirar a Kay.

—Soy la Oficial de Policía Kay Hunter, y esta es la Agente Carys Miles. Me preguntaba si podría hablar con usted y sus colegas sobre Melanie Richards.

La mujer se mordió el labio, con los ojos llorosos.

—Por supuesto —dijo. Extendió su mano—. Soy Sheila Milborough. Me encargo del almacén y el inventario. Vengan a la oficina.

Pasó junto a las dos detectives, alcanzó un cordón junto a la entrada del almacén y presionó un botón.

La puerta se deslizó hacia abajo desde una cavidad en el techo, y Sheila comprobó su progreso antes de hacerles señas para que la siguieran—. Por aquí.

Kay inclinó la cabeza hacia Carys y las siguió a ambas a través del laberinto de cajas hasta una puerta interna que se abría a un área de recepción.

Sheila verificó que la puerta principal estuviera cerrada y luego las guio pasando un sofá repleto frente a un escritorio de recepción escaso, y subiendo un tramo de escaleras.

Kay se sorprendió por el tamaño compacto de la oficina. Era evidente que el almacén ocupaba la mayor parte de la planta del edificio, dejando al personal con un área reducida en la que de alguna manera habían logrado apretar cuatro escritorios. Tres archivadores llenaban el espacio frente a la ventana, obstruyendo gran parte de la luz natural.

Sheila presentó a Belinda y Annie, a quienes describió como oficiales de atención al cliente, y miró a Kay expectante.

—¿Hay alguien más? —dijo Kay, sorprendida.

—No, solo somos nosotras —dijo Annie. Sorbió y se secó la nariz con un pañuelo de papel—. A menos que Melanie pasara a ayudar.

Belinda resopló y apartó la mirada.

Annie logró esbozar una pequeña sonrisa a través de sus lágrimas—. Es por eso que Yvonne tiene tanto éxito. Dirige una operación ajustada.

Sus colegas asintieron y murmuraron en acuerdo.

Kay dejó que sus ojos recorrieran el espacio.

Una pequeña sala de reuniones había sido dividida en la esquina izquierda de la oficina de planta abierta en la parte trasera, y Sheila señaló hacia ella.

—Yvonne a veces usa eso como oficina privada cuando necesita alejarse del ajetreo. Pueden usarla si quieren.

—Está bien. Gracias.

—Pondré la tetera y empezaremos, ¿les parece? —dijo Carys.

Nuevamente, hubo un murmullo de acuerdo, y Kay se hizo a un lado mientras se empujaban las sillas hacia atrás y se recogían las tazas antes de que le mostraran a Carys dónde encontrar la pequeña cocineta instalada en la esquina trasera derecha del espacio de la oficina.

Para cuando se repartieron las tazas de té y café, las tres empleadas se habían relajado.

—Sheila, ¿le importa si empiezo con usted? —dijo Kay —. Carys puede hablar con Belinda y Annie, y luego las dejaremos continuar.

—Por supuesto.

Kay tomó su taza de té y se dirigió a la sala de reuniones. Dejó la puerta abierta después de que Sheila se uniera a ella; por el momento, solo estaban allí para hacer preguntas preliminares, y no había necesidad de ponerlas nerviosas separándolas, simplemente era más fácil concentrarse en las respuestas si había menos personas involucradas a la vez.

—Bien —dijo Kay—. Mencionó que Melanie pasaba a ayudar. ¿Con qué frecuencia sucedía eso?

—Tal vez una o dos veces por semana. Dependía de lo que tuviera planeado después de la escuela.

—¿Qué hacía mientras estaba aquí?

—Contestaba los teléfonos. Ayudaba con el archivo. A veces, si teníamos muchos pedidos para enviar, me ayudaba a empacar las cajas. Creo que pensaba que todo era un poco divertido, para ser honesta.

—¿Le pagaban?

Sheila se encogió de hombros—. No lo sé. Tal vez.

—Se vería en los libros, ¿no?

—Supongo que sí. Tendría que preguntarle a Annie.

Kay hizo una nota para que Carys lo verificara.

De repente, sonó un timbre en la oficina, y una arruga de preocupación surcó la frente de Sheila.

—Un momento. —La mujer se movió hacia la puerta—. ¿Belinda? ¿Podrías ver quién es, por favor?

Se sentó de nuevo y tomó su taza de té—. Disculpe. Probablemente sea solo el mensajero.

Kay esperó hasta que la mujer se hubiera acomodado—. ¿Qué hay de Tony Richards?

La expresión de la mujer se endureció y se removió en su asiento—. Odio hablar mal de los muertos.

Kay se inclinó ligeramente hacia adelante—. Cualquier cosa que me diga no se repetirá a Yvonne ni al resto del personal —le aseguró.

Sheila suspiró. —Fue terrible —dijo, y señaló con la barbilla hacia la puerta—. Yvonne le dio trabajo aquí después de que lo despidieran. Annie casi renuncia, era tan grosero con ella, y seguía cometiendo errores, luego nos culpaba a nosotras. —Negó con la cabeza—. Yvonne lo intentó, de verdad que sí, pero después de que fuera grosero con un cliente por teléfono, tuvo que poner un límite.

—¿Cuánto tiempo trabajó aquí?

Sheila se reclinó y parpadeó. —Bueno, veamos. ¿Tal vez unas semanas? No más de un mes, diría yo.

Sus ojos se movieron hacia un punto detrás del hombro de Kay.

Ella se giró para ver a un hombre con camisa de manga corta y pantalones largos aparecer en lo alto de las escaleras.

Levantó la mano en su dirección, luego se dirigió a un escritorio junto a Carys y recogió una caja grande, su voz llegando hasta donde ella estaba sentada.

Hizo un comentario que provocó risitas en Belinda y

Annie, y una sonrisa cruzó el rostro de Carys, antes de que él se diera la vuelta y bajara las escaleras.

Kay se volvió hacia Sheila. —Parece amigable.

—Estará devastado cuando se entere de lo de Melanie. Siempre coqueteaban cuando ella ayudaba en recepción. —Se detuvo y se sonó la nariz.

—Discúlpeme un momento —dijo Kay.

Dejó a la mujer sorbiendo su té y se apresuró hacia la oficina principal.

Carys la vio acercarse y se puso de pie. —¿Qué pasa?

—Alcanza a ese mensajero. Consigue sus datos. Al parecer, él y Melanie solían coquetear cuando ella trabajaba aquí.

—Me encargo.

Kay asintió en agradecimiento y luego regresó con Sheila, quien la observaba con los ojos muy abiertos. Sonrió. —No se preocupe. Necesitamos hablar con todos los que conocían a Melanie o la vieron estas últimas semanas.

La mujer asintió. —Lo sé. —Suspiró—. Todavía no puedo creer que se haya ido.

Kay señaló hacia la oficina. —¿Estarán bien ustedes tres mientras Yvonne esté fuera?

—Oh, sí. Belinda y Annie son más que capaces de manejar el lado administrativo, y yo tengo el almacén bajo control —dijo Sheila—. Yvonne generalmente se encarga del marketing y se reúne con nuevos clientes. No hay nada en la agenda por el momento porque acaba de regresar de Milán. Oh, Dios. —Se interrumpió cuando las lágrimas volvieron a brotar.

Kay se inclinó hacia adelante y le dio unas palmaditas en la mano. —Gracias por hablar conmigo, Sheila. Nos iremos ahora.

La mujer asintió y acompañó a Kay fuera de la sala de reuniones.

Kay entregó tarjetas de presentación a las tres empleadas y luego siguió a Sheila escaleras abajo.

Carys estaba entrando por la puerta principal cuando llegaron al área de recepción, pero se detuvo en seco cuando las vio.

Kay arqueó una ceja hacia Carys, pero la mujer hizo un gesto casi imperceptible negando con la cabeza.

Nada.

—Bien, creo que eso es todo por ahora —dijo Kay—. Si alguien recuerda algo que crea que podría ayudarnos, cualquier cosa, por favor pónganse en contacto.

Kay empujó las puertas dobles, pero esperó para hablar hasta que ella y Carys llegaron al coche.

—¿Y qué hay del mensajero?

—Su nombre es Neil Abrahams. Ha sido mensajero por aquí durante unos cinco años. Confirmó que solía divertirse con Melanie cuando venía. Parecía genuinamente conmocionado por su muerte.

—¿Coartada?

—Dice que estaba jugando cricket con amigos ayer a la misma hora en que Yvonne y Tony dijeron que recibieron la llamada telefónica del secuestrador diciéndoles dónde estaba Melanie. Tengo el nombre de un amigo que puede corroborar eso. Aparentemente, le dio un aventón a casa.

—De acuerdo. Llámalo cuando regresemos. —Kay abrió la puerta del coche e inclinó la cabeza hacia el almacén mientras entraba—. ¿Qué piensas?

La joven agente miró hacia las ventanas frontales de la unidad. —No hay grandes retiros de efectivo de la cuenta del negocio. Están obteniendo buenas ganancias y parece que fueron auditados por la oficina de impuestos el año pasado sin problemas. —Se encogió de hombros—. Todo parece estar en orden.

Kay tamborileó con los dedos sobre el volante, luego miró su reloj antes de encender el motor y alejar el coche del parque industrial. —Tenemos un par de horas hasta la próxima reunión informativa. Empecemos con los amigos de Melanie. ¿Quién es el primero en la lista?

Carys hojeó sus notas. —Emma Thomas. Según Belinda, Emma y Melanie solían pasar el rato aquí después de la escuela a veces, supuestamente para ayudar.

—Sí, Sheila dijo que Melanie solía venir aquí. Aunque no mencionó a Emma.

—No me sorprende, Belinda y Annie dijeron que era una pesada.

—Interesante. ¿Cuál es la dirección?

Carys la leyó en voz alta y Kay asintió. —La conozco. Justo al otro lado de la A20.

Maniobró el coche hacia un carril de giro y pisó el acelerador en cuanto el carril opuesto estuvo despejado.

—Bien. Veamos qué tiene que decir Emma Thomas.

CAPÍTULO 13

—Siempre me ha gustado esta zona —dijo Carys mientras el coche se detenía junto a la acera—. Tu casa está cerca de aquí, ¿verdad?

Kay se rio.

—Sí, pero en la zona de Maidstone. Esta parte está muy fuera de mi presupuesto.

Salió del coche y miró por encima del techo hacia la plaza del pueblo. El gastropub en la esquina de la rotonda estaba haciendo un buen negocio a la hora del almuerzo, y sabía que durante el fin de semana un par de equipos locales de críquet ocuparían el área verde para competir por el espacio con aquellos que preferían patear una pelota.

Se dirigieron hacia una casa de ladrillo rojo más arriba en el camino desde el pub. Un alto seto de ligustro proporcionaba privacidad a la casa desde la calle, y mientras se acercaban, una cortina en la ventana superior izquierda se movió ligeramente.

—Nos han visto.

Kay se concentró en mantener la mirada baja.

—Supongo que han estado esperando que apareciéramos;

los agentes uniformados se han puesto en contacto con la escuela.

Extendió la mano y tocó el timbre.

No tuvieron que esperar mucho. El sonido de pasos bajando una escalera llegó hasta ellas, y luego se abrió la puerta.

—¿Emma Thomas?

—¿Sí?

—¿Están su madre y su padre en casa?

Una mujer apareció al lado de la hija, secándose las manos con una toalla.

—Soy Sarah Thomas, la madre de Emma.

Kay mostró su placa.

—Buenos días, señora Thomas. Oficial de Policía Kay Hunter. Esta es la Agente Carys Miles. Me preguntaba si podríamos hablar con Emma, por favor, sobre Melanie Richards.

Sarah Thomas acarició la cabeza de su hija.

—¿Estás bien para hablar con ellas, cariño?

—Sí —dijo la adolescente. Sorbió por la nariz—. Si hay algo que pueda hacer para ayudar, quiero hacerlo.

Kay notó los ojos enrojecidos de la chica.

—Realmente necesitamos tu ayuda para saber más sobre cómo era Melanie como amiga —dijo suavemente.

—Pasen —dijo Sarah, y les hizo señas para que la siguieran.

Kay dejó que la madre y la hija las guiaran a través de la casa hasta un luminoso invernadero que había sido añadido a la parte trasera del edificio, inundando de luz la cocina y el comedor.

Las superficies de las encimeras estaban impecables, salvo por una serie de los más modernos aparatos de cocina y cafeteras que parecían haber sido colocados con fines estéticos, más que para un uso práctico.

—Por favor, tomen asiento —dijo Sarah, señalando un juego de sillones en el invernadero—. ¿Les gustaría un café?

—No, gracias —dijo Kay—. No les quitaremos mucho tiempo hoy.

Hizo un gesto hacia el jardín.

—Tienen una casa preciosa —dijo.

—Gracias —dijo Sarah, visiblemente halagada—. El negocio de mi marido va muy bien, y somos bendecidos de vivir en una zona tan agradable.

—Entonces, Emma, ¿puedes contarme sobre Melanie? Tengo entendido que han sido buenas amigas durante el último año más o menos.

La adolescente asintió, luego se inclinó hacia adelante y tomó un pañuelo de papel de una caja en la mesa baja entre los sillones. Se sonó la nariz y luego apretó el pañuelo arrugado en la palma de su mano.

—Estábamos en diferentes clases en la escuela secundaria. Así que no llegué a conocerla realmente hasta que empezamos nuestros *A levels* el año pasado.

—¿En septiembre?

—Sí. —Emma suspiró, y luego tiró el pañuelo en una papelera junto a su silla antes de tomar otro de la caja. Lo sostuvo entre sus dedos y lo rompió distraídamente. Frunció el ceño—. No puedo recordar cómo empezamos a hablar. Creo que hice una broma sobre algo.

—¿Qué pasó entonces?

Una sonrisa se dibujó en el rostro de Emma.

—Hubo una risa muy fuerte desde el otro lado de la sala, y me di la vuelta para ver quién era, y era Melanie. Terminamos pasando el tiempo juntas durante el almuerzo y descubrimos que teníamos mucho en común.

Volvió a sorber por la nariz.

—No puedo creer que se haya ido. —Se secó los ojos con los restos del pañuelo y luego lo dejó caer en la papelera—. ¿Qué pasó? —dijo, levantando su mirada llena de lágrimas hacia Kay.

—Lo siento, Emma. No puedo revelar ningún detalle de una investigación activa. —Levantó las manos—. Cuando pueda decirte algo, lo haré. ¿Te parece bien?

La adolescente asintió.

—Bien, entonces ustedes se hicieron amigas cuando empezaron a estudiar para sus *A levels*. ¿Cuánto tiempo pasaban juntas?

—Oh, muchísimo —dijo Emma—. Le gustaba la misma música que a mí, íbamos a la misma peluquería, frecuentábamos las mismas tiendas los fines de semana. —Se quedó pensativa, con una expresión nostálgica—. Solíamos ir a Londres en tren algunos sábados. Al mercado de Camden, a Covent Garden.

—Y siempre estaban en casa antes de que se hiciera tarde —interrumpió Sarah.

Kay sonrió.

—Bien —dijo. Volvió su atención a Emma—. ¿Melanie alguna vez mencionó que pudiera estar en peligro?

Emma negó con la cabeza.

—No. No, nunca. —Su labio inferior tembló una vez más.

—De acuerdo —dijo Kay—. ¿A dónde más iba con Melanie?

Emma pensó por un momento.

—Oh, a veces íbamos al negocio de su madre después de la escuela. Su madre no tiene muchos empleados, así que solíamos ayudar contestando los teléfonos o empacando cajas en el almacén.

Sarah se inclinó hacia adelante.

—Yvonne y yo pensamos que sería una buena experiencia

para las chicas, así tendrían algo en sus currículos antes de salir de la escuela.

—Era divertido —dijo Emma—. Hacíamos el correo y nos sentábamos en la recepción y esas cosas. También nos pagaban.

—¿Cuánto tiempo pasaban en la recepción? —dijo Carys.

Emma frunció el ceño.

—Em, ¿tal vez un par de tardes a la semana? Sí, eso es, especialmente los últimos tres meses. Ha estado muy ocupado —dijo con autoridad.

Kay sonrió.

—Entiendo que se llevaban bien con el mensajero.

Emma hizo una mueca.

—Eso era Melanie. Nunca me prestó mucha atención a mí. Gracias a Dios.

Kay notó el tono de celos en la voz de la chica, a pesar de sus palabras. Su madre parecía ajena a ello, así que cambió de tema.

—El señor Richards también trabajaba allí, ¿no es así? —dijo Kay.

Emma asintió y bajó la mirada a sus manos.

—Sí. Era divertido. —Negó con la cabeza—. No puedo creer que Tony también esté muerto.

—¿Cuándo fue la última vez que viste a Melanie y Tony juntos?

—La semana antes de que él e Yvonne se fueran de vacaciones. Aunque para Yvonne era un viaje de negocios. Tony pensaba que eran vacaciones —añadió Emma con una sonrisa.

—¿Y Melanie se quedó?

—Sí. —El rostro de Emma se ensombreció—. La última vez que hablé con ella, se suponía que iba a ir con ellos. Si hubiera ido, aún estaría viva, ¿verdad?

La chica volvió a romper en llanto, y Sarah atrajo a su hija hacia sí para abrazarla.

—¿Necesita algo más, oficial? —dijo, mirando por encima de la cabeza de su hija.

—No, gracias —Kay se inclinó hacia adelante—, y gracias a ti, Emma. Has sido de gran ayuda.

—Disculpen —dijo Sarah—. La llevaré a su habitación y luego las acompañaré a la salida.

Se levantó del sofá y persuadió a Emma para que saliera de la habitación, sus voces apagadas se perdieron por la cocina y el pasillo.

Kay se levantó de su silla y se paseó por el invernadero.

—¿Qué piensas? —murmuró Carys, recogiendo su cuaderno y su bolso.

—Creo que echa de menos a su mejor amiga.

Sarah regresó después de cinco minutos y se quedó en el umbral entre la cocina y la habitación exterior, abrazándose a sí misma.

—Gracias por permitirnos hablar con Emma —dijo Kay. Le entregó una de sus tarjetas de visita—. Necesitaremos hablar con ella de nuevo en algún momento, pero si recuerda algo que pueda ayudarnos mientras tanto, por favor llámeme.

—La hemos mantenido aquí desde que nos enteramos de lo de Melanie —dijo Sarah—. Volverá a la escuela la semana que viene, pero estableceremos algunas reglas básicas. —Se estremeció visiblemente.

—¿A qué se dedica el padre de Emma? —preguntó Carys.

Sarah hizo un gesto despectivo con la mano.

—Oh, él se fue hace mucho. Me volví a casar hace unos tres años. Vince es un padre excelente para Emma. Tiene su propio negocio de importación y exportación. —Señaló la decoración interior—. Le va muy bien.

—Bueno, gracias por su tiempo —dijo Kay—. Nos mostraremos la salida, si le parece.

Cerrando la puerta principal tras ellas, emprendió un paso rápido por el camino de entrada de vuelta al coche.

—¿Qué prisa hay, oficial?

Kay se dio un golpecito en el reloj.

—La escuela termina en media hora. Quiero hablar con el director. Ver cómo eran realmente nuestras chicas.

Carys se detuvo junto al coche mientras Kay lo desbloqueaba y miró hacia la casa.

—¿Demasiado bueno para ser verdad, crees?

—Definitivamente. Tal vez Emma y Melanie estaban haciendo algunas cosas que Sarah Thomas nunca supo.

CAPÍTULO 14

Kay frunció los labios. —Nunca me gustó mucho la escuela.

—¿Por qué no?

Kay se encogió de hombros. —Me gustaba aprender. No me gustaba el acoso que venía con ello. No podía esperar para salir de allí. —Miró su reloj y luego a la mujer detrás del escritorio—. ¿El director se da cuenta de que esto es urgente?

—Por supuesto —dijo la mujer con rigidez.

En ese momento, la puerta junto al escritorio se abrió y un hombre de aspecto delgado asomó la cabeza.

—¿Oficial Hunter? ¿Le gustaría pasar?

Kay se levantó, arqueó una ceja hacia Carys y luego se dirigió a través de la oficina de recepción hacia el despacho del director.

Él extendió su mano mientras las guiaba al interior. —Soy Geoffrey Hatchard.

Al entrar, Kay se sorprendió por lo desnudo que estaba. Dos archivadores grises, abollados y desportillados, estaban apoyados contra una pared, con una pila de papeles encima de cada uno. Una ventana de cristal esmerilado dejaba entrar luz al reducido espacio, a la vez que proporcionaba algo de privacidad a su ocupante del patio de recreo exterior. El escritorio del director era un mueble barato y parecía haber sido construido apresuradamente con un kit de muebles para armar.

El director mismo parecía haber absorbido algunas de las características menos favorecedoras de su entorno.

Se aflojó la corbata del cuello y se quitó la chaqueta raída de los hombros antes de colocarla en el respaldo de su silla y pasarse la mano por el cabello ralo con un suspiro audible.

Kay se sentó en una de las sillas para visitantes que él indicó y esperó mientras él empujaba más papeles a un lado y apoyaba los antebrazos sobre la superficie.

—Supongo que esto es sobre Melanie Richards.

—Así es. Gracias por recibirnos con tan poca antelación —dijo Kay—. Tengo entendido que era muy amiga de Emma Thomas. ¿Puede contarnos más sobre ellas?

Hatchard exhaló y se reclinó. —Mucho potencial. Pero, desafortunadamente, mucho trabajo duro para intentar que se concentraran.

—¿Puede elaborar?

—Hemos tenido algunos... problemas este último año. Las calificaciones de Melanie estaban bien al final del año escolar pasado, y luego ella y Emma Thomas fueron colocadas en la misma clase en septiembre. Odio decirlo, pero Emma ha sido una mala influencia para algunas de las chicas de la escuela. Tiende a ejercer su autoridad.

—¿Quiere decir que es una acosadora?

Hatchard balbuceó. —Bueno, no supongo que sea acoso en el sentido de que nadie está siendo golpeado. Son solo palabras.

—¿Qué tipo de palabras?

El hombre suspiró. —Insultos, ese tipo de cosas. —Se encogió de hombros—. Hablamos con ambas en varias ocasiones, especialmente con Melanie. Parecía una lástima que estuviera más interesada en ser parte del grupo de Emma que en concentrarse en sus estudios. Realmente era una excelente alumna.

—¿Cree que alguien a quien acosó podría haberle hecho daño?

El rostro del hombre palideció. —No puede referirse a…

Kay permaneció en silencio y dejó que el hombre reflexionara sobre su pregunta.

Abrió y cerró la boca un par de veces, y luego negó con la cabeza. —No. No, realmente no lo creo.

—Necesitaremos una lista de los niños que han presentado quejas —dijo Kay.

—No sé si eso sea posible.

—Primero buscaremos el permiso de sus padres para hablar con ellos.

—No, no es eso lo que quiero decir. Verá, nadie presentó nunca una queja formal.

—¿Qué?

El hombre bajó la mirada y se sonrojó. —Solo me enteré porque dos de mis empleados me informaron de incidentes. Ninguno de los niños que fueron acosados ha dicho nunca nada.

—¿Por qué no?

Se encogió de hombros.

—¿Melanie y Emma los intimidaban tanto que estaban asustados?

—No lo sé —murmuró—. Lo siento —añadió, mirándola a los ojos—. No tengo ni idea.

———

Kay terminó su llamada con el Agente Barnes y, después de recibir una actualización de la sala de incidentes, metió su teléfono en el bolso.

Sus ojos se posaron en los grafitis garabateados en los ladrillos rojos del cobertizo para bicicletas junto a las plazas de aparcamiento para visitantes. Parecía que, en algún momento, se había hecho un esfuerzo por limpiar las paredes; en algunos lugares, la superficie intacta destacaba en marcado contraste con las etiquetas garabateadas que la rodeaban.

Cuando levantó la vista, Carys estaba mirando por encima del techo del coche hacia el edificio principal de la escuela.

—¿En qué estás pensando?

Carys se encogió de hombros. —Me preguntaba cuán desesperada estaría una víctima de acoso para poner fin al tormento.

—Sí. Definitivamente es algo que deberemos tener en cuenta —dijo Kay. Exhaló—. Bueno, Barnes dice que Gavin ha logrado conseguir las imágenes de las cámaras de seguridad del polígono industrial, así que eso es algo, supongo.

—¿Disculpe?

Se dio la vuelta.

Una niña pequeña y delgada estaba de pie en la sombra de los cobertizos para bicicletas, con las manos cruzadas frente a ella.

—¿De dónde has salido, cariño?

La niña señaló por encima de su hombro hacia un sendero que pasaba entre los cobertizos para bicicletas y una cancha de tenis de aspecto cansado. —Escuché sus voces —dijo.

—¿Está todo bien?

La niña miró por encima de su hombro. —Supongo.

Kay dejó su bolso en el asiento del conductor y asintió a Carys antes de volverse hacia la niña.

—¿Querías hablar?

La niña se mordió el labio.

—Está bien —dijo Kay—. No te meterás en problemas.

—¿Melanie Richards va a volver?

—Em, no. No, no volverá.

—Bien.

La niña se dio la vuelta.

—Espera.

Los ojos de la niña se agrandaron mientras miraba hacia Kay, toda su postura indicando que estaba lista para huir.

Kay respiró hondo y se arriesgó. —¿Qué tan malo era el acoso?

—Malo.

—A mí también me acosaron en la escuela.

La niña no parecía convencida.

—Aunque no sé si habría llegado tan lejos como para matar a alguien que me acosara.

—Yo tampoco. —La niña pareció relajarse—. No creo que ninguno de nosotros lo haría, para ser honesta. Solo queríamos asegurarnos de que la noticia fuera cierta. Que no iba a volver.

—¿Cómo te llamas?

La niña salió corriendo y Kay maldijo por lo bajo.

—¿Qué piensa, oficial?

Se subieron al coche, y Kay arrancó el motor.

—Me pregunto a quién más acosó Melanie Richards.

CAPÍTULO 15

Kay condujo el coche entre dos pilares de ladrillo rojo, las puertas de hierro forjado de la entrada de los Richards ya abiertas, y redujo la velocidad cuando las ruedas crujieron sobre el camino de grava recién colocado.

Un coche normal de la comisaría había sido estacionado cerca de las puertas cerradas del garaje, y exhaló al darse cuenta de que el OEF se había trasladado del hospital con Yvonne Richards. Un segundo vehículo, un SUV plateado de gama media, se erguía como centinela en un área pavimentada en el extremo opuesto de la propiedad.

—¿Alguna vez has trabajado en un caso de secuestro antes? —preguntó Carys. Se movió en el asiento del copiloto, se desabrochó el cinturón de seguridad y miró fijamente la puerta principal.

—Ninguno como este —dijo Kay—. ¿Y tú?

Carys negó con la cabeza.

—Bien, yo dirigiré las preguntas. Tú toma notas. Si crees que he pasado algo por alto o quieres que se aclare algo, intervén. ¿De acuerdo?

—Entendido.

Kay sacó la llave del encendido. —Vamos, entonces.

Sus zapatos crujieron sobre la grava mientras se dirigían a la puerta principal. Carys extendió la mano y presionó el timbre. Pasaron unos segundos, y luego la Oficial de Enlace Familiar del hospital abrió la puerta.

Los hombros de Kay se relajaron. Hazel tenía una formidable reputación como OEF, y Kay se alegró de que hubiera sido asignada a Yvonne Richards.

—Buenos días, Hazel —cerró la puerta detrás de Carys, e inmediatamente notó el manto de silencio que envolvía lo que una vez había sido un hogar familiar.

—¿Quieren esperar en la sala de estar? —dijo Hazel—. Están en la cocina en este momento. Iré a buscarlos.

Kay asintió y pasó por la puerta de la derecha que la OEF indicó. Ella y Carys permanecieron de pie mientras esperaban, y echó un vistazo a los caros muebles tapizados que habían sido cuidadosamente colocados en la amplia habitación.

El espacio habría hecho eco con sus pasos de no ser por la gruesa y mullida alfombra que cubría el suelo, y por un momento Kay sintió el impulso de revisar las suelas de sus zapatos antes de descartar la idea. Hazel les habría dicho si Yvonne requería que se quitaran los zapatos en la puerta.

Un enorme televisor ocupaba un tercio del espacio en la larga pared que recorría la longitud de la casa, mientras que la pared del fondo había sido reemplazada por puertas plegables estilo patio que daban a un jardín paisajístico de tamaño mediano. Varios jarrones con flores habían sido dispuestos alrededor de la habitación, una falsa sensación de alegría en una casa devastada por una doble tragedia.

—Mucho dinero, Oficial —dijo Carys, evaluando el equipo de sonido que se encontraba en un mueble bajo debajo del televisor, y luego los altavoces empotrados en el techo.

Kay reconoció el comentario con un asentimiento, pero no dijo nada.

Había aprendido antes que las apariencias podían ser engañosas.

Un fuerte olor a abrillantador de muebles se aferraba al aire, y notó con tristeza que a menudo, la única manera en que la gente podía hacer frente al dolor era limpiando, como si intentaran mantener el orden en un mundo que ya no tenía sentido para ellos.

Se giró cuando la puerta se abrió, y Hazel entró y se hizo a un lado para dejar pasar a Yvonne. La seguía una versión mayor de ella misma, con cabello oscuro recogido en una coleta, y vestida con jeans y una camiseta polo.

Esta es Dawn, la hermana de Yvonne —dijo Hazel, e hizo las otras presentaciones.

Kay esperó hasta que Yvonne se hubo acomodado, y notó que Dawn tomó su mano tan pronto como se sentó, dándole un apretón.

Yvonne ignoró a su hermana, sus ojos cansados encontrándose con los de Kay.

—No están más cerca de descubrir quién hizo esto, ¿verdad?

—Es muy temprano en la investigación —dijo Kay—. Por eso estoy aquí. —Se inclinó hacia adelante—. Yvonne, nos gustaría hacer una declaración a los medios más tarde hoy. Para buscar ayuda del público para encontrar quién hizo esto.

Yvonne se secó los ojos, luego levantó la barbilla y miró fijamente a Kay. —Hagan lo que tengan que hacer para encontrar al bastardo. ¿Necesitan que yo esté allí?

Kay negó con la cabeza. —No en este momento. Es probable que sea solo mi jefe, el Inspector Sharp; él es el Oficial Investigador Senior asignado a este caso. Trabajará estrechamente con nuestros asesores de medios, y estará en las noticias de la noche. Hazel será asignada a usted mientras continúe la investigación. ¿Está bien?

—Gracias —Yvonne miró a Hazel—. Pero ¿no le importa?

—No me importa en absoluto —dijo Hazel—. Estaré por aquí mientras me necesite.

Yvonne exhaló, y Kay notó el alivio en sus ojos. Por un momento, se preguntó cómo sería la relación entre ella y su hermana, luego continuó.

—¿Tiene una fotografía reciente de Melanie que pueda llevarme, para que podamos mostrarla a los medios?

—Por supuesto. Espere un momento.

Yvonne se levantó del sillón, se alisó la falda y salió apresuradamente de la habitación.

Dawn se inclinó para mirar a través de la puerta, y luego se volvió hacia Kay.

—¿Realmente cree que van a atraparlo?

Kay se tomó un momento antes de responder. —En este momento, mi enfoque es obtener tanta información como sea posible para mi equipo. Tan pronto como tengamos algo sobre lo que actuar, lo haremos.

Levantó la vista cuando Yvonne regresó y le tendió una fotografía.

—Imprimí esta justo antes de que nos fuéramos de viaje.

—Gracias —dijo Kay. Manejó la imagen con cuidado y miró el rostro sonriente de Melanie Richards. Su garganta se tensó, como siempre lo hacía cuando veía por primera vez a una víctima de asesinato como un ser humano normal. Nunca había retrocedido ante los horrores que su trabajo implicaba, pero era esto, este elemento humano, lo que la golpeaba en el estómago y la mantenía enfocada.

—Pensé que probablemente sería la última vez que

obtendría una foto de ella con su uniforme escolar —dijo Yvonne—. La escuela está cambiando las reglas para los estudiantes de sexto, así que pueden usar lo que quieran.

—¿Cómo le iba en la escuela? ¿Algún problema?

Yvonne negó con la cabeza. —No, siempre ha tenido excelentes informes escolares —dijo, y luego su rostro decayó.

—Cuidaré de esto —dijo Kay.

Yvonne se sentó junto a su hermana una vez más, y Kay guardó la fotografía en su bolso.

—Yvonne, necesito hablar sobre cómo era su rutina antes de irse de vacaciones.

—En realidad no eran vacaciones.

—¿Ah, no?

Yvonne suspiró. —Tengo un cliente en Milán que ha sido particularmente difícil estas últimas semanas. Al final, tomé la decisión de volar allí y tratar con él cara a cara. Tony vino conmigo, ya que pensamos añadir un par de días al final para tomar un descanso antes de volver a casa.

Se secó los ojos, y Kay pudo ver la culpa filtrándose en la mirada de la mujer.

Oyó un leve *clic* cuando Carys accionó el resorte de su bolígrafo, y miró de reojo para ver la punta suspendida sobre su libreta, antes de volver su atención a Yvonne.

—¿Qué día se fueron?

—El martes por la mañana. Tuve que ir a la oficina primero para una videoconferencia con el cliente antes de subir al avión. Tony vino conmigo; tomamos un taxi desde la oficina hasta el aeropuerto.

—Entiendo por Emma Thomas que Melanie iba a viajar con ustedes.

Yvonne suspiró. —Así era; teníamos los formularios firmados por su escuela y todo, pero ella y Tony tuvieron una discusión el lunes por la noche, así que cambió de opinión en el último momento.

—¿Sobre qué discutieron?

—Tonterías. Tony puso el pie firme sobre lo que Melanie podía llevar para vestir, y a ella no le gustó.

—¿Y no tuvieron comunicación con Melanie después de salir de casa?

—No. Siempre ha sido muy madura para su edad, y no era la primera vez que se quedaba sola unos días. —Yvonne logró esbozar una débil sonrisa—. Creo que le gustaba, que se le diera responsabilidad. —Su sonrisa se desvaneció, y su voz tembló—. Acordamos que solo nos llamaría o enviaría un mensaje si hubiera una emergencia.

—¿Puede contarme los acontecimientos de ese martes? Digamos, desde que se levantó.

Yvonne sorbió por la nariz y se la secó con un pañuelo arrugado que sacó de la manga de su chaqueta.

—Tony se levantó primero. Le gustaba tomar café antes de comer algo, y siempre era madrugador. Tan pronto como lo oí recoger el periódico del buzón, me metí en la ducha. Para cuando Melanie apareció en la cocina, ya habíamos desayunado.

—¿Melanie no desayunó con ustedes?

—Melanie no desayunaba y punto —dijo Yvonne, y Kay notó la exasperación en su voz—. Dejó de hacerlo hace aproximadamente un año. Decía que no podía enfrentarse a comer nada a primera hora de la mañana.

Kay vio que el ceño de la hermana se fruncía y tomó nota de hablar con ella en privado.

—¿A qué hora salieron de casa?

—Justo después de las siete y media. Melanie no estaba lista, así que habría caminado hasta el final de la calle para tomar el autobús al centro para ir a la escuela. —Sus hombros se hundieron—. La videoconferencia estaba programada para las ocho. De lo contrario…

Kay asintió.

De lo contrario, Melanie habría sido llevada al centro en la seguridad del taxi con sus padres.

De lo contrario, tal vez el secuestrador de Melanie no habría podido llevársela.

—¿A qué hora planeaba Melanie salir de casa para tomar el autobús?

Yvonne tragó saliva. —Alrededor de las siete cuarenta y cinco. —Contuvo un sollozo—. Quince minutos. Después de todo, podría haber esperado. El maldito cliente canceló la videoconferencia de todos modos.

CAPÍTULO 16

Hazel sugirió un breve descanso del interrogatorio, y Kay se sintió inclinada a estar de acuerdo con ella, así que Dawn se ofreció a hacer café.

Kay la siguió fuera de la sala de estar y por el pasillo hasta una cocina que cualquier agente inmobiliario habría llamado "bien equipada". Todo lo que se podría esperar que estuviera allí, estaba allí. Todo en su lugar, funcional y reluciente.

Y limpio.

Muy limpio.

—¿Se está quedando aquí?

Dawn asintió, cogió la tetera y la sostuvo bajo el grifo. —Sí. Por un tiempo. Le he explicado al trabajo que no puedo dejarla sola por el momento.

—Es muy amable de su parte hacer eso.

Dawn se encogió de hombros y cerró el grifo, luego encendió la tetera. —No habría estado bien ella sola. Me habría preocupado por ella. —Agarró un paño de cocina y limpió las tazas que estaban boca abajo en el escurridor.

Kay se preguntó por qué no las había puesto simplemente

en el lavavajillas de alta gama, pero no dijo nada y dejó que sus ojos vagaran por la habitación. —Les ha ido bien.

—A *ella* le ha ido bien —dijo Dawn. Arrojó el paño de cocina al escurridor, se dio la vuelta y señaló con el dedo a Kay.

—Tony no era nada hasta que conoció a Yvonne —siseó. Bajó la mano y se apoyó contra la encimera, con el pecho agitado.

Kay hizo un gesto hacia los taburetes escondidos debajo de la isla central de la cocina. —¿Nos sentamos?

Esperó hasta que Dawn se apartó del fregadero y sacó uno de los taburetes, una expresión casi petulante cruzó el rostro de la mujer mayor antes de unirse a ella.

Dawn se ocupó de volver a atarse el elástico del pelo, se alisó el flequillo y luego suspiró.

—Lo siento. Sé que solo está haciendo su trabajo.

—Está bien —dijo Kay. Apartó su bolso, apoyó un codo en la encimera mientras giraba en su asiento para mirar a Dawn, y bajó la voz—. Entonces, ¿qué puede contarme sobre Tony?

Dawn resopló. —¿Tony? Cayó de pie el día que se casó con mi hermana.

Kay arqueó una ceja.

—Mire, adoraba a Melanie, y creo que también amaba a Yvonne, pero a veces era un hombre difícil de tratar.

—¿En qué sentido?

—Perdió su trabajo hace dos años, justo cuando el negocio de Yvonne estaba empezando a despegar. Yvonne había sacado el negocio de la casa el año anterior; había crecido tan rápido que tuvo que conseguir un local apropiado o empezar a perder contratos.

Dawn extendió la mano y trazó con el dedo una mancha de café rebelde en la encimera. —Nuestro padre murió hace años, y cuando mamá se fue, nos fue bien económicamente. Yvonne consiguió una hipoteca comercial con su mitad de la herencia y compró el dominio absoluto de la unidad en Sparks Way.

Kay acercó su cuaderno y escribió un recordatorio para sí misma.

Dawn observó y permaneció en silencio.

—Entonces, ¿qué pasó cuando Tony fue despedido?

Dawn hizo una mueca. —Dije "despedido" —admitió—, aunque sospecho que molestó a tanta gente mientras estuvo allí, que probablemente estaban desesperados por deshacerse de él.

—¿Tenía mal genio?

—Era más bien un acosador verbal. Grosero con todos. Siempre menospreciando a la gente. Ridiculizándolos.

—¿Le hacía eso a usted también?

La cabeza de Dawn se levantó de golpe, con los ojos brillantes. —Sí, y a Yvonne.

—¿Encontró más trabajo?

Dawn negó con la cabeza. —Yvonne decidió emplearlo.

Kay captó el tono burlón en la voz de la mujer. —¿Cuánto duró eso?

—Unas tres semanas. Tony acosó a los otros dos empleados que Yvonne había contratado. Eran demasiado importantes para el negocio como para que Yvonne los perdiera, así que tuvo que despedir a Tony.

—¿Cómo se lo tomó?

—Se enfurruñó como un niño de cinco años durante una semana. Era, *era*, su defensa habitual. Nunca era su culpa, en su mente. —Dawn alcanzó un rollo de papel de cocina en un soporte vertical en el centro de la encimera, arrancó una hoja y frotó la mancha de café—. Afortunadamente, supongo, por esa época Mel se metió en problemas en la escuela, así que tenía sentido que él estuviera más tiempo en casa para ella.

—¿En qué problemas se metió?

La boca de Dawn se torció. —Acoso escolar. De tal palo, tal astilla, ¿no?

CAPÍTULO 17

Kay dejó caer su bolso sobre la alfombra del pasillo al pasar y subió las escaleras.

Cruzó el rellano hacia el dormitorio principal, se quitó los zapatos y luego se desabrochó la blusa, se quitó los pantalones y arrojó ambas prendas al cesto de la ropa sucia detrás de la puerta.

Se puso sus vaqueros favoritos, esos con agujeros que Adam creía que se desharían antes de que ella accediera a tirarlos, y se deslizó una camiseta de manga larga por la cabeza mientras su estómago rugía.

Intentó recordar cuándo había comido ese día, y luego desistió.

La reunión informativa de la tarde se había retrasado debido a la asistencia del DI Sharp a la conferencia de prensa, y cuando regresó a la sala de incidentes, ya era tarde.

El equipo continuó sin importar, informando sus hallazgos a lo largo del día, con Sharp asignando tareas para la mañana antes de despedirlos.

Kay se detuvo en lo alto de las escaleras y su mirada se

dirigió hacia la pequeña habitación en la parte trasera de la casa semiadosada de tres dormitorios.

Se abrazó el estómago y se acercó.

La puerta había quedado entreabierta; Adam había olvidado cerrarla en su prisa por llegar a la clínica esa mañana, y cuando ella miró a través, se abrió sobre sus bisagras revelando su contenido.

Se le cortó la respiración.

No habían empezado a pintar la habitación, pero habían puesto todas las «cosas de oficina», como las llamaba Adam, en cajas, listas para ser redistribuidas por la casa una vez que se hubieran hecho a la idea de que venía un bebé en camino.

Las cajas habían permanecido empacadas estas últimas semanas, ninguno de los dos queriendo ser el primero en sugerir que abandonaran la idea de una habitación infantil y volvieran a armar la oficina.

Un paquete de dos brochas nuevas yacía sin abrir sobre una sábana vieja, descartado pero no olvidado.

Ignorado.

Kay se mordió el labio, extendió la mano y cerró la puerta.

Bajó las escaleras, recogió su bolso y caminó hacia la cocina.

Sus ojos se posaron en la encimera y en el reptil que yacía enroscado en el fondo de su hogar temporal.

—Sé que no te sientes bien, Sid —murmuró—, y no lo tomes a mal, pero cuanto antes vuelva tu dueño, mejor.

Sacó su lengua y permaneció inmóvil mientras ella bordeaba los taburetes que estaban metidos bajo la barra.

Se había perdido las noticias de las seis, y con ellas la transmisión de la declaración en vivo a los medios que Sharp y Larch habían hecho a la prensa, simplemente porque había tenido que asegurarse, como SIO adjunta, de que toda la documentación relevante se actualizara antes de abandonar la sala de incidentes por la noche.

Había captado un fragmento de la declaración en la radio durante su viaje a casa, pero quería ver las noticias de la noche para ver qué se había presentado al público.

Cualquier investigación tenía que sopesar los pros y los contras de involucrar a los medios y qué decirles, y a menudo era un acto de equilibrio cuidadoso. Al averiguar qué se había hecho público, podría prepararse para las llamadas telefónicas que podrían esperar recibir del público al día siguiente.

Sus ojos se posaron en una nota adhesiva amarilla pegada a la tabla de cortar, con los garabatos familiares de Adam.

¡Son gemelos!

Sonrió. Él había pasado largas horas en el establo, y ella compartía su alivio de que, al final, todo hubiera salido bien para la yegua y sus potros. Sin duda, permanecería en el establo hasta que estuviera satisfecho de que no habría complicaciones posparto, así que su mente se dirigió a la cena.

Su mano se cernió sobre la puerta del congelador, y luego la apartó de golpe. Nunca se acostumbraría a que los bocadillos de Sid se guardaran allí mientras se recuperaba.

En su lugar, abrió la puerta del refrigerador, preparó una ensalada en un tazón, hizo suficiente para dos, y puso una porción generosa en un plato mientras esperaba que el microondas calentara una papa al horno. Añadió una nota adhesiva propia junto a la de Adam.

Ensalada en la nevera. Latas de atún en el armario - ¡come!

El microondas sonó y ella colocó su plato en la encimera de la cocina, y tomó un cuchillo y un tenedor.

Sid levantó la cabeza y la miró fijamente, su lengua moviéndose mientras olfateaba el aire.

Kay miró con dureza a la serpiente, luego tomó su plato y lo colocó en una bandeja.

—No puedo comer sentada a tu lado, Sid.

Agarró una copa de vino, la equilibró en su bandeja y se dirigió a la sala de estar.

Adam había dejado encendidas dos de las grandes lámparas de pie antes de irse, y un resplandor suavizaba los bordes de la habitación. Su orgullo y alegría, un gran televisor de pantalla plana, colgaba sobre un gabinete bajo que albergaba todo el equipo del sistema de sonido.

Estanterías cubrían la pared larga frente a la ventana salediza que daba a la calle, la mitad de las cuales estaban ocupadas por una colección de DVD que habían acumulado entre ellos mientras Adam aún estaba en la universidad.

Kay dejó su bandeja y pasó un dedo por los lomos de las películas; la mayoría eran thrillers, junto con una o dos comedias románticas que habían disfrutado juntos en el cine hace varios años, y algunos títulos en idiomas extranjeros mezclados entre ellos. Empujó una caja desviada de vuelta a la fila, se aseguró de que todo seguía en orden alfabético y sonrió al imaginar la respuesta de Adam a sus acciones.

Siempre la había molestado por su necesidad de archivar las películas alfabéticamente (había logrado convencerla de que dejara los libros en paz), pero lo había entendido una vez que ella le explicó que después de algunos de los casos con los que lidiaba a diario, necesitaba algo que le diera un sentido de orden en su mundo.

Satisfecha, se volvió hacia el sofá y tomó el control remoto del televisor.

Equilibró la bandeja en su regazo mientras cambiaba de canal, hasta que encontró la emisora local que pronto mostraría las noticias a la hora en punto.

Devoró la ensalada y se dio cuenta de que no había

comido desde el desayuno. Una sonrisa cruzó sus labios al pensar en lo que Sharp tendría que decir sobre eso: era muy estricto en asegurarse de que su equipo mantuviera sus niveles de energía, y saltarse comidas era algo que había logrado quitarle de la cabeza.

Hasta ahora.

Apartó la bandeja cuando terminó y subió el volumen del televisor mientras sonaba la familiar sintonía del programa de noticias.

El secuestro y la muerte de Melanie Richards era la noticia principal, y se acomodó para verla.

Sharp había pasado una hora con el oficial de prensa antes de presentarse ante las cámaras. Cada palabra de su declaración había sido analizada, ajustada y reformulada hasta contener suficiente información para captar la atención del público sin revelar datos valiosos que solo el asesino conocería. Se había tomado la decisión temprana en la reunión de no mencionar los detalles exactos de la muerte de Melanie.

El método utilizado había sido tan elaborado, tan calculado, que cualquier pista proveniente del llamamiento a los medios sería tratada como prioridad si un miembro del público aportaba información que se relacionara con esos hechos particulares.

Además, necesitaban que el público estuviera alerta, no asustado.

La fotografía que Yvonne Richards había proporcionado de su hija ahora aparecía en una hoja informativa de una página que se había entregado a cada asistente en la rueda de prensa. Proporcionaba un resumen de los hechos conocidos (al menos, los que estaban revelando al público en ese momento) así como los nombres de los oficiales superiores que dirigían la investigación y el número de teléfono nacional de Crimestoppers.

Finalmente, habían realizado una lluvia de ideas y trabajado en las preguntas que anticipaban de la prensa.

Sharp había estado reticente a su regreso a la sala de reuniones, y Kay se preguntaba si era porque la conferencia de prensa había ido bien o no.

Alargó la mano hacia el control remoto y subió el volumen mientras Sharp se acercaba al podio.

Comenzó agradeciendo a la prensa su asistencia y luego leyó el discurso preparado sobre el secuestro de Melanie.

—Es con gran tristeza que también debo informar que Tony Richards, el padre de Melanie, falleció esta tarde debido a una sospecha de fallo cardíaco —añadió al final—. El perpetrador de este terrible crimen es ahora responsable de arrebatar dos vidas inocentes, y no descansaremos hasta que esa persona o personas sean llevadas ante la justicia.

Kay escuchó atentamente mientras los periodistas reunidos lanzaban preguntas a Sharp. El oficial de prensa y el Inspector Jefe Larch permanecían a un lado, con expresiones sombrías.

No hubo sorpresas; los periodistas se comportaron correctamente, y el presentador repitió el número de Crimestoppers, con la imagen de Melanie mostrada en el fondo reemplazando las imágenes de la conferencia de prensa.

Kay apagó el televisor, miró su reloj y decidió acostarse temprano.

Mañana sería un día ajetreado.

CAPÍTULO 18

El teléfono móvil en el sofá junto a Eli comenzó a sonar.

Maldijo en voz baja. Era raro tener la casa para él solo, pero su madre había desaparecido, probablemente a la licorería o al pub. No volvería hasta que se desmayara o la echaran. De cualquier manera, tenía unas preciosas horas para relajarse y podía ver las noticias locales.

Silenció la televisión, cogió el teléfono y comprobó el número. Había estado esperando la llamada durante las últimas tres horas. De hecho, le sorprendió que el otro hombre hubiera tardado tanto en ponerse en contacto.

Las noticias locales de las seis habían sido una edición extendida, ya que la policía había intentado solicitar ayuda del público general para localizar al secuestrador de Melanie. La historia incluso había llegado a las noticias nacionales y se había repetido a las nueve en todos los canales.

Se había deslizado del sofá hasta ponerse de rodillas cuando el detective reveló que el padre de la niña también había fallecido.

Un grito de éxtasis se había escapado de sus labios cuando la fotografía de Melanie apareció en la pantalla, y recordó el terror en sus ojos mientras intentaba desesperadamente mantener el equilibrio.

Se humedeció los labios ante el recuerdo. Había visto una grabación de su muerte el día anterior, observando de nuevo cómo se tambaleaba al borde de la muerte, resbalando de un pie a otro mientras el aceite se deslizaba por los peldaños.

Sin embargo, de alguna manera, no había sido tan satisfactorio como verlo suceder en directo.

No había sido tan emocionante.

Eli se había sorprendido por la decisión de la policía de apelar al público tan temprano en la investigación, y entonces lo comprendió.

No sabían quién era él.

Sin motivo.

Sin sospechoso.

Nada.

Contestó el móvil después del cuarto timbre, silenciando la melodía preinstalada.

—¿Qué quieres?

Hubo una inhalación de aire al otro lado de la línea, antes de que una voz temblorosa respondiera. —Necesitamos hablar.

—¿Recogiste el dinero?

—¿Has visto las noticias?

—¿Conseguiste el dinero?

—La chica murió, Eli. —El que llamaba hizo una pausa y tomó otro respiro profundo—. *Murió*.

Eli cambió el móvil a su otra oreja y silenció el volumen de la televisión. Comprobó el marcador del partido de fútbol que se mostraba en la esquina superior izquierda de la pantalla. —¿Alguien te vio coger el dinero?

—No. El callejón estaba desierto, como dijiste que estaría.

—¿Estás seguro?

—Bueno, yo… creo que sí.

Una sonrisa astuta se dibujó en el rostro de Eli mientras se le formaba una idea. La sensación comenzó entre sus costillas, se deslizó por su estómago y se extendió por su ingle. —¿Dónde está el dinero ahora?

—Aquí.

—¿En tu *piso*?

—Sí.

—Jesús. —Eli se puso de pie e inyectó un nivel de preocupación en su voz. Era fácil. Había escuchado a otras personas hacerlo y había estudiado cómo imitar sus reacciones. Eli podía oír al otro hombre caminando de un lado a otro, de un lado a otro—. ¿Y si fueron a la policía?

—¿Qué?

—¿Y si los padres de la chica *sí* fueron a la policía y no lo sabíamos? —dijo Eli.

—¿Qué quieres decir?

—La policía. Si se involucraron, ese dinero podría estar marcado con algo. Para hacerlo rastreable.

—Oh, *Cristo*.

—Tienes que salir de tu piso. Ahora mismo. Mantén un perfil bajo durante unos días. —Casi se ríe en voz alta, y en su lugar expulsó el aire como una tos en el último momento.

—¿A dónde voy?

—No lo sé. Mejor aún, no me lo digas. Así, si la policía me encuentra, no podré decirles dónde estás, ¿verdad?

—Mierda, Eli. Esto es enorme. Esto es realmente malo.

—Lo sé. Solo tenemos que esperar hasta que sea seguro.

—Pero ¿cuándo sabré que es seguro?

—Te llamaré. No me llames, ¿recuerdas? Borra todos tus registros de llamadas. Yo haré lo mismo.

—De acuerdo.

—Y por el amor de Dios, no me vuelvas a llamar.

—¿Qué quieres decir?

El tono de pánico había aumentado; el paseo se detuvo.

—¡Eli, espera!

Eli se apartó el móvil de la oreja y se cubrió la boca con el antebrazo. Las lágrimas se acumularon en sus ojos mientras saboreaba el miedo que emanaba de la voz del otro hombre. Podía oírlo, gritando su nombre al otro lado de la línea. Finalmente respondió.

—¿Qué?

—¿Qué vamos a hacer?

—No lo sé. Pero tengo que irme.

—¿Ir a dónde?

—Mejor no te lo digo, por si acaso, ¿vale?

Un silencio fracturado llenó la línea telefónica.

—Nunca se suponía que ella muriera, Eli.

La voz del hombre tembló, y Eli sonrió.

—Tengo que irme —siseó—. Creo que viene alguien.

Terminó la llamada, arrancó la batería y la tarjeta SIM de la parte trasera del móvil, y colocó los componentes en la mesa de café rayada.

Sonrió, miró su reloj y luego se hundió de nuevo en el sofá, cogió su lata de refresco y subió el volumen con el mando a distancia del televisor.

El miedo podía ser un poderoso motivador.

Esperaría una hora y luego seguiría al otro hombre, para asegurarse.

CAPÍTULO 19

Guy Nelson miró con atención desde detrás de las cortinas a través de las cortinas de la ventana de doble acristalamiento en la parte delantera del piso.

Dos pisos más arriba, alquilaba el edificio con otros tres inquilinos, con un pasillo central y un rellano que dividían el edificio que alguna vez había sido una gran terraza victoriana. Se mantenía reservado, pagaba el alquiler en efectivo semanalmente y se aseguraba de ocuparse de sus propios asuntos.

La comprensión de que su escaso salario significaría que nunca escaparía de la monotonía de su vida cotidiana lo había llevado a esto.

Cómplice de un asesinato y escondido de la policía.

Con veinte mil libras en ordenados fajos de quinientas libras asomando de un sobre acolchado rasgado en el sofá desgastado detrás de él.

Sus manos temblaban mientras dejaba caer la cortina de vuelta a su lugar.

La calle de abajo estaba tranquila y mal iluminada. Ninguna luz brillaba desde las casas al otro lado de la calle, y ningún sonido escapaba de los otros pisos a su alrededor. Su vecino inmediato al otro lado del rellano había apagado su televisor hacía una hora.

Era solo él y sus pensamientos.

Parpadeó para alejar las lágrimas.

Eli había parecido sincero sobre asegurarse de que no se le hiciera daño a la niña cuando mencionó la idea por primera vez.

—Es una forma fácil de ganar algo de dinero —había dicho.

Nelson había tragado lo último de su lata de cerveza con esfuerzo, el líquido tibio pegándose en su garganta. Se había limpiado la boca con la manga y se había girado para ver a Eli mirándolo fijamente, esperando.

—¿Qué?

—Hablo en serio —había dicho—. Veinte mil libras. Las tendríamos en cuarenta y ocho horas.

Nelson había mirado por encima del hombro. El resto del grupo se había dispersado por el estacionamiento y nadie estaba lo suficientemente cerca para oírlos.

—¿Y la policía?

—Nunca llaman a la policía. —Eli se había encogido de hombros—. Demasiado atemorizados. Demasiado avergonzados de que les haya pasado a ellos.

—¿Pero y si lo hacen?

—Entonces nos vamos. Les decimos dónde está la niña y no decimos nada más. Nadie sabría nunca que fuimos nosotros.

Nelson había entrecerrado los ojos. —¿Has hecho esto antes?

Eli había fruncido los labios, desviando la mirada mientras sus ojos recorrían a sus compañeros de trabajo. —Una vez.

—¿Qué pasó?

Una sonrisa se dibujó en la comisura de la boca del otro hombre mientras sus ojos se encontraban con los de Nelson.

—Gané quince mil libras.

Nelson dio un paso atrás. —¿En serio?

Eli asintió.

—¿Y nunca te atraparon?

—Estoy aquí, ¿no?

No se dijo nada más ese día. El jefe de Eli se había acercado, quejándose de que deberían hacer más esfuerzo por socializar con el resto del grupo, y la tarde había progresado hasta la noche, los miembros del personal gradualmente se fueron emborrachando cada vez más.

Excepto Eli, recordaba ahora Nelson.

Había sonreído, hecho charla trivial, pero parecía revolotear por los bordes de la multitud, observando, casi esperando algo.

Los turnos de Eli habían cambiado la semana siguiente, y pasaron cuatro días antes de que Nelson lo acorralara.

—¿Qué tan fácil sería?

—Muy fácil.

Nelson se había metido las manos en los bolsillos. —¿Qué necesitas que haga?

Eli se lo había dicho.

Nelson se había sentido aliviado de que no estaría involucrado en el secuestro en sí. Todo lo que tenía que hacer era llevar a cabo un reconocimiento de la casa de los padres y del edificio industrial que Eli había seleccionado, e informar. Luego recoger el dinero. Eli dijo que se encargaría del resto.

Ahora, se limpió con enojo las lágrimas que lo cegaban.

Todo había parecido tan simple.

Había pasado las últimas cuatro horas caminando de un lado a otro en el pequeño piso. Su mano se cernía sobre su teléfono móvil, primero para llamar a Eli, luego a la policía. Cada vez retiraba la mano bruscamente, maldiciendo a Eli, maldiciéndose a sí mismo por ser tan estúpido, tan codicioso.

Finalmente, salió al rellano y bajó las escaleras. Se sentó en el último escalón y se puso los zapatos, atándolos firmemente.

Su estómago gruñó dolorosamente. Entre episodios de vómitos, su estómago se había retorcido y contraído tanto desde que había visto el primer informe de noticias que apenas había salido del baño durante una hora después.

¿Cómo podía Eli sonar tan relajado?

Se inclinó hacia adelante y sostuvo su cabeza entre las manos.

Si tan solo no hubiera estado desesperado por el dinero. Si tan solo hubiera detenido a Eli antes de que llegara tan lejos.

No había visto a la niña, no había estado allí cuando Eli la había secuestrado y llevado al edificio de biociencias. Eli le había dicho que se mantuviera alejado, que se olvidara de todo y simplemente se asegurara de que se recogiera el dinero.

Y ahora ella estaba muerta.

Nelson se puso de pie con piernas temblorosas, se subió la cremallera de la chaqueta y salió por la puerta principal, asegurándose de que no se cerrara de golpe detrás de él. Trotó por el camino, miró a izquierda y derecha, y se dirigió hacia el parque.

Mantuvo un paso rápido, decidido a llegar a su destino antes de cambiar de opinión. Con los bolsillos vacíos de llaves de casa y teléfono móvil, se sentía extrañamente liberado ahora que su mente estaba decidida.

El aire nocturno tenía una frescura, como si la ciudad silenciosa se deleitara en la falta de tráfico y peatones.

Adelante, un gato anaranjado y blanco corrió por la acera

antes de sumergirse en el santuario de un seto de ligustro que bordeaba una de las casas más grandes de la calle.

Al final de la calle, Nelson giró a la derecha y luego corrió a través del asfalto lleno de baches hacia un callejón entre una casa y un bloque de garajes.

Se detuvo y miró por encima del hombro.

Ninguna sombra se movía entre los triángulos de luz bajo las farolas, y sin embargo los pequeños pelos en la nuca se le erizaron.

Se estremeció y luego se volvió hacia la oscura boca del callejón.

El hedor a excremento de perro inundó sus sentidos mientras se apresuraba por el estrecho pasaje, con la sombra de la casa a su derecha cerniéndose sobre él, bloqueando cualquier luz natural que la luna creciente pudiera haber ofrecido.

Una valla recorría toda la propiedad, mientras que a su izquierda el sólido ladrillo de los garajes daba al callejón. Al final de la línea de la valla y el muro de ladrillo, el callejón terminaba, abriéndose a una pequeña zona boscosa que bordeaba el parque local.

Se detuvo un momento, con las manos en los bolsillos, mientras sus ojos se adaptaban al entorno y las formas familiares tomaban forma.

Los postes de madera de la portería que ya estaban podridos cuando era niño, pateando balón tras balón a la red; el columpio del que su hermano menor se había caído después de demasiados desafíos, rompiéndose la muñeca en el proceso.

Parpadeó, y los postes de la portería y el columpio desaparecieron.

Su familiaridad con la zona local era en lo que Eli había confiado.

—Encuentra el lugar perfecto para esconderla —había dicho.

Nelson luchó contra la sensación de arcadas que le arañaba la garganta, e intentó de nuevo no pensar en lo aterrorizada que habría estado la chica.

Evitó la extensión abierta del parque frente a él, y en su lugar giró a la izquierda, manteniéndose cerca del seto de zarzas que bordeaba el perímetro.

Maldijo por lo bajo cuando su pie se deslizó por la entrada poco profunda de una madriguera de conejo, y luego ahogó una risotada al pensar que su plan podría verse frustrado por un tobillo roto.

No.

Llevaría esto hasta el final. Lo terminaría.

El aroma a mantillo y fertilizante se extendía sobre el seto desde los huertos de hortalizas más allá, un intenso olor a materia orgánica en descomposición y cualquier producto químico que los jardineros hubieran añadido a sus preciados cultivos.

Los desechos yacían esparcidos por el seto y en el camino por el que caminaba; basura que los dueños de los huertos habían descuidado llevarse a casa y desechar adecuadamente, prefiriendo en su lugar tirarla fuera del camino, fuera de la vista.

Nelson miró hacia abajo cuando su pie pateó algo de madera, luego se agachó y recogió la pequeña caja.

Le vendría bien para lo que tenía planeado.

Metió su mano derecha de nuevo en el bolsillo de su chaqueta, sus dedos tocando el papel doblado allí.

Había agonizado sobre las palabras, preguntándose cómo explicar su remordimiento a su hermano menor, y a la madre y esposa de la chica y el marido muertos.

Su bolígrafo había dejado cicatrices en la superficie de

madera de la barata mesa de café, mientras una y otra vez había arrancado la página de su cuaderno y empezado de nuevo. Antes de salir del piso, había colocado las páginas no deseadas en el fregadero de la cocina antes de prenderles fuego con un encendedor barato que guardaba para emergencias.

El hedor había llenado la pequeña habitación, pero había logrado evitar que la alarma de humo se activara y despertara a sus vecinos empapando las cenizas tan pronto como empezaron a arder, antes de lavar los restos por el desagüe.

Aceleró el paso.

Los huertos terminaban con un grupo de cobertizos construidos con sus espaldas de madera hacia el seto, y Nelson se dio cuenta del sonido del agua corriente.

Una brisa le tiró del pelo.

Se preguntó qué haría Eli cuando se enterara, una fracción de segundo antes de darse cuenta de que ni siquiera sabía dónde vivía el hombre. Solo habían hablado en el trabajo.

El pensamiento lo hizo detenerse en seco.

¿Había sido este el plan de Eli desde el principio? ¿Organizar el secuestro para que, si algo salía mal, Nelson cargara con la culpa?

¿Estaría la policía en su piso ahora mismo, golpeando la puerta para entrar? ¿No era eso lo que hacían? ¿Redadas en las primeras horas de la mañana para pillar a sus sospechosos desprevenidos?

Miró por encima del hombro otra vez.

Nadie lo seguía; el parque permanecía en silencio excepto por los árboles susurrando en el viento ligero.

Entrecerró los ojos para ver las manecillas de su reloj.

Las cuatro y media. Pronto amanecería.

Sus ojos encontraron el poste en la distancia que marcaba la entrada al parque.

Nadie se movía en las sombras.

Apretó los dientes y siguió adelante, decidido.

No iría a prisión. *No podía* ir a prisión.

Porque eso es lo que pasaría. Incluso si les contaba sobre Eli, aún sería acusado como cómplice.

Mejor hacerlo de esta manera, y darle a Eli la oportunidad de empezar su vida de nuevo y dejar este error atrás.

Después de todo, tenía una madre anciana que cuidar. Por eso Eli dijo que necesitaba el dinero.

Ella no debería tener que sufrir por el error de su hijo.

Llegó al lago en el extremo más alejado del parque, el agua lamiendo los juncos en las orillas poco profundas.

Un recuerdo resurgió, de él y su hermano menor usando redes de pesca baratas —redes de plástico de colores brillantes en palos de bambú— para atrapar zapateros y peces pequeños cada verano, antes de devolver las criaturas al agua y verlas alejarse nadando.

El roble todavía estaba allí, un majestuoso y elevado dosel que empequeñecía a los sauces cercanos.

Se detuvo, estirando el cuello, pero no podía ver las ramas más altas desde donde estaba.

No importaba. La rama que buscaba aún estaba allí, gruesa y nudosa por la edad.

Fuerte.

Sacó las manos de los bolsillos, se bajó la cremallera de la chaqueta y desenrolló la cuerda que llevaba enrollada alrededor de la cintura.

No había querido que ninguno de sus vecinos se preguntara adónde iba en medio de la noche con un trozo de cuerda. No sabía qué les diría si le preguntaban. Era más simple mantenerla oculta de la vista, hasta que fuera necesaria.

Le llevó tres intentos lanzarla lo suficientemente alto para que se arqueara sobre la rama y cayera al otro lado, el extremo serpenteando hacia él mientras sujetaba el otro extremo. Agitó la cuerda en su mano hasta que el extremo más alto cayó hacia él, luego unió los extremos y ató un nudo para formar un lazo eficiente.

Lo dejó tirado en el suelo mientras iba a buscar la caja de madera, la colocó debajo de la rama, y luego revisó el nudo una vez más.

La caja se tambaleó cuando se subió a ella, sus piernas temblorosas casi cediendo bajo el impulso adicional de tratar de mantener el equilibrio.

Pasó el lazo por encima de su cabeza y ajustó la longitud de la cuerda.

Exhaló y sintió que parte de la tensión de la semana pasada abandonaba su cuerpo, al mismo tiempo que experimentaba una urgente necesidad de orinar.

—Demasiado tarde para eso —murmuró, y se bajó de la plataforma de madera.

CAPÍTULO 20

Kay golpeó el suelo con los pies y metió las manos en los bolsillos en un intento de buscar algo de calor en la fina chaqueta que se había echado sobre los hombros al salir de la puerta de su casa a las seis de esa mañana.

Más allá de donde ella estaba, una fina niebla se elevaba del lago mientras el sol empezaba a calentar el día, y la fresca brisa que le había provocado escalofríos en el cuello cuando llegó comenzaba a disminuir. Respiró profundamente el aire fresco e intentó reprimir un bostezo.

Adam había llegado tarde, casi a las tres, y a pesar de sus esfuerzos por meterse en la cama sin molestarla, ella se había girado y se había acurrucado contra su espalda antes de volver a quedarse dormida.

Hasta que sonó su móvil.

Después de escuchar la noticia, se había levantado de la cama tambaleándose, dirigiéndose al parque mientras aún estaba oscuro.

Ahora, se giró al oír la voz de Barnes.

—Hay una nota de suicidio.

Había dejado a los investigadores de la escena del crimen

con su trabajo más allá del área acordonada debajo del árbol, y se dirigía hacia ella, con los bajos de los pantalones de su traje húmedos por el rocío matutino que se aferraba a la hierba alta.

—¿Una nota?

Él levantó su cuaderno. —Dice: "Lo siento. No quería que ella muriera".

—¿Eso es todo?

—Sí. —Barnes cerró su cuaderno de golpe, lo metió en su bolsillo y se giró para mirar el árbol—. Cabrón.

Kay no dijo nada. Sabía a qué se refería. Al suicidarse, el hombre había escapado de la justicia. Se mordió el labio. —¿Algo que sugiera que no fue un suicidio?

—¿Oficial?

—Bueno, es un poco conveniente, ¿no?

Él se encogió de hombros. —Ahorra dinero a los contribuyentes. —Su cabeza giró al ver movimiento a su derecha—. Lurch está aquí.

Ella miró por encima de su hombro. —Qué sorpresa — dijo, sin responder al humor en el apodo de Barnes para el Inspector Jefe.

—Iré a buscar algunas bebidas calientes para nosotros — dijo Barnes—. Buena suerte.

—Gracias.

Barnes saludó con la cabeza al Inspector Jefe Larch cuando los dos hombres se cruzaron, y Kay observó su figura alejándose, preguntándose cuánto sabía su equipo sobre la investigación de Estándares Profesionales, y quiénes de ellos aún mantenían lealtad hacia ella. Sentía que Barnes sería leal, pero tendría que hablar discretamente con él; al hacer sus lealtades demasiado públicas, podría estar en peligro de arruinar sus propias oportunidades de carrera si Larch se ofendía por ello.

Obligó a sus pensamientos a volver a la tarea en cuestión mientras Larch se acercaba.

—Está bastante reticente —dijo él—. ¿Ya ha tomado café?

Ella logró esbozar una pequeña sonrisa. —No estoy tan mal, y no, no he tomado.

—Entonces, ¿qué le preocupa?

Él la guio hacia el cordón, y observaron cómo trabajaba el equipo forense.

Uno de los investigadores de la escena del crimen sostenía las piernas del hombre, y estaba dirigiendo el cuerpo a una posición sobre una camilla mientras la cuerda se aflojaba.

Una escalera estaba apoyada contra el tronco donde uno de los investigadores había trepado para cortar la cuerda de la rama, dejando el nudo alrededor del cuello del hombre muerto, listo para el examen post mortem que tendría lugar.

—Es demasiado simple —dijo ella—. Demasiado limpio.

—Yo no llamaría a eso limpio —dijo Larch, inclinando la cabeza hacia el cuerpo.

El tono azul-púrpura del rostro del hombre hacía poco para disimular la mirada vidriosa de horror grabada en sus facciones. Lucas ya le había dicho que el hombre no había atado el nudo correctamente, así que, en lugar de una muerte rápida causada por un cuello roto, se habría asfixiado lentamente, y no habría podido levantar su propio peso para evitarlo.

Los pantalones del ahorcado apestaban a orina y heces, y Kay no envidiaba a la persona a la que se le asignara limpiarlo antes de la autopsia.

Larch se movió hasta quedar de pie junto a ella, sus codos casi tocándose mientras observaban la escena frente a ellos.

—Remordimiento, culpa… es una fuerte motivación para

el suicidio —dijo—. El problema con usted, oficial, es que tiene la costumbre de sacar conclusiones equivocadas.

Ella tragó saliva, negándose a mirarlo.

Sabía que él intentaría provocarla en algún momento, tratar de hacer que pareciera incompetente o que no se pudiera confiar en ella, pero estaría condenada si le dejaba ver cuánto la enfurecía. Uno de ellos tenía que mantenerse profesional, después de todo.

—Jefe —dijo Kay—, con todo respeto, esa primera escena en el edificio de biociencias... fue *horrible*. —Se estremeció—. Melanie fue obligada a sufrir. Esto —agitó su mano hacia el árbol— no puedo ver a alguien con tanta maldad ahorcándose por remordimiento.

Larch frunció el ceño. —No hay nada que sugiera que fue asesinado. Licencia de conducir en su billetera. Nota de suicidio en su bolsillo. Sin signos de juego sucio.

Kay exhaló. —Solo creo que alguien capaz de hacer lo que le hizo a Melanie no elegiría terminar su vida así.

Larch resopló y se alejó mientras Barnes se acercaba. —Bueno, quizás tenga que cambiar su forma de pensar sobre eso, Oficial Hunter —dijo, por encima del hombro—. La veré de vuelta en la comisaría.

—Jefe.

—¿Qué quería? —dijo Barnes.

—Compartir su opinión sobre el motivo —dijo Kay. Tomó el otro café que él le ofrecía—. Gracias.

Barnes sorbió su bebida caliente, y luego usó el vaso desechable para señalar la espalda del Inspector Jefe mientras caminaba por el parque hacia el sendero que conducía a la carretera y su coche esperando.

—¿Qué piensa él?

—Suicidio.

—Bueno, lo es, ¿no?

Kay suspiró. —Tal vez. Parece serlo.

El vehículo del forense se alejó traqueteando por la hierba desde el árbol, pasando junto a dos oficiales uniformados, dejando al equipo de investigación de la escena del crimen para que recopilara lo que pudieran del área antes de que ellos también se fueran.

—Vamos —dijo Kay—. Volvamos a la comisaría. No hay nada más que podamos hacer aquí.

CAPÍTULO 21

Kay levantó la vista de su ordenador cuando Sharp entró por la puerta de la sala de incidentes.

Frunció el ceño al ver su pelo mojado y luego estiró el cuello para mirar por la ventana.

Nubes oscuras se acumulaban en el horizonte, pero la tormenta prometida aún no había llegado.

Sharp se quitó la chaqueta, la colgó en la esquina de una silla y notó que ella miraba fijamente su pelo mojado.

—Ducha y cambio de ropa —dijo—. Tuve que hacerlo después de la autopsia de Melanie Richards.

Ella asintió comprensivamente. El hedor de las salas del patólogo se adhería a la ropa, y a la boca y las fosas nasales de una persona. Una ducha caliente era a menudo la única manera de erradicarlo.

—Eso fue rápido.

—Lo sé —dijo Sharp. Se encogió de hombros—. Caso de alto perfil, ya sabes. Eso ayuda. ¿Algo que informar aquí?

—No te has perdido nada. —Kay suspiró y empujó su silla hacia atrás—. Hemos estado revisando los registros de llamadas de Crimestoppers.

—¿Algo de interés?

—Aún no, pero acabamos de empezar.

—¿Tú y el agente Barnes seguís convencidos de que había un cómplice? ¿Alguien más involucrado?

—¿Involucrado o planeándolo todo? Sí.

—¿Motivo?

—No lo sé. No estoy segura. Todavía.

Sharp usó su taza de café para señalar la fotografía de Guy Nelson en la pizarra. —Entonces, ¿qué pasó allí?

Kay frunció los labios. —Tal vez Nelson se enteró de que Melanie había muerto y no se lo esperaba. ¿Y si creía que solo iba a ser un secuestro, y que una vez que Yvonne y Tony dejaran el dinero, Melanie sería devuelta a ellos?

—¿Y su cómplice tenía otras ideas, quieres decir? ¿Que Melanie nunca iba a salir viva de ese edificio?

—Sí.

Sharp se rascó la barbilla y luego miró por encima de su hombro. —Reunamos a todos. Os informaré sobre los hallazgos de la autopsia.

Esperó hasta que Kay hizo una señal al resto del equipo y todos acercaron sus sillas a la pizarra, y luego se volvió hacia Barnes.

—¿Por qué no empiezas dándonos un resumen del registro en el piso de Nelson?

—Jefe. —Barnes se aclaró la garganta—. Los investigadores de la escena del crimen estuvieron allí durante cuatro horas en total. Informan haber encontrado un teléfono móvil, algunas nóminas de un taller cerca de Tonbridge Road y una bolsa de dinero.

—¿El rescate?

—Sí. Las veinte mil libras completas. —Movió la barbilla hacia Kay—. Tienes razón. Los vi registrándolo como evidencia. No parece mucho.

—Tal vez solo pidió esa cantidad porque algo más grande no habría cabido en el sobre acolchado para caber en el buzón —dijo Gavin.

—Tal vez —dijo Sharp—. Continúa. ¿Qué hay del móvil?

—Los registros de llamadas estaban limpios —dijo Barnes—. El único mensaje encontrado allí era el que Nelson configuró como saludo de su buzón de voz.

—¿De contrato o de prepago? —preguntó Kay.

—De prepago —dijo Barnes—. Encontramos un recibo de la última tarjeta de recarga que compró en el supermercado local hace tres días. Lo hemos pasado al equipo de forense digital.

—Iré a hablar con el dueño del taller por la mañana —dijo Kay. Miró su reloj—. No habrá nadie allí ahora.

Sharp asintió. —¿Qué hay de la cámara en el desagüe?

—No estoy seguro de eso —dijo Barnes—. No tenía ordenador en casa, lo cual es raro en estos días, y los del equipo de investigación de la escena del crimen no encontraron aplicaciones vinculadas a esa cámara remota en su móvil.

—¿Vivía solo?

—Sí. Solo se encontró un juego de ropa, toda de su talla. No había mucha comida en la nevera. Parece que vivía de comidas preparadas para microondas.

—Bien, si el equipo de investigación de la escena del crimen informa de algo más, házmelo saber —dijo Sharp.

—Hay una cosa más, jefe —dijo Kay, y movió la barbilla hacia Barnes—. Ian dice que no encontraron otros documentos en el piso escritos en mayúsculas. Guy Nelson usaba una especie de letra cursiva.

—Me hace dudar sobre la nota de suicidio, eso es todo, jefe —dijo Barnes, y se encogió de hombros.

—Es un buen punto —dijo Sharp—. Bien, sigue esa línea

de investigación a menos que y hasta que podamos descartarla.

Dirigió su atención a Carys. —¿Cómo te fue entrevistando a los otros residentes?

—Hay otros dos inquilinos en la casa —dijo ella—. El piso de la planta baja ha estado vacío durante tres meses. El propietario dice que hay un nuevo inquilino que se muda la próxima semana, pero no sabe si lo hará ahora. El contrato de Nelson no vencía hasta agosto, y el propietario dijo que no había tenido problemas con él en los dos años que ha vivido allí. A veces se atrasa en pagar el alquiler a tiempo, pero eso es todo.

Revisó sus notas. —La mujer que vive en el piso superior usa una escalera lateral separada para llegar a su piso, y rara vez veía a Nelson. Ni siquiera pudo dar una descripción precisa de él, así que no creo que obtengamos mucho más de ella. El hombre que tiene el piso frente al de Nelson en el piso medio trabaja por turnos; dice que acababa de llegar del trabajo temprano esta mañana, alrededor de las dos y media, y estaba a punto de acostarse cuando oyó cerrarse la puerta del piso de Nelson, y luego pasos en las escaleras. Dijo que le pareció inusual, ya que normalmente no lo oía salir para el trabajo a esa hora. No le dio importancia hasta que llamamos a su puerta.

—Muy bien. Buen trabajo —dijo Sharp. Dio un paso atrás y se apoyó contra uno de los escritorios, cruzando los brazos sobre el pecho—. Mientras ustedes trabajaban en esas tareas, fui a asistir a la autopsia de Melanie Richards.

La habitación quedó en silencio.

A nadie le gustaba ser el que tuviera que asistir a una autopsia, y menos aún la de una adolescente, y Kay agradeció que Sharp hubiera elegido esa tarea para sí mismo. Decía mucho sobre la forma en que dirigía sus investigaciones, a menudo asumiendo las peores tareas para sí mismo.

Extendió la mano sobre el escritorio en el que estaba sentado y cogió el informe de la autopsia, luego tomó las gafas de lectura que guardaba en el bolsillo de su camisa, las abrió de un golpe y comenzó a leer.

—Para empezar, no hay señales de relaciones sexuales, ni rastros de drogas ilegales, aunque esto viene con la advertencia de que, si nuestro sospechoso usó una droga para violación, ya no se detectaría en su sistema a estas alturas.

Suspiró y pasó la página. —Basándonos en los hallazgos de Lucas, sin embargo, dudo mucho que Melanie fuera drogada para mantenerla callada, especialmente dado el lugar donde la habían retenido. Parece que nuestro sospechoso estaba decidido a asegurarse de que Melanie permaneciera consciente y plenamente consciente de lo grave que era su situación.

El equipo permaneció en silencio, pendiente de sus palabras.

Kay se mordió el labio inferior, consciente de que estaba conteniendo la respiración.

—Lucas dice que Melanie no murió por estrangulamiento —dijo Sharp, y esperó mientras la noticia calaba.

—Entonces, ¿cómo…? —empezó Barnes.

—Ataque al corazón.

Kay frunció el ceño. —¿Algún historial médico de problemas cardíacos?

—No —dijo Sharp—. Pero lo que *sí* es interesante es la presencia de una gran cantidad de insulina en el cuerpo de Melanie. Se ha contactado con el médico de cabecera de la familia, y confirma que Melanie no era diabética.

—Habría elevado su ritmo cardíaco —dijo Kay.

—Exactamente —dijo Sharp, y arrojó su copia del

informe sobre el escritorio—. Así que se sugiere que el terror de su situación, y tratar de mantener el equilibrio en esa escalera sabiendo que si resbalaba se ahorcaría, habría disparado el ritmo cardíaco de Melanie. Ayudado muy eficazmente por la insulina.

—Jesús —dijo Kay—. La asustó hasta la muerte.

CAPÍTULO 22

El olor a aceite, grasa y sudor golpeó a Kay en el momento en que se acercó a las grandes puertas dobles del taller.

Una radio sonaba de fondo, el ritmo palpitante del éxito del verano resonaba, solo para ser ahogado por el golpeteo de una línea de aire que se usaba para apretar rítmicamente las tuercas de las ruedas.

Tres vehículos estaban sobre gatos hidráulicos, elevados varios pies del suelo mientras los hombres trabajaban debajo de ellos.

Kay se protegió los ojos y entrecerró la mirada en la penumbra, intentando averiguar cuál de ellos era el dueño.

Todos y cada uno de los hombres llevaban monos azules, con manchas de aceite y grasa en sus rostros.

Arrugó la nariz. Bajó la mirada y notó un tapacubos boca abajo, lleno de colillas de cigarrillos, y se alejó hacia un aire más fresco.

Un cartel clavado en la pared exigía a los visitantes esperar antes de entrar al espacio, advirtiendo sobre peligros y exenciones legales si alguien se atrevía a ignorarlo.

Kay leyó las letras descoloridas dos veces antes de oír

pasos que se acercaban.

—¿Puedo ayudarle?

El hombre que habló se limpió las manos con un trapo sucio, con una expresión inquisitiva en el rostro.

Emergió de las sombras, y ella tuvo que levantar la barbilla para mirarlo a los ojos.

—Eso espero —dijo, y mostró su placa—. Estoy buscando al dueño de este lugar.

Él sonrió. —Ese sería yo. —Extendió su mano—. Soy Darren Phillips.

Sus ojos debieron mostrar su sorpresa, ya que el rostro de él se tornó compungido. —Sí, lo sé, todos lo dicen: parezco demasiado joven para dirigir este lugar. —Se encogió de hombros—. Era el negocio de mi padre. Hasta que le dio demencia.

—Ya veo —dijo Kay—. ¿Hay algún lugar donde podamos hablar en privado?

—¿Y lejos de este ruido, quiere decir? —Sonrió—. Claro, venga conmigo a la oficina.

La guio hacia el interior del taller, y Kay lo siguió a través de un piso de concreto polvoriento y manchado de aceite hasta una pequeña habitación que se había creado en la parte trasera del espacio colocando tableros de partición en un cuadrado y añadiendo una puerta.

Phillips la cerró, bloqueando parte del ruido, y señaló un asiento colocado contra la pared.

Kay resistió el impulso de quitarle el polvo con la mano antes de sentarse, y colocó su bolso en el suelo antes de sacar su libreta.

Phillips se hundió en una silla junto a una pequeña mesa que parecía servir como escritorio, mesa de picnic y almacén general. —¿De qué se trata esto?

—Guy Nelson —dijo ella.

Phillips resopló. —No lo he visto en más de una semana.

—¿Cuándo fue la última vez que lo vio?

—El viernes de la semana antepasada. Día de pago. Dijo que quería unos días libres, lo cual acepté. Nunca volvió. —Se encogió de hombros—. El negocio solo emplea mano de obra temporal —explicó—. Mantiene bajos los gastos generales. Algunas personas son más confiables que otras. —Asintió hacia los dos hombres en el taller—. Esos dos han estado conmigo desde hace años, trabajaron para mi padre antes de eso. Guy Nelson solo estuvo aquí tres meses.

—Lo encontraron colgado de un árbol en Mote Park esta mañana.

La mandíbula de Phillips se abrió de golpe. —¿Era él? Escuché en las noticias que habían encontrado un cuerpo.

—Estamos en medio de una investigación de asesinato. Aún no hemos divulgado todos los detalles a la prensa. —Mantuvo su mirada—, y agradecería que esta conversación se mantuviera confidencial por el momento.

—Por supuesto, por supuesto. —Phillips se recostó en su silla, con una expresión atónita en el rostro—. Bueno, nunca lo tomé por el tipo suicida. —Se frotó la barbilla—. Dios mío.

Kay señaló los vehículos fuera de las puertas dobles. —Tiene muchas furgonetas de mensajería aquí.

—Papá ganó el contrato antes de enfermarse demasiado para trabajar.

Kay miró a través de la ventana entre la oficina y el taller, y luego recorrió con la mirada el coche deportivo que estaba siendo bajado al suelo en una de las plataformas hidráulicas.

—Algunos de los coches que recibe aquí deben valer bastante. ¿Qué hace para asegurarse de que nadie pueda acceder a ellos?

Phillips señaló una caja fuerte junto a la puerta de la oficina. —Todas las llaves están ahí, excepto las de los coches en los que estamos trabajando. Por la noche, si estamos a mitad de un trabajo, bajamos los gatos, cerramos el vehículo y ponemos las llaves aquí hasta la mañana siguiente.

—¿Quién tiene acceso a la caja fuerte?

—Todos nosotros. No hay efectivo ahí —añadió—. Es un elemento disuasorio en caso de que nos asalten. —Señaló una laptop en el escritorio—. También tenemos cámaras en el exterior del edificio. Una sobre la puerta principal, otra sobre la salida de emergencia en la parte trasera; esa también cubre la ventana en la parte trasera del cobertizo.

—¿Le importa si echo un vistazo al expediente de personal de Nelson?

—Supongo que no habría problema.

Se levantó de la silla con un gruñido y se dirigió a un archivador de dos cajones en la esquina de la habitación, regresando con una delgada carpeta de plástico.

—Gracias —dijo ella, y hojeó el contenido. Sus dedos pasaron sobre el papeleo habitual: copias de nóminas, formularios de impuestos, términos de empleo. Se detuvo en la página que enumeraba los datos de contacto de Guy Nelson —. ¿No proporcionó contacto de emergencia?

—No. Dijo que sus padres habían fallecido. Tiene una hermana en Nueva Zelanda, creo.

Kay asintió e hizo una nota mental para averiguar qué arreglos había hecho el patólogo para la identificación formal. Aún no había llegado nada a su escritorio, así que se preguntó si ya habían contactado a la hermana.

Cerró el archivo y se lo devolvió. —¿Cómo era como empleado?

Phillips se encogió de hombros. —Estaba bien, supongo. Llegaba a tiempo. Hacía el trabajo. Se iba.

Ella señaló a los dos hombres en el taller. —¿Socializabas mucho con él?

—No realmente. A veces vamos al pub cuando cerramos aquí los viernes. —Frunció el ceño—. De hecho, sí. La última vez fue hace unos dos meses. Algunos de los chicos de la empresa de mensajería organizaron una barbacoa y un partido de cricket. Todos fuimos a eso.

Kay anotó los detalles. —¿Dónde fue?

—En el depósito principal de mensajería.

—Lo conozco. ¿Tiene detalles de alguno de sus amigos?

Negó con la cabeza y golpeó ligeramente la carpeta de personal sobre su rodilla. —Nunca mencionó a nadie. Creo que prefería quedarse en casa y jugar a la consola. Parece que era de lo único que hablaba durante sus descansos aquí.

Kay cerró su libreta de golpe. —Bien, creo que esas son todas las preguntas que tengo por ahora —dijo, y le entregó una tarjeta de visita—. Si se le ocurre algo más, no dude en contactarme.

—Lo haré —se levantó y le abrió la puerta—. La acompañaré a la salida.

Kay observó dónde pisaba mientras caminaba por el suelo del taller.

Pilas de neumáticos estaban apiladas contra la pared interior frontal del edificio, mientras que cajas de repuestos y herramientas llenaban una estantería de acero a un lado.

Phillips levantó la mano y se detuvo cuando comenzó un zumbido. Ella se paró junto a él y tamborileó con los dedos sobre la correa de su bolso mientras esperaban que la furgoneta más cercana descendiera al suelo de concreto. La maquinaria se detuvo y continuaron.

—Gracias de nuevo por su tiempo —dijo, y estrechó la mano de Phillips antes de regresar a su coche, con la mente acelerada.

¿Qué tipo de entusiasta de los juegos no tendría una consola o un ordenador en casa?

CAPÍTULO 23

Kay guardó su teléfono móvil cuando se abrió la puerta principal y asintió a Hazel mientras esta se hacía a un lado.

—¿Cómo van las cosas? —murmuró.

Hazel se encogió de hombros. —Un poco tensas entre ella y su hermana —dijo en voz baja—. Creo que estaría más feliz si su hermana se fuera a casa, para ser honesta.

Kay contuvo una respuesta. Si su hermana estuviera cerca de su casa, ella estaría haciendo las maletas y mudándose a un hotel. Probablemente uno en un país diferente, además.

En su lugar, rebuscó en su bolso y sacó su libreta. —¿Alguna nueva idea sobre las semanas previas al secuestro?

—No. Está enojada, sin embargo. Creo que eso la está ayudando a sobrellevar su dolor. Está decidida a encontrar al bastardo que hizo esto. —Hazel miró por encima de su hombro para asegurarse de que las puertas de la sala de estar y la cocina estuvieran cerradas—. Insistió en ver la rueda de prensa, aunque fue increíblemente angustiante para ella. Ahora quiere saber cuándo vamos a arrestar a alguien.

Kay asintió. La reacción de Yvonne era natural y muy común entre las familias de las víctimas. —¿Dónde está ella?

—En la sala de estar. Le avisé que venías en camino. Le sugirió a Dawn que fuera a comprar algunas cosas al supermercado hace unos cinco minutos. Dawn no estaba contenta, pero se fue.

Compartieron una sonrisa cómplice, y luego Kay siguió a Hazel por el pasillo. Llamó a la puerta y luego la condujo a la sala de estar. —Pasa —dijo—. Yo iré a preparar un té.

—¿Lo han atrapado?

Yvonne se levantó del sofá, con ojos esperanzados.

—¿Por qué no se sienta —dijo Kay, manteniendo su voz serena—, y le explico en qué punto estamos?

La otra mujer se hundió de nuevo en la tapicería mullida y suspiró. —No tienen nada, ¿verdad?

Kay no respondió de inmediato. En su lugar, colocó su bolso en el suelo, se quitó la chaqueta, la puso sobre el brazo del sillón a juego y se sentó. Abrió su libreta.

—Cuando recibió las llamadas telefónicas del secuestrador de Melanie, Yvonne, ¿alguna vez le indicó si trabajaba solo o con otros?

—¿Por qué?

—Por favor, responda a la pregunta.

Yvonne frunció el ceño y se mordió el labio. —No puedo recordarlo. Tony era quien hablaba con él, ¿sabe?

—¿Tony habló con la misma persona cada vez?

—Creo que sí.

—Cuando fue al lugar donde tenían retenida a Melanie, ¿vio a alguien más?

Yvonne negó con la cabeza.

—De acuerdo, volviendo a las llamadas telefónicas que recibió, ¿alguna vez escuchó la voz del que llamaba?

—No. —Yvonne se reclinó y levantó un dedo—. Espere. Sí. Solo esa vez. Le arrebaté el teléfono a Tony y le grité. —

Sorbió—. Y entonces él... le hizo daño a Melanie —tragó saliva. Sus ojos encontraron los de Kay—. ¿De qué se trata todo esto?

Hazel apareció en la puerta con una bandeja de tazas humeantes en las manos y se dirigió hacia ellas atravesando la alfombra. —¿Ha habido algún avance? —Entregó una de las tazas a Yvonne, acercó otra a Kay y se sentó.

—Esta mañana, al amanecer, un corredor encontró a un hombre colgado de un árbol en Mote Park, cerca de uno de los senderos sobre el lago —dijo Kay—. Se encontró una nota de suicidio en el bolsillo de su chaqueta.

La mano de Yvonne voló a su boca y dejó la taza de té sobre la pequeña mesa frente a ellas con un ruido.

—La nota indicaba que estaba involucrado en el secuestro de Melanie —dijo Kay.

—Oh, Dios mío. —Yvonne se puso de pie con piernas temblorosas, su rostro blanco.

—Se encontró una suma de dinero en su casa —añadió Kay—, que coincide con la cantidad que indicó que se había pagado para asegurar el regreso de Melanie.

—El bastardo —dijo Yvonne, paseando por la alfombra —. Todo lo que quería era que mi hija volviera a casa sana y salva. Él se la llevó, se llevó a mi marido, ¡y ahora ni siquiera va a recibir justicia por lo que me ha hecho!

—Yvonne, necesito su ayuda —dijo Kay. Cruzó la habitación hasta donde estaba Yvonne, poniendo su mano en el brazo de la otra mujer—. Los investigadores de la escena del crimen encontraron un teléfono móvil en el piso del sospechoso. —Tomó un respiro profundo—. Tiene su mensaje personal de buzón de voz grabado. Me gustaría que lo escuchara. Para confirmar que es el hombre que escuchó por teléfono.

Los ojos de Yvonne se abrieron de par en par. —¿Por qué?

—Queremos estar seguros —dijo Kay.

CAPÍTULO 24

Yvonne Richards se había ofrecido a acudir inmediatamente a la comisaría, para evidente disgusto de su hermana.

—¡No puedes ir! —había insistido. Se había dado la vuelta en el pasillo para encarar a Kay, mientras una bolsa de plástico del supermercado golpeaba contra su pierna—. Díselo, no está lo suficientemente bien para ir.

—No seas ridícula —había dicho Yvonne, mientras se envolvía el cuello con una bufanda y se ponía una chaqueta —. Quédate aquí. No tardaré mucho.

Con eso, había guiado a Kay fuera de la casa y a través del camino de entrada hasta su coche que esperaba.

Cuando Yvonne se había acomodado en el asiento del pasajero y Kay salía a la calle, había emitido un suspiro.

—Bueno, al menos esto me saca de casa por un rato.

Kay se había mordido el labio y emitido un indeciso:

—Hmm.

Se había salvado de tener que responder más por el tráfico de la hora punta, y en su lugar se había concentrado en llevar a Yvonne al otro lado de la ciudad hasta la comisaría lo más rápido posible.

Al entrar en el aparcamiento, había maniobrado el vehículo hacia un espacio cerca de la salida de emergencia en la parte trasera de la comisaría y apagado el motor.

—Hay algunos reporteros merodeando por el frente —le había dicho a Yvonne a modo de explicación—. Pensé que sería mejor usar la puerta trasera.

—Gracias —había murmurado Yvonne.

Ahora, esperaban en una oficina junto a la sala de incidentes que Sharp había requisado. Kay había llamado con antelación para anunciar su llegada, y él se había apresurado a conseguir una copia del mensaje de voz.

No tuvieron que esperar mucho.

Kay había acomodado a Yvonne en una de las sillas mullidas junto al escritorio cuando oyó pasos que se acercaban.

Sharp golpeó dos veces, luego entró, asintió a Kay y se presentó a Yvonne Richards.

—Señora Richards, lamento mucho la pérdida que ha tenido que soportar esta semana. Gracias por venir.

Kay siempre admiraba la manera en que el tono de Sharp se suavizaba cuando hablaba con las víctimas o sus familiares.

Tenía un don para ponerlos a gusto, mostrando compasión y empatía, mientras al mismo tiempo se aseguraba de obtener los resultados que buscaba, sin parecer demasiado duro.

—Está bien —dijo Yvonne—. Quiero ayudar. —Miró a Kay—. Kay dijo que tenían una grabación de correo de voz del hombre que fue encontrado muerto esta mañana.

—Así es. —Sharp sacó una memoria USB del bolsillo de su pantalón, se inclinó y la conectó al lateral del portátil en el escritorio. Bajó la mirada hacia Yvonne—. ¿Está bien si lo escuchamos ahora?

Kay contuvo la respiración y esperó la respuesta de Yvonne.

Los hombros de la mujer se hundieron mientras estudiaba sus manos en su regazo, y Kay la oyó exhalar, una respiración temblorosa que parecía sacudir su cuerpo. Finalmente, Yvonne levantó la cabeza.

—No pueden hacer esto sin mí, ¿verdad?

—No —dijo él—. No podemos. —Sacó la silla junto a Yvonne y se sentó, apoyando los codos en sus rodillas. Sus ojos marrones taladraron los de Yvonne—. Tenemos que asegurarnos absolutamente de que tenemos al hombre correcto. No descansaré, ni Kay, ni el resto de mi equipo, hasta que estemos cien por cien seguros. —Se enderezó—. Lo siento, Yvonne. Sé que esto no será fácil, y desearía que hubiera otra manera.

La mujer tiraba del dobladillo de su cárdigan, un hilo suelto creciendo en longitud mientras trabajaba.

—No, no —croó. Se aclaró la garganta—. Está bien.

—De acuerdo —dijo Sharp. Se levantó y se inclinó sobre el portátil una vez más—. Para aclarar, este es un mensaje de voz encontrado en el teléfono móvil del hombre. Es el tipo de mensaje que se graba cuando quieres que alguien te deje un mensaje cuando no puedes atender su llamada, ¿de acuerdo?

Yvonne asintió.

—De acuerdo.

—Lo reproduciremos una vez, de principio a fin, y luego si necesita escucharlo de nuevo, solo dígalo.

Kay se puso de pie detrás de Yvonne, con los brazos cruzados, haciendo todo lo posible por no pasearse por la habitación.

Sharp presionó el botón de "reproducir" en la pantalla, y ella contuvo la respiración mientras el mensaje se reproducía.

Sí, soy Guy Nelson. No puedo atender tu llamada. Deja un mensaje.

Sus ojos se encontraron con los de Sharp por encima de la cabeza de Yvonne cuando el mensaje terminó, y ella arqueó una ceja.

¿Eso es todo?

Él asintió levemente antes de que su mirada cayera sobre Yvonne.

—¿Puede reproducirlo de nuevo? —preguntó la mujer.

—Por supuesto.

Sharp se estiró y presionó el botón de «reproducir» una vez más mientras Kay se movía junto a él, con el corazón acelerado.

Intentó leer la expresión de Yvonne.

La mujer había palidecido y estaba girando la correa de su bolso entre sus dedos mientras escuchaba una vez más.

La grabación se detuvo.

El silencio descendió sobre la habitación.

Después de unos momentos, Sharp tosió educadamente.

—¿Algún pensamiento, Yvonne?

Yvonne se reclinó en su silla y levantó la mirada primero hacia Kay, luego hacia Sharp. Negó con la cabeza.

—No es él.

CAPÍTULO 25

Kay se hizo a un lado y mantuvo la puerta abierta para Yvonne, agradeciéndole por su tiempo.

—Acompañaré a la señora Richards a la salida y le pediré un coche para que la lleve a casa. Reúne al equipo. Los veré en la sala de incidentes en diez minutos —dijo Sharp al pasar junto a ella, y luego le guiñó un ojo—. Tenías razón. Bien hecho.

Ella exhaló. La euforia de tener razón rápidamente dio paso a la realidad de que aún no tenían idea de con quién estaba trabajando Guy Nelson, y quién, con toda probabilidad, había orquestado el asesinato de Melanie.

Dejó que la puerta se cerrara de golpe con su mecanismo automático y se apresuró hacia la sala de incidentes.

Cuatro rostros se volvieron cuando irrumpió por la puerta.

Barnes tenía el teléfono de escritorio en la oreja, pero rápidamente terminó su llamada cuando Kay se apresuró hacia la pizarra.

—Yvonne Richards ha confirmado que Nelson no es el hombre que les llamó en relación con el secuestro de Melanie —dijo.

Un silencio atónito llenó la sala.

—Entonces, ¿*estaba* trabajando con alguien más? —dijo Barnes.

Kay asintió.

—Sí, y necesitamos intensificar el esfuerzo de revisar esas grabaciones de videovigilancia, Gavin.

—Señora. Perdón, Kay —dijo con una tímida sonrisa.

Ella lo reconoció con un gesto de la mano.

—Piensa fuera de la caja, Gavin. Piensa como nuestro asesino. —Se volvió hacia la pizarra y dibujó un signo de interrogación junto a la fotografía de Nelson—. Quienquiera que sea.

—¿Estamos definitivamente buscando a un tipo? —preguntó Carys.

—Creo que sí —dijo Kay—. Pero mantén tus opciones abiertas.

—Bien —dijo Sharp, entrando en la sala y aflojándose la corbata del cuello—. ¿Dónde estamos?

Enrolló la corbata y la arrojó sobre su escritorio antes de acercarse a la pizarra. Se quedó de pie, con las manos en las caderas, mirándola fijamente.

—De vuelta a las imágenes de videovigilancia—dijo Kay—. Solo hemos revisado la mitad hasta ahora.

Sharp asintió.

—¿Cómo te fue en el taller esta mañana?

—Eso fue interesante —dijo Kay—. Darren Phillips dijo que Nelson era un completo fanático de los videojuegos. Era todo de lo que hablaba durante sus descansos. Sin embargo, no encontramos rastro de una consola en su piso, ¿verdad?

Barnes negó con la cabeza.

—Nada en absoluto.

—Entonces, ¿quién se la llevó? O, ¿se la prestó a alguien? —dijo Kay—. Phillips dijo que solo era un empleado ocasional, y la última vez que lo vio fue el viernes antepasado, día de pago. Aparentemente, Nelson dijo que se tomaría una semana libre. Nunca regresó.

—De acuerdo. ¿Carys? Organiza un par de uniformados y vuelve a los vecinos de los Richards. Lleva copias de la foto de Nelson. Mira si alguien lo reconoce —dijo Sharp—. Mejor aún, averigua si alguno de ellos ha tenido la oportunidad de recordar a alguien actuando de manera sospechosa por la calle.

—Jefe.

Sharp dirigió su mirada a Barnes.

—Lo mismo para ti. Vuelve al piso de Nelson. Mira si alguien vio a alguien con un ordenador, portátil o de otro tipo, cn algún momento durante las últimas dos semanas.

—¿Jefe? Si Guy Nelson tenía el dinero, significa que nuestro misterioso sospechoso no se molestó en ir allí a buscarlo. Se habría enterado del suicidio del tipo, ¿no? —dijo Barnes, y levantó las manos—. Entonces, ¿cuál es su motivo?

—Tenemos que considerar la venganza —dijo Sharp—. Tal vez por algo relacionado con el negocio de Yvonne Richards. Kay, cuando terminemos aquí, llama a Sheila Milborough. Averigua si el negocio le debe dinero a alguien o ha recibido amenazas últimamente. Cosas que no aparecerían en sus sistemas contables.

Ella asintió.

—Lo haré. —Hizo una nota en un bloc junto a ella—. ¿Qué hay del poder como motivo? Él, o ella —añadió, reconociendo el comentario anterior de Carys—, se tomó muchas molestias para preparar esto. Basándonos en el informe de la autopsia, su intención parece haber sido asustar a Melanie hasta la muerte. —Se encogió de hombros—. Simplemente me pregunto, si fue venganza, ¿por qué no la mató de otra manera?

—¿Demasiado elaborado de esta manera, quieres decir?

—Sí. —Se reclinó y señaló las fotografías de la instalación de biociencias clavadas en la pizarra—. Eso requirió mucha planificación y preparación. Ciertamente no actuó por capricho.

—El poder es ciertamente una posibilidad. También podría haber un elemento sexual —dijo Sharp—. Aunque la autopsia confirma que Melanie no había sido abusada sexualmente.

—Pero había una cámara allí —dijo Kay—. La estaba observando todo el tiempo.

—¿El equipo de forenses digitales nos ha devuelto algo?

—Aún no —dijo, y garabateó en su bloc de notas de nuevo—. Los presionaré.

—Bien —dijo Sharp—. Es suficiente por ahora. —Miró su reloj—. Nos reuniremos de nuevo a las seis en punto.

CAPÍTULO 26

Kay tomó su cuaderno y se acomodó en su silla, energizada por el renovado sentido de urgencia que galvanizaba al equipo.

Marcó cero para una línea externa en el teléfono de su escritorio y tamborileó con el extremo de su lápiz sobre la mesa mientras esperaba una respuesta.

—Muebles Richards, ¿en qué puedo ayudarle?

Kay sonrió, reconociendo la voz de Belinda. Evidentemente, la veinteañera ya estaba lamentando la falta de una recepcionista por la tarde.

—¿Belinda?

—¿Sí?

—Soy la Oficial de Policía Hunter. ¿Podría hablar con Sheila, por favor?

—Oh. Sí. Un momento.

Kay alejó el teléfono de su oído cuando un fuerte crujido llenó la línea, y supuso que Belinda había sostenido el auricular contra su hombro.

Aguzó el oído.

—Es ella. La detective. Quiere hablar contigo.

Una pausa, y luego…

—Espera. Quiero decir, un momento por favor.

Una melodiosa serie de *timbres* sonó en la línea, y Kay levantó la vista cuando Gavin se acercó.

—¿Qué pasa?

—No encuentro a Sharp. Creo que se ha ido a una reunión. Cuando tengas un minuto —dijo, y señaló con la barbilla hacia su ordenador—, necesito mostrarte algo. En el sistema de videovigilancia.

—Vale. —Levantó un dedo cuando la voz de Sheila Milborough interrumpió.

—¿Hola?

—¿Sheila? Soy la Oficial de Policía Hunter. Lamento molestarla, pero me preguntaba si, en ausencia de Yvonne en la oficina, ¿podría ayudarme?

La mujer guardó silencio por un latido, luego habló, su voz llena de eficiencia.

—Por supuesto, Oficial Hunter. ¿Qué necesita?

Kay se mordió el labio. La mujer estaba tan desesperada por chismes que podría haberse lanzado una bengala.

—Debo insistir en que esta conversación sea tratada con la máxima confidencialidad.

—Por supuesto.

Kay lo dudaba, pero continuó de todos modos. —Me preguntaba si estaba al tanto de alguna amenaza hecha en los últimos meses con respecto al negocio. Antes del secuestro de Melanie.

Sheila contuvo la respiración, aunque de nuevo, Kay no podía decir si era por shock o por emoción.

—Bueno —dijo, finalmente—, no estoy al tanto de nada, eso es seguro.

—¿Qué hay de alguna deuda del negocio? ¿Alguien causando problemas allí?

—No. No, tenemos mucha suerte con nuestra base de clientes. —Hizo una pausa—, y usamos un apartado de correos para la correspondencia, así que nadie sabe dónde estamos.

—Eso es bueno —dijo Kay. Satisfecha, cambió de tema—. ¿Cómo están lidiando? Debe ser difícil en este momento.

—Oh, estamos bien —dijo Sheila con ligereza—. Sí, hay mucho trabajo, pero los días pasan rápido, ¿sabe?

Kay terminó su llamada y dejó caer su bolígrafo.

Miró por encima de su hombro.

Gavin había desaparecido (sospechaba que para un descanso para fumar) así que buscó el número del equipo de cibercrimen en el directorio interno y marcó el número.

—¿Diga?

—Andy Grey —sonrió—. Soy Kay.

—Joder, nena, ¿has vuelto al trabajo?

—Ciertamente lo he hecho.

—Sabía que no encontrarían nada en tu contra —dijo.

Ella sonrió. —Dadas las capacidades de vigilancia de tu departamento, espero que ese comentario esté basado en una observación personal en su lugar.

Un silencio atónito llenó el aire antes de que el experto en forense digital soltara una carcajada y una maldición. —Muy graciosa. ¿Qué quieres?

—Ese sistema de cámaras que trajimos de la escena del crimen de Melanie Richards. ¿Algún progreso?

—Ah, la chica del desagüe —dijo Grey, distraídamente—. Espera. No trabajé en ese, así que el informe podría estar aún en administración. Dame dos segundos.

Kay esperó, escuchando el sonido de las teclas del ordenador siendo pulsadas.

—Tengo una copia del borrador final en pantalla. Era un sistema de seguridad doméstico básico, del tipo que puedes poner en tu casa y luego ver desde tu móvil o un portátil. Muy común, así que es difícil rastrear más allá de la tienda que lo vendió. Puedes consultar con ellos, pero…

—Creemos que se compró en línea.

—Entonces estás jodida.

—Gracias. —Suspiró—. ¿Alguna posibilidad de rastrear desde dónde se estaba viendo?

—Esto es la Policía de Kent —dijo Grey—. Has estado viendo demasiadas películas de James Bond.

—¿Nada de huellas dactilares ni nada?

—El equipo de investigación de la escena del crimen dijo que era imposible obtener algo de la superficie. Había sido limpiado a fondo con…

—Lejía. Sí. Me lo imaginaba.

Agradeció al experto en forense digital y colgó el teléfono. Se frotó las sienes, luego se levantó y se estiró antes de notar que Gavin había regresado. —Gavin. ¿Querías hablar?

—¿Podrías venir a ver esto?

Ella se acercó a su ordenador. —¿Qué pasa?

Él levantó un documento. —Esta es una de las llamadas que llegaron a través del llamamiento de Crimestoppers después de la aparición de Sharp en televisión. Una mujer informó haber visto una furgoneta de County Deliveries entrando en el polígono industrial donde está el lugar de biociencias. Dijo que la vio un par de mañanas, pero luego también una vez tarde en la noche, el jueves pasado.

Kay frunció el ceño. —¿Qué hacía ella por ahí a esa hora de la noche?

—Es enfermera. Usa el polígono industrial como atajo para ir a casa.

—¿Una furgoneta de mensajería?

—Sí, lo sé.

—¿Has revisado las imágenes de las cámaras de videovigilancia?

Señaló la pantalla. —Sí. Me ha costado un par de intentos encontrarlas, incluso después de llamar a la enfermera para aclarar los horarios, pero aquí están.

—¿Dónde está esa cámara?

—En Westmead Road. —Golpeó la pantalla con el dedo —. La entrada al polígono industrial está justo ahí arriba.

—Reprodúcelo.

Gavin pulsó el botón de reproducción, y la grabación empezó a reproducirse.

En la imagen granulosa captada por la cámara de videovigilancia, una furgoneta salió del polígono industrial y avanzó hacia la cámara. En el lado opuesto de la carretera pasó un pequeño coche blanco.

—Es ella —dijo Gavin con seguridad.

Kay se quedó en silencio.

Escuchó a Barnes terminar la llamada que estaba haciendo antes de acercarse a ellos, rozando su codo con el de ella.

—¿Habéis encontrado algo?

Ella señaló la pantalla en respuesta.

La furgoneta se acercó a la cámara y luego giró a la derecha. Al hacerlo, pudo ver claramente el logotipo de la empresa de mensajería estampado en el lateral.

—¿Podemos ver la cara del conductor?

—No. Lleva una gorra de béisbol calada hasta abajo. No se ven marcas distintivas ni tatuajes en las manos. No se ve reloj ni anillo de boda.

—¿Matrícula?

Gavin giró su cuaderno hacia ella. —Sí.

—¿Qué está pasando? —dijo Sharp al entrar en la habitación.

—Tenemos imágenes de videovigilancia de una furgoneta de mensajería saliendo del polígono industrial la noche del jueves pasado —dijo Kay—. Gavin estaba revisando los registros de llamadas del anuncio de Crimestoppers. Una enfermera informó haber visto una furgoneta de mensajería entrar y salir del polígono en tres ocasiones, una de ellas de noche. Este es el suceso nocturno.

Gavin reprodujo el video mientras el equipo observaba en silencio.

Cuando terminó, Sharp asintió. —Buen trabajo.

—Supongo que ha habido algún avance.

Todos se giraron cuando el Inspector Jefe Larch entró por la puerta y se acercó a donde estaban sentados.

—¿Sharp?

—Angus. —Sharp se apartó del ordenador y puso al día al Inspector Jefe.

—¿Jefe? Cuando estuve en el taller esta mañana, tenían muchas furgonetas de mensajería allí. Darren Phillips dijo que su padre ganó el contrato antes de traspasarle el negocio —dijo Kay. Señaló la pantalla congelada—. Eso no puede ser una coincidencia.

—Tendremos que entrevistar formalmente a él y a sus empleados —dijo Larch.

—También llamaré al depósito de County Deliveries —dijo Kay—. Para averiguar a quién está asignada esa furgoneta.

—Mejor aún, Hunter, averigüe a quién está asignada y tráigalo aquí para interrogarlo —dijo Larch.

Ella miró a Sharp. —¿Jefe?

—Podría ser un poco precipitado, Angus, con todo respeto —dijo Sharp.

—Háganlo —dijo Larch, y levantó la barbilla—. Necesitamos resultados, señoras y señores, y rápido.

Miró su reloj. —Tengo una reunión con el superintendente jefe. Me uniré a ustedes en la próxima sesión informativa para una actualización.

Kay lo observó alejarse y maldijo en voz baja.

Sharp se frotó la barbilla y luego suspiró. —Ve con cuidado, Kay. —Señaló la imagen congelada en la pantalla—. Eso es todo lo que tenemos por ahora.

—Entiendo.

—Entonces ve.

CAPÍTULO 27

Eli se alejó con paso cansino de la furgoneta aparcada en el área de descanso, mientras la hierba alta rozaba el dobladillo de sus pantalones.

El seto descuidado a sus espaldas le proporcionaba amplia cobertura desde la carretera, y cualquier conductor que pasara simplemente pensaría que la furgoneta había sido abandonada temporalmente mientras su conductor tomaba un descanso.

Ajustó la pesada bolsa de lona sobre su hombro, oyendo un tintineo metálico cuando el equipo se movió en su interior, y aceleró el paso.

En lo alto, un cuervo solitario planeaba sobre las corrientes de aire, su graznido lastimero desvaneciéndose mientras volaba sobre los límites de la expansión urbana.

Eli olfateó.

Un olor a ozono llenaba el aire, promesa de las fuertes lluvias pronosticadas para los próximos días.

Apretó los puños e intentó ignorar el dolor bajo su cinturón.

Pronto, llegaría el momento.

Mientras se dirigía a la puerta de entrada con candado,

sacó una llave de su bolsillo. Los edificios habían sido abandonados a mitad de construcción, cuando el promotor se quedó sin financiación antes de que el complejo pudiera ser terminado. Ahora, los bloques de apartamentos abandonados esperaban una resolución entre los bancos y el ayuntamiento, y permanecían abandonados a la espera de su destino.

Los planos habían sido fácilmente accesibles desde la página web del ayuntamiento, y Eli había pasado su semana libre estudiándolos minuciosamente mientras ignoraba las lastimeras súplicas de clemencia de Melanie.

Una vez que había memorizado los planos, los había quemado, llenando el viejo laboratorio de animales de humo.

Melanie había gritado, convencida de que el edificio estaba en llamas, y él se había arrastrado hasta el agujero y se había tumbado, escuchando sus sollozos.

Ahora, abrió el candado que había conseguido, aflojó la cadena alrededor de la valla y se deslizó al interior.

Ignoró los carteles de construcción que advertían que no entrara y se movió rápidamente por el sitio, con la disposición memorizada.

El dinero del promotor se había agotado una vez que la empresa constructora había comenzado a cavar los cimientos y descubrió un viejo laberinto de sistemas de drenaje victorianos que se entrecruzaban en el terreno. Surgieron discusiones, se repartieron culpas y la construcción se detuvo.

Eso fue hace seis meses.

Eli empujó a un lado una lámina de plástico, que crujió bajo su tacto antes de dejarla caer de nuevo en su lugar.

La planta baja del primero de los dos bloques de apartamentos no albergaba más que un suelo de cemento. Sobre su cabeza, la estructura de hormigón y acero de lo que habrían sido los pisos de las unidades de vivienda yacía al descubierto, con el cielo gris oscureciéndose por la lluvia inminente.

Eli se agachó alrededor de un pilar, pasó por encima de un montón de tuberías de plástico abandonadas y bajó su bolsa al suelo.

Tiró de la cremallera para abrirla, rebuscó en el interior y sacó una gran linterna. La encendió y se volvió a echar la bolsa al hombro. Barrió el haz de luz de izquierda a derecha y luego encontró lo que buscaba en un rincón oscuro del espacio.

Los escalones de hormigón conducían a lo que debería haber sido una salida de emergencia hacia y desde el aparcamiento subterráneo. El acceso desde el exterior era imposible: la empresa constructora lo había barricado por temor a que los niños del lugar se hicieran daño o, más probablemente, vandalizaran el lugar.

En su lugar, solo se podía acceder al aparcamiento y a las entrañas del edificio a través de estos escalones, y ahora Eli los descendía, con la mano libre apoyada en la pared para mantener el equilibrio.

Tras unos momentos, se encontró en el propio aparcamiento. El haz de la linterna no llegaba al extremo más alejado del espacio, pero Eli se orientó rápidamente y se apresuró hacia la esquina izquierda.

Una puerta metálica había sido colocada en la pared, que había sido inaccesible hasta hace dos días, cuando Eli había usado un soplete en sus bisagras. Ahora, coloçó la linterna en el suelo apuntando hacia ella, envolvió sus dedos alrededor del acero y la empujó a un lado.

El agua brillaba en la superficie rugosa.

Recuperó su linterna y se agachó bajo la entrada baja hacia un corto pasadizo que descendía abruptamente desde el nivel del sótano.

El haz rebotó en los ladrillos rojos, desconchados y desgastados, antes de detenerse en un callejón sin salida.

Una amplia abertura se abría en el suelo del pasadizo, una entrada a un laberinto centenario.

Eli dejó caer la bolsa a sus pies y se agachó, luego apoyó los antebrazos en sus rodillas e inspeccionó la abertura.

Un constante *goteo-goteo* de agua llegó a sus oídos.

—Perfecto —murmuró.

CAPÍTULO 28

Kay aflojó su cinturón de seguridad mientras Barnes giraba el vehículo sin distintivos hacia el estacionamiento de visitantes del depósito de County Deliveries.

A pesar de lo avanzado del día, aún quedaban varios espacios disponibles.

Al salir del coche, Kay recorrió con la mirada la estructura de poca altura frente a ella.

A su derecha, una alta valla de malla metálica separaba el estacionamiento de visitantes de un área llena de las familiares siluetas rojas de las furgonetas de mensajería. A su izquierda, se había delimitado un área de estacionamiento separada para los empleados. Mientras observaba, dos furgonetas entraron en el área acordonada, y los conductores se apresuraron a cruzar el asfalto hacia la parte trasera del depósito.

Barnes se detuvo a mitad de camino en el estacionamiento y la esperó. —¿Lista?

Ella asintió. —Hablemos primero con el gerente del depósito —dijo—, y no le mencionemos nuestras sospechas sobre la furgoneta de inmediato, ¿de acuerdo?

—Me parece bien.

Cerró el coche y siguió a Barnes hasta las puertas dobles de cristal en el frente del edificio.

Un sencillo mostrador de recepción ocupaba la pared del fondo de la pequeña área, y se registraron mientras la recepcionista llamaba por teléfono al gerente del depósito y anunciaba su llegada.

Se giró al oír el sonido de una puerta cerrándose a su derecha.

Un hombre se acercó a ellos con la mano extendida.

—Soy Bob Rogers. Soy el gerente del depósito. ¿De qué se trata?

Kay se presentó a sí misma y a Barnes. —¿Hay algún lugar donde podamos hablar en privado?

—Por supuesto. Síganme. Hay una sala de reuniones por aquí que podemos usar.

Siguieron al hombre por un corto pasillo que recorría el frente del edificio. Se detuvo y mantuvo abierta una puerta a su izquierda para Kay, y ella encabezó el camino hacia una habitación escasamente amueblada.

Era evidente que no se usaba mucho; una fina capa de polvo cubría la mesa redonda en el centro, y solo quedaban tres sillas, las otras sin duda tomadas y llevadas a otras oficinas. Se había colocado un teléfono de escritorio sobre un pequeño gabinete en la esquina.

El gerente del depósito señaló las sillas. —Siéntense. ¿En qué puedo ayudarles?

Kay le pasó su tarjeta de visita y esperó mientras Barnes hacía lo mismo.

—Me gustaría hacerle algunas preguntas sobre las furgonetas que utilizan aquí —dijo—. En primer lugar, ¿se asignan los vehículos a un mensajero en particular? ¿O se asignan por orden de llegada?

Rogers sacó una silla y se sentó. Se rascó la barbilla. —Las furgonetas están asignadas a una ruta en particular. Así que el mensajero que hace esa ruta usa la misma furgoneta todos los días.

—¿Qué sucede al final del día? —preguntó Kay—. ¿Dónde se guardan las llaves?

—Cuando la gente regresa de sus turnos, entregan sus llaves. Todas las llaves se guardan en un lugar seguro. —Frunció el ceño—. ¿De qué se trata todo esto?

Kay ignoró su pregunta. —¿Qué medidas de seguridad tienen aquí? ¿La puerta de seguridad está vigilada por la noche?

—No. La puerta es cerrada por seguridad a las seis en punto.

—¿Solo hay una puerta?

—Sí —dijo Rogers.

—¿Y el cercado es seguro?

Frunció el ceño. —Creo que sí.

—No parece estar seguro.

—Los guardias de seguridad lo revisan cada semana. No he escuchado ningún informe de que la valla no sea segura.

—¿Qué hay de las cámaras de videovigilancia? —preguntó Barnes.

—Tenemos cámaras en cada lado del edificio.

—¿Alguna de las cámaras cubre el estacionamiento donde están las furgonetas? —preguntó Kay.

—Normalmente hay una cámara que cubre el estacionamiento. Pero se estropeó hace un par de semanas. —Rogers se rascó el costado de la nariz y se reclinó en su silla—. Nuestro encargado de compras aún no ha podido conseguir las piezas. El proveedor le dijo que tardará otra semana. No se lo he dicho a todos, ya que no quiero que el personal lo sepa. Son en su mayoría confiables, pero no quisiera arriesgarme, por si acaso, ¿sabe?

—¿Cómo se rompió la cámara?

Rogers se encogió de hombros. —Chicos, supongo. El lente ha sido destrozado.

—¿Informó de esto a la policía? —preguntó Kay.

Su mirada cayó al suelo. —No. No lo hice.

—Necesitaré una copia de la orden de compra.

Rogers suspiró, luego levantó el teléfono. —¿Colin? ¿Podrías imprimir una copia de la orden de compra que hiciste para las piezas del sistema de videovigilancia y traérmela?

Devolvió el teléfono a su base.

—¿Quién más tiene acceso al lugar donde se guardan las llaves? —dijo Kay.

Rogers la miró desconcertado. —Nadie. Antes de que yo llegara, las llaves solían dejarse en el área de clasificación. Ahora se guardan en una caja fuerte en mi oficina, y la cierro con llave cuando salgo del depósito.

Barnes se inclinó hacia adelante. —¿Podría alguien haber accedido a la caja fuerte antes de que usted dejara la oficina?

—Incluso si fueran a mi oficina, no conocen la combinación... —Se interrumpió al oír un golpe en la puerta —. Adelante.

Kay se giró cuando la puerta se abrió, y un hombre corpulento entró, su rostro un desagradable conjunto de llagas, su entrada anunciada por una fuerte mezcla de nicotina y olor corporal que invadió el espacio en cuanto cerró la puerta tras de sí.

—Esa orden de compra que querías, Bob —dijo, y entregó una hoja de papel.

—Gracias, Colin. Eso es todo.

El hombre recorrió a Kay con la mirada mientras salía de la habitación, y ella resistió el impulso de estremecerse.

—¿Quién es él? —preguntó, cuando la puerta se cerró.

Rogers hizo una mueca. —Colin Broadheath. Se encarga de todas las compras y la programación de mantenimiento del depósito.

Kay se giró en su silla y miró las furgonetas en el estacionamiento más allá de la ventana. —¿Qué hay del mantenimiento? —preguntó—. ¿Lo hacen en el sitio?

—No —dijo Rogers—. Usamos un taller local.

—¿Cuál?

—Phillips Repairs.

—¿Podemos ver el registro de mantenimiento, por favor?

—Por supuesto. Esperen aquí.

Rogers salió de la habitación y cerró la puerta. Barnes giró en su silla para mirarla.

—¿Qué piensas?

Kay exhaló.

—No lo sé. Al menos sabemos que todos los vehículos aquí van a Darren Phillips, pero si todas las llaves de las furgonetas se guardan en una caja fuerte segura aquí, y Rogers cierra su oficina por la noche, y está diciendo la verdad sobre eso, entonces necesitamos averiguar si había otra forma de acceder a las furgonetas. Phillips también guarda las llaves en una caja cerrada mientras los vehículos están en sus instalaciones, así que eso descarta que alguien las obtenga allí.

Levantó un dedo al oír pasos en el pasillo exterior, y luego la puerta se abrió.

Rogers entró con un gran libro de tapa dura en sus manos. Cerró la puerta y colocó el libro sobre la mesa.

—Es un poco anticuado —dijo—, pero aún mantenemos

el registro de mantenimiento en papel además de en el sistema.

Kay metió la mano en su bolso y sacó una fotografía de la furgoneta tomada de las imágenes de videovigilancia en el polígono industrial. La deslizó por la mesa hacia Rogers.

—Esto fue tomado justo después de la una y media de la noche del jueves pasado —dijo.

Las cejas de Rogers se alzaron.

—Eso es imposible.

—¿Esta furgoneta ha estado en el taller recientemente?

Rogers entrecerró los ojos para ver el número de matrícula, y luego hojeó las páginas del registro, frunciendo el ceño. Se detuvo y luego pasó su dedo índice por la página izquierda.

—Aquí —dijo—. Hace seis semanas. Necesitaba una nueva bomba de agua.

—¿Cuánto tiempo estuvo en el taller?

—Tres días. Tuvieron que pedir las piezas al proveedor. No tenían una en el taller ya que habíamos llevado otro vehículo un par de días antes con el mismo problema.

—¿A qué ruta está asignada esta furgoneta? ¿Quién es el conductor actual?

—Esperen. Voy a comprobarlo.

Kay reprimió un suspiro mientras el hombre desaparecía de la habitación una vez más.

Barnes tamborileó con los dedos sobre la superficie de la mesa.

Kay lo miró fijamente.

—Lo siento —dijo, y se detuvo.

Ambos se giraron en sus asientos cuando Rogers regresó con una hoja impresa.

Se la tendió.

—Aquí tienen.

Kay tomó la página de él y escaneó su contenido antes de pasársela a Barnes.

Esperó, y luego él levantó la cabeza. Kay se encontró con su mirada, luego se volvió hacia Bob Rogers y dio un golpecito con el dedo en la página.

—Nos gustaría hablar con Neil Abrahams, por favor.

CAPÍTULO 29

Kay se hizo a un lado y dejó que Neil Abrahams entrara primero a la sala de entrevistas.

Sharp se levantó de una de las sillas junto a la mesa y señaló el asiento opuesto.

—Si gusta tomar asiento, señor Abrahams. Soy el Inspector Devon Sharp y dirigiré esta entrevista.

Abrahams retiró la silla, se sentó y juntó las manos sobre la mesa, sus ojos alternando entre Sharp y Kay. Tragó saliva, un sonido audible, y su nuez de Adán se movió en su garganta.

Sharp se inclinó y presionó el botón de "grabar" en la máquina bajo el panel esmerilado de la ventana, y observó al hombre sentado frente a él. Una vez que terminó de recitar la advertencia formal, se reclinó. —Por favor, confirme su nombre completo, dirección y ocupación para el registro.

—Neil Jonathan Abrahams. Catorce, Bolt Drive, Maidstone. Soy mensajero —hizo una pausa—. ¿De qué se trata esto?

Kay abrió el expediente del caso y empujó tres grandes

fotografías tomadas de las imágenes del sistema de videovigilancia sobre la mesa.

—¿Reconoce esta furgoneta? —preguntó Sharp.

Abrahams frunció el ceño. —Eh, sí... es una furgoneta de mensajería.

—Mire el número de matrícula.

Tomó una de las fotos de la mesa y la acercó. Su rostro palideció. —Eso... eso es imposible.

—Por favor, díganos qué estaba haciendo en el Polígono Industrial Westmead el jueves pasado a la una y media de la madrugada —dijo Sharp.

—¡Yo no estaba allí!

Kay observó cómo los ojos del hombre recorrían las otras dos fotografías, y luego él giró bruscamente la cabeza hacia Sharp.

—No puedo explicar esto. Ese polígono industrial ni siquiera está en mi ruta —resopló, una explosión nerviosa de sus labios—. ¿Y por qué estaría conduciendo por allí de noche?

—Esperábamos que usted nos lo dijera —dijo Sharp.

Abrahams se reclinó en su asiento y exhaló. —Estaba fuera con amigos esa noche —dijo, señalando la más oscura de las tres fotos.

—¿Puede proporcionar detalles de una coartada? —preguntó Kay.

—Sí, puedo.

Ella le deslizó una hoja de papel y un bolígrafo, y esperó mientras él escribía dos nombres y números de teléfono móvil, con la mano temblorosa.

Ella se lo quitó y salió corriendo de la habitación, entregando los detalles a Barnes que esperaba en el pasillo. —Envíame un mensaje de texto en cuanto tengas algo —dijo—. Es urgente.

Regresó a la sala de entrevistas y tomó asiento junto a Sharp.

—¿Cuánto tiempo lleva siendo mensajero?

—Ocho años.

—¿Y dónde ha estado basado?

El hombre se encogió de hombros. —Por todos lados. La mayoría de los pueblos de por aquí.

—¿Alguna vez ha trabajado fuera del área de Maidstone?

—No.

Sharp se inclinó hacia delante. —Neil, ¿tendría alguna idea de cómo alguien podría estar conduciendo su furgoneta si las llaves se mantienen seguras?

El conductor mensajero negó con la cabeza. —No. El depósito está cercado y tiene cámaras de seguridad, así que, si alguien la tomara, sería visto.

—Entiendo que le gustaba coquetear con Melanie Richards cuando ella ayudaba en la recepción de Richards Furnishings —dijo Kay.

—¿Qué? —Abrahams retrocedió en su asiento—. Espere… de ninguna manera. ¡Yo no la maté! Eso solo era un poco de diversión.

—Usted es, ¿qué, quince años mayor que ella? —dijo ella —. ¿Y pensó que la iba a conquistar, es eso correcto?

—¿Acaso ella lo ilusionó? —preguntó Sharp—. ¿Fue eso? ¿Acordó encontrarse con usted y algo salió mal? ¿Perdió los estribos y decidió darle una lección?

—¡No, no, nunca me encontré con ella! —Abrahams se inclinó hacia delante, apareciendo manchas de sudor bajo sus brazos.

El móvil de Kay vibró, y ella revisó el mensaje antes de deslizarlo a un lado.

—El agente Barnes habló con las dos personas que proporcionó como coartadas para el jueves por la noche —

dijo—. Ninguno de ellos puede dar fe de usted después de las once en punto.

Señaló la marca de tiempo congelada en el pie de la fotografía de videovigilancia. —Esta es su furgoneta a la una y media de la madrugada.

Abrahams movió la mandíbula, pero permaneció en silencio.

—A menos que pueda darnos el nombre de una coartada sólida para su paradero entre la salida del pub a las once y su aparición aquí —Sharp golpeó la foto—, dos horas y media más tarde, Neil, no se ve muy bien, ¿verdad?

—¿Por qué también estuvo en el polígono industrial Westmead las mañanas del viernes y sábado? —añadió—. ¿Qué hay de estos dos ángulos diurnos?

—¡Yo no estaba allí!

—Neil, tenemos a dos amigos suyos que no pueden dar cuenta de sus movimientos después de las once de esa noche, y evidencia de que su furgoneta estaba en la misma zona donde se encontró el cuerpo de Melanie —dijo Kay.

—No fui yo, lo juro.

—Entonces, ¿dónde estaba entre las once y la una y media del jueves por la noche? —preguntó Kay.

—Yo… no puedo decirlo.

Kay señaló la furgoneta en la fotografía. —Este es usted, ¿no es así, Neil?

—No soy yo.

—Entonces, ¿quién demonios es? —Sharp golpeó la mesa con la mano, y Abrahams saltó en su asiento.

—No tengo idea.

Sharp se inclinó y arrebató la carpeta de debajo del codo de Kay. Sacó otra fotografía y la empujó frente a Abrahams.

—¿Está orgulloso de esto?

Los ojos de Abrahams se agrandaron cuando su mirada cayó sobre la imagen.

—Oh, Dios mío —susurró, y retrocedió, el horror deformando sus facciones.

—Ahora, no sé cuál es su pequeño juego enfermizo, Neil —gruñó Sharp—, pero sí quiero saber adónde desapareció después de las once del jueves, y quiero saber por qué su furgoneta fue fotografiada saliendo del polígono Westmead a la una y media.

Abrahams pasó una mano temblorosa sobre su boca, su rostro pálido. Finalmente apartó los ojos de la imagen del cuerpo sin vida de Melanie y habló con apenas un murmullo.

—No estaba en el polígono Westmead esa noche porque estaba en un motel cerca de Hollingbourne con otra persona —dijo.

Los ojos de Kay se posaron en el anillo en la mano izquierda de Abrahams. —Vamos a necesitar un nombre —dijo.

—No puedo —suplicó Abrahams—. Ella también está casada.

—El nombre —dijo Kay, y se inclinó hacia adelante—. En este momento, usted es el único sospechoso del secuestro y asesinato de una joven.

—Oh, Dios —Abrahams se limpió los ojos, luego le dijo el nombre y le dio un número de teléfono móvil.

Kay se dirigió a la puerta, cerrándola tras de sí.

Marcó el número y levantó la vista cuando Barnes se acercó.

—¿Y bien? —dijo él.

—Tenemos una nueva coartada.

Levantó un dedo cuando contestaron la llamada.

—¿Sandra Clark? Oficial Kay Hunter de la Policía de Kent. Tengo entendido que conoce a Neil Abrahams. —Hizo una pausa y escuchó—. Sí, él me dio su número. Francamente, no me importa su relación con el señor Abrahams, señora Clark. ¿Puede decirme si estuvo con usted el jueves por la noche? ¿A qué hora llegó?

Esperó. —¿Estaba allí? ¿A qué hora se fue? ¿Qué hay del viernes por la mañana y el sábado por la mañana? —Asintió a Barnes—. Gracias, señora Clark. Eso será todo.

—Te veré en la sala de incidentes —le dijo al agente detective después de terminar la llamada, y empujó la puerta de la sala de interrogatorios para abrirla.

—Gracias, señor Abrahams —dijo—. La señora Clark confirma que estuvo con ella entre las once y las dos de la madrugada la noche en cuestión.

—Bien —dijo Sharp—. Ahora que hemos aclarado eso, ¿alguien tiene acceso a las llaves de su furgoneta?

—No —dijo Abrahams—. Cuando terminamos nuestros turnos, todas las llaves se entregan y se guardan en una caja fuerte en la oficina del gerente del depósito hasta que las necesitamos de nuevo.

—¿Y conduce la misma furgoneta todos los días?

Abrahams asintió. —Sí. Durante los últimos cuatro meses. Mi ruta cambió, así que me dieron una furgoneta diferente.

—¿Por qué?

—No lo sé. Antes hacía el circuito alrededor de Larkfield, pero hubo una reorganización interna o algo así, y ahora hago el de Harrietsham.

Kay señaló las fotografías de la cámara de videovigilancia. —¿Qué hay de aquí?

Abrahams negó con la cabeza. —Nunca he tenido una ruta allí, no. De hecho, ninguno de nosotros la tiene estos días; creo que el último negocio que solía tener una recogida allí cerró hace meses.

CAPÍTULO 30

Kay se apoyó contra la pared del pasillo y observó las figuras que se alejaban de Sharp y Abrahams mientras el conductor del servicio de mensajería era conducido fuera de las salas de interrogatorio.

—Disculpe, Oficial.

Se volvió al oír la voz de Gavin. —¿Qué pasa?

Él se movió a un lado para dejar pasar a uno de los administradores de la oficina y bajó la voz. —He estado revisando las grabaciones de las cámaras de seguridad del depósito de mensajería. Bob Rogers tenía razón. La cámara sobre el área de estacionamiento seguro fue dañada por unos chicos.

—¿Cómo?

—Hay un terreno irregular con un par de contenedores de residuos industriales al otro lado de la valla exterior. Tenemos imágenes de un grupo de cuatro jóvenes trepando a uno de los contenedores para subir a la valla. Rompen la cámara lanzándole piedras, pero luego parecen perder el interés. —Se encogió de hombros—. Se les puede ver en otra de las cámaras, saliendo por donde entraron después de unos cinco minutos.

—¿Identidades?

—Ya las pasé —sonrió. Miró su reloj—. Deberían estar deteniéndolos en los próximos quince minutos más o menos. Los acusaremos de daños criminales.

—Gracias, Gavin.

Él asintió y luego se dirigió de vuelta hacia la sala de incidentes, dejando a Kay con sus pensamientos.

Si fueron unos chicos, y no el conductor de la furgoneta de Neil Abrahams, quienes rompieron la cámara, entonces debía haber otra explicación para que el vehículo fuera visto en el polígono industrial la noche del secuestro de Melanie.

Perdida en sus pensamientos, pasó un momento antes de que oyera los pasos detrás de ella.

—¿Causando problemas otra vez, Hunter?

Se detuvo, cerró los ojos por un momento y luego se dio la vuelta.

El Inspector Jefe Larch estaba en el pasillo, su corpulencia ocupando gran parte del espacio a ambos lados.

—¿Señor?

Su labio superior se curvó en una mueca de desprecio. —Realmente no entiendo por qué Sharp la aguanta —dijo, acercándose—. No es precisamente una jugadora de equipo, ¿verdad?

—Lo siento, señor, no entiendo.

—Quizás si hubiera reunido las pruebas correctamente en este caso, no habríamos perdido un tiempo valioso trayendo a un hombre inocente para interrogarlo, ¿eh?

—Pero…

—Inspector Jefe Larch, ¿puedo ayudarle?

Kay casi suspiró de alivio al oír la voz de Sharp.

El Inspector Jefe Larch giró sobre sus talones. —No, Sharp. No puede.

Kay se hizo a un lado cuando él pasó empujándola y desapareció por el pasillo, la puerta de su oficina cerrándose de golpe.

—¿Algún problema?

—Parece que traer al tipo equivocado para interrogarlo es toda culpa mía.

Sharp se rio entre dientes. —No va a dejar pasar fácilmente esa investigación fallida de Asuntos Internos, ¿verdad?

—No parece que sea así. Parece que también le ha afectado la memoria —dijo, con tono humorístico—. Después de todo, fue su idea traer al conductor de la furgoneta.

—Espera. Ya encontrará a alguien más a quien provocar.

Ella logró esbozar una sonrisa tenue y luego se puso a caminar a su lado. —¿Qué hacemos ahora?

Sharp abrió la puerta de la sala de incidentes, y el resto del equipo interrumpió su conversación.

Sharp comprobó que la puerta se había cerrado detrás de Kay y luego se arrancó la corbata del cuello. —Bueno, eso ha sido una decepción monumental, ¿no?

Barnes lideró el murmullo de acuerdo que rebotó en las paredes. —¿Qué sigue, jefe?

—Reunión de equipo —dijo Sharp—. En el pub. En diez minutos. La primera ronda corre por mi cuenta.

CAPÍTULO 31

Emma Thomas tropezó con sus tacones demasiado altos y retrocedió sorprendida cuando el taxi pasó, salpicándola y con la luz del techo parpadeando.

—Maldita sea.

Se apartó el pelo de la cara y se estremeció. Luego, se subió el bolso al hombro, se abrazó el pecho y bajó de la acera.

Había logrado escabullirse de la casa tres horas antes, sin ser vista.

En cuanto la voz de su madre se apagó y los tonos graves de la respuesta de su padrastro se calmaron, contó los minutos hasta escuchar el sonido de sus ronquidos filtrándose a través de la puerta cerrada de su dormitorio.

Los padres de Tanya estaban de viaje en Ibiza por una escapada barata de última hora, y las chicas habían planeado una noche de fiesta en los clubes de Maidstone.

—Te animará —insistió Tanya.

Emma se tomó unos segundos para considerar la idea y luego aceptó. ¿Qué mejor manera de olvidar su dolor por un rato que bailar, beber y quizás un poco de coqueteo inofensivo?

Ahora, se arrepentía de su imprudencia.

Tanya se había metido en un coche con un chico de veinte años con el que había tenido una relación intermitente durante los últimos tres meses y algunos amigos de él. Le lanzó a Emma un alegre saludo con la mano por encima del hombro mientras caía, riendo, encima de él en el asiento trasero, y luego la puerta del coche se cerró de golpe y el vehículo arrancó.

Se había quedado en lo alto de Gabriel's Hill, tratando de evitar las miradas lascivas de los hombres que pasaban tambaleándose junto a ella, antes de desaparecer por la calle principal. Maldijo cuando las primeras gotas de lluvia golpearon el pavimento a sus pies.

Había esperado un taxi durante otra media hora, pero fue inútil: la ciudad estaba simplemente demasiado concurrida a esa hora de la noche con todos los clubes vaciándose al mismo tiempo.

En ese momento, ya había tenido suficiente de esperar, la lluvia había comenzado a caer con más fuerza, así que empezó a caminar de vuelta hacia Bearsted, el *clac-clac* de sus tacones pronto se fue haciendo más lento, a medida que el dolor en sus pies aumentaba.

Emma llegó hasta el puente del ferrocarril que cruzaba Ashford Road antes de que le salieran ampollas en los talones y dedos de los pies.

Se había quitado los zapatos de los pies y ahora estaba de pie con las correas colgando de una muñeca mientras caminaba descalza por la acera, miserable.

Inhaló profundamente y se limpió con el dorso de la mano.

Levantó la vista de la acera al oír que se acercaba un

vehículo. Un coche oscuro pasó rápidamente, con sus luces traseras alejándose mientras rodeaba la curva, haciendo un resonante chapoteo al pasar y creando un charco de agua que explotó sobre la acera frente a ella.

Se encogió ante el impacto del agua.

—Cabrón —balbuceó.

En su estado de ebriedad, sus pensamientos regresaron a Melanie y se estremeció.

Nunca había considerado que Yvonne Richards fuera rica, pero ¿qué sabía ella? La mujer vivía en un suburbio a pocos kilómetros de donde vivía Emma, y tanto ella como su marido conducían coches discretos, nada demasiado llamativo, solo vehículos de menos de un par de años.

Los secuestros solo les ocurrían a las personas ricas, ¿verdad?

Entonces, ¿por qué Melanie?

Emma volvió a estremecerse e intentó caminar más rápido. Apartó el pensamiento de lo que podría estar pisando y, en su lugar, se frotó las manos para intentar entrar en calor.

Maldijo su propia estupidez. En ese momento, podría haber estado acurrucada en su cama, escuchando la lluvia golpear el techo de paja de la casa de campo ampliada.

Tragó saliva.

Vince, su padrastro, era mucho mejor para ella de lo que su padre había sido jamás.

No tenía intención de meterse en problemas al escaparse esa noche; simplemente le resultaba demasiado agobiante haber pasado tanto tiempo con su madre en los últimos días.

Lo único que quería ahora era llegar a casa, esconderse en la cama y despertar con el aroma de Vince cocinando uno de sus famosos desayunos.

Su estómago rugió ante la idea.

Una farola oscilaba sobre su cabeza, el viento mecía la

estructura metálica de un lado a otro. Acercó la muñeca a su cara e intentó ver la hora en la esfera de su reloj. Ya era más de la una. Ahora sería imposible conseguir un taxi.

Bajó el brazo e intentó acelerar el paso. Detrás de ella, el sonido de otro vehículo acercándose llamó su atención.

Miró por encima del hombro y vio los faros de una furgoneta mientras salpicaba el agua que cubría la carretera bajo el puente del ferrocarril. Tropezó y volvió su atención a la acera frente a ella.

Oyó cómo el vehículo reducía la velocidad al acercarse. Una parte de ella deseaba que se detuviera, que el conductor le ofreciera un aventón. La otra parte se preocupaba. Nadie sabía dónde estaba.

Ahora, el vehículo se acercaba más, el conductor manteniendo su ritmo. Ella retrocedió del borde de la acera, alejándose de la carretera, miró a un lado y notó que la ventanilla del pasajero bajaba.

—¿Quieres que te lleve?

—Estoy bien —dijo, y se dio la vuelta para alejarse.

—Escucha —dijo el conductor, su voz se oía por encima de la lluvia—, vivo justo calle arriba. Te vas a empapar. Deja que te lleve.

La oferta era tentadora.

Escuchó el sonido del freno de mano al accionarlo, y luego la puerta del conductor se cerró de golpe.

De repente, él apareció junto a ella, alzándose sobre ella mientras se movía de un pie a otro, indecisa sobre qué hacer.

Miró de un lado a otro. No había nadie más alrededor. No se oía ningún vehículo. Sus miradas se cruzaron. Frunció el ceño.

—Te conozco, ¿verdad?

Antes de que pudiera reaccionar, su mano salió disparada y le agarró la muñeca.

—Hola, Emma. Te he estado buscando.

Sostenía lo que parecía una jeringa en la otra mano, y luego se la clavó en el estómago.

Gritó sorprendida y dolorida.

—¡Suéltame!

Una sonrisa malévola cruzó su rostro, una fracción de segundo antes de que sus brazos la rodearan y la arrastraran hacia el vehículo.

Ella luchó, tratando de patearlo, pero fue en vano. Él era demasiado fuerte. Mientras luchaba, oyó el chirrido de una puerta metálica en sus bisagras. y abrió la boca para gritar. Su palma sobre su cara la silenció antes de que pudiera hacerlo.

Continuó forcejeando, pero sus esfuerzos disminuyeron a medida que la droga recorría su cuerpo.

El hombre la empujó con fuerza y ella cayó en la parte trasera de la furgoneta, golpeándose la cabeza contra la superficie metálica del suelo.

Mientras la oscuridad la envolvía, intentó desesperadamente aferrarse a los últimos momentos de consciencia, el terror apoderándose de ella.

Así debió de ser para Melanie.

CAPÍTULO 32

Kay despertó de un sueño agitado por el sonido persistente de un timbre cerca de su oído.

Aturdida, abrió los ojos.

El sonido de agua corriente llegó a sus oídos, y antes de que apartara las cortinas para ver cuánto estaba lloviendo, el agua se detuvo, y se dio cuenta de que Adam ya se había levantado y estaba usando la ducha del baño privado.

El timbre continuaba.

Extendió la mano bruscamente, tiró un libro de bolsillo de la mesita de noche y agarró su teléfono móvil.

—¿Diga?

—¡Hola, hermana! ¡Pensé que nunca ibas a contestar!

Kay contuvo un gemido mientras su cabeza caía sobre la almohada. —Hola, Abby.

—¿Te desperté?

—Sí.

—Lo siento.

Kay se frotó los ojos. —¿Cuánto lo sientes?

Su hermana se rio. —Son las seis de la mañana. ¡No recuerdo la última vez que pude dormir hasta tarde!

Un grito de alegría se escuchó por el teléfono, y Kay lo apartó bruscamente de su oído, frunciendo el ceño.

—Charlotte también dice "buenos días".

Kay se contuvo de responder. Charlotte tenía seis meses. A pesar de las afirmaciones de su hermana sobre las maravillosas habilidades lingüísticas de su hija, no pudo evitar pensar que probablemente la bebé solo se había ensuciado el pañal y estaba celebrando.

Adam salió del baño privado en una nube de vapor.

Su corazón dio un salto al verlo, y él sonrió, antes de proceder a exhibir sus músculos como un fisicoculturista mientras Kay se metía la sábana en la boca tratando de no resoplar.

—¿No es graciosa? —dijo su hermana.

—¿Qué? Ah, sí.

—En fin —dijo su hermana, adoptando un tono serio—, Silas y yo nos preguntábamos cuándo vamos a verte. Deben haber pasado como cuatro meses desde la última vez que nos pusimos al día, ¿no?

—¿En serio?

Kay tragó saliva, temiendo lo que venía.

—Sí, así es —dijo su hermana—. Emily cumple tres años el próximo fin de semana, ¿puedes creerlo? No tengo idea de adónde se ha ido el tiempo. Mamá vendrá, y algunos de mis amigos estarán acompañados de sus pequeños.

Se rio, un sonido áspero que hizo que la piel de Kay se erizara.

—Así que —dijo Abby—, tú y Adam tienen que venir. No aceptaré un no por respuesta —dijo riendo.

—Eh, sí, ¿hermana?

—Oh, no lo hagas, Kay —la regañó su hermana—. Mamá dijo que harías esto.

Kay suspiró. Podía visualizar el labio inferior de su

hermana sobresaliendo, igual que siempre lo hacía cuando no se salía con la suya cuando eran niñas. Podía imaginarla dando una patada al suelo, con una rabieta a punto de estallar.

—Abby, estoy en medio de una investigación de asesinato —dijo, esforzándose por mantener la calma—. No puedo prometer nada en este momento.

—Por el amor de Dios —dijo Abby, levantando la voz—. Es la maldita fiesta de cumpleaños de tu sobrina.

La bebé comenzó a llorar.

—¿Ves? Ahora también has hecho llorar a Charlotte.

Kay notó que Adam la miraba fijamente, la diversión se había esfumado de su mirada. Negó con la cabeza.

—Lo siento, hermana. Tengo que irme. Debo estar en el trabajo en una hora.

Colgó antes de escuchar la respuesta de su hermana, deslizó el teléfono sobre la mesita de noche y cerró los ojos.

Se mordió el labio, enojada por las lágrimas que rodaban por sus mejillas.

—Hey, hey —dijo Adam, arrastrándose por la cama para acurrucarse junto a ella, envolviéndola en sus brazos y besándole el cabello.

—Lo siento —susurró ella—. Sé que tú también estás sufriendo.

Él no respondió, solo la abrazó más fuerte.

—Es que no sé cómo decirlo ahora —dijo ella, reprimiendo otro sollozo—. Dios, aquí estoy, tratando de demostrarle a mis jefes que puedo ser oficial de policía, y ni siquiera soy capaz de controlarme con mi madre y hermana.

Adam aflojó su agarre y luego inclinó el rostro de ella hacia él. Sus ojos brillaban.

—Cuando sientas que es el momento adecuado, se lo dirás —dijo mientras le besaba la frente—. Hasta entonces, solo somos tú y yo, cariño.

Kay se mordió el labio. —No recuerdo mucho después de que llegamos al hospital. Cuando fui a entrevistar a Yvonne Richards allí, pude recordar los olores y los sonidos, pero eso es todo.

—Sabes tan bien como yo que es la forma en que tu cuerpo lo procesa. Solo puedes recordar fragmentos.

—¿Y tú? ¿Qué recuerdas?

—Me sentí completamente impotente cuando te llevaron. Pareció una eternidad antes de que alguien viniera a buscarme. No había a dónde ir. Terminé sentado en el suelo del pasillo, solo esperando. —Se secó los ojos—. Todo lo que sigue pasando por mi cabeza es el pensamiento de que estuve tan cerca de perderte a ti también.

Kay cubrió su rostro con las manos. —Pero no lo hiciste.

Él la atrajo hacia sí y la abrazó con fuerza. —Gracias a Dios —dijo, cerrando los ojos.

—Te amo.

—Yo también te amo.

Se quedó un momento así, sintiendo el subir y bajar del pecho de él contra su rostro. Se acurrucó más cerca. —Hueles bien.

—¿En serio? Pensé que ya te estabas acostumbrando a la esencia de caca de caballo.

CAPÍTULO 33

Eli ignoró los ruidos ahogados que resonaban en los húmedos muros de ladrillo y rebuscó entre el contenido del bolso de imitación de cuero de la adolescente.

El color rosa intenso de su superficie ofendía sus sentidos. Era demasiado brillante, demasiado barato, demasiado femenino.

La culpa se entrelazó en sus venas mientras trabajaba. Su madre lo había pillado hurgando en su bolso una vez.

El bolso de su madre era negro, el cuero agrietado y desgastado, con una cremallera que se resistía a sus esfuerzos por abrirla, enganchando el forro hasta que logró liberarla.

El olor a cigarrillos se aferraba al interior, un hedor químico que se mezclaba con el hedor a cerveza rancia de sus visitas nocturnas al pub local. Todavía podía salir de casa con regularidad entonces, sin verse obstaculizada por los estragos que el alcohol causaría en los siguientes veinte años.

Aún no podía decir qué lo había llevado a abrir el bolso ese día. Sabía que, si lo pillaban, las consecuencias serían terribles, pero había algo emocionante en descubrir más sobre la vida privada de su madre.

Para un niño de siete años, era simplemente demasiado tentador.

Había encontrado un paquete de caramelos de menta fuertes a medio usar, un pañuelo de papel arrugado, un paquete de condones y su monedero. Sus cigarrillos no se veían por ninguna parte, y fue entonces cuando se le erizaron los pelos de la nuca.

Había sentido bilis en la lengua, pero no antes de haber colocado todo cuidadosamente de vuelta en el bolso, teniendo cuidado con la cremallera al volver a cerrarlo, y se dio la vuelta.

Ella estaba de pie, apoyada en el marco de la puerta trasera abierta, con un cigarrillo entre los dedos, como si estuviera en un bar, esperando que alguien la abordara.

—¿Encontraste algo, pequeña mierda?

Su voz se asentó en algún lugar entre su corazón y su estómago. Negó con la cabeza y bajó la mirada al suelo.

Su tacón aplastó el cigarrillo hasta matarlo en el escalón trasero, el sonido llegó a sus oídos mientras debatía si correr y enfrentar la paliza más tarde, o acabar con ello de una vez.

Ella se movió demasiado rápido para que él pudiera tomar una decisión.

Levantó los ojos para enfrentarla en el mismo momento en que su mano abierta conectó con su oreja.

Se desplomó en el suelo, el dolor era insoportable, pero ella no le hizo caso. En su lugar, lo levantó del suelo y le lanzó puñetazos a la cara y los hombros. Él levantó las manos para defenderse e intentó bloquear las manos que se movían demasiado rápido para contrarrestarlas. Los bordes de su visión se oscurecieron y se hundió en el suelo, consumido por oleadas de náuseas.

Ella finalmente se rindió y le dio una patada en el trasero

que le alcanzó el coxis, haciéndolo chillar. Luego agarró su bolso de la encimera y salió furiosa de la habitación.

Esperó hasta escuchar el portazo de la puerta principal antes de arrastrarse al fregadero de la cocina. Aliviaba sus moretones con agua fría mientras se aseguraba de que no cayera sangre en el barato suelo de linóleo.

Se limpió las mejillas, enojado las lágrimas le nublaban la vista. Todavía podía recordar cada golpe y patada de ese día, y de todos los otros días.

No era de extrañar que su padre la hubiera abandonado cuando Eli tenía solo cinco años.

Nunca había podido entender por qué no podía defenderse. Sabía que era el alcohol lo que la hacía ser así, pero no tenía ningún otro lugar adonde ir.

Eso se lo habían dejado muy claro.

Muy claro.

Eli sorbió por la nariz y miró el color beige que ahora manchaba sus dedos.

Una profesora de secundaria le sugirió usar maquillaje para cubrir sus moretones tras escuchar a los matones una mañana en el patio de recreo.

Lo había llevado aparte, había colocado un pequeño tubo de aspecto inocuo en su palma y le había cerrado los dedos alrededor. —Prueba esto —le había dicho—. Tal vez, si no pueden verlos, te dejen en paz.

Asintió, agradecido y algo confundido. Pasaron tres días antes de que su madre se ausentara lo suficiente como para que él probara la crema base. Se había asombrado con los resultados, y aunque el acoso no se detuvo por completo (el alcoholismo de su madre era una broma recurrente en la escuela secundaria) al menos no destacaba tanto.

Apretó el puño. Hasta que Melanie Richards y su estúpida

amiga, alentadas por el padre de la chica, empezaron a burlarse de él por usar maquillaje.

No era su culpa. Ese día había llovido, y cuando la mujer mayor que trabajaba en el almacén le había dado una toalla para secarse el pelo después de que hubiera corrido desde la furgoneta, accidentalmente también se había quitado el maquillaje de los brazos y la cara.

Había bajado la toalla para ver a Melanie mirándolo fijamente, con la boca abierta, antes de que se riera y le señalara el maquillaje en la toalla a su bruto padre y a una amiga suya. La amiga se había dado la vuelta y había levantado su smartphone, inmortalizando su incomodidad y vergüenza para las redes sociales.

La mujer mayor que dirigía el almacén se había sonrojado, le había arrebatado el teléfono a la chica y había borrado la imagen, para disgusto de las adolescentes. Había intentado quitarle importancia y le había dicho que no se preocupara mientras lo acompañaba a la puerta con los paquetes.

Él había sonreído, le había dicho que no era nada.

Había contenido la furia hasta que cruzó el patio hacia su vehículo. Había arrojado los paquetes a la parte trasera de la furgoneta, sin importarle el contenido, y había jurado vengarse.

Les mostraría lo que les pasaba a los matones. Quizás no pudiera controlar a su madre, pero podía defenderse lejos de sus garras.

Otro gemido llegó a sus oídos.

Eli miró por encima de su hombro. La chica se había golpeado la cabeza con algo, aunque él no sabía con qué. Tenía sangre en el lado de la cara, y aunque aún estaba inconsciente, él revisó y encontró un corte bajo su pelo.

Aliviado de que no fuera potencialmente mortal, se relajó. La quería según sus propios términos.

Metió la mano en el bolso, sacó el contenido y lo alineó sobre el revestimiento plástico de un estrecho estante de ladrillos que corría por la pared a su lado.

Lápiz labial, teléfono móvil, monedero (sin billetes, solo monedas), una pequeña caja de tampones, y…

Sus dedos se envolvieron alrededor de un objeto frágil, y mientras lo extraía, se dio cuenta de que era una fotografía Polaroid, del tipo que la gente se hacía en cabinas fotográficas para fotos de pasaporte.

Pasó el pulgar sobre el rostro del hombre en la fotografía, mientras una sonrisa se dibujaba en la comisura de su boca.

Las cosas iban aún mejor de lo que había imaginado.

CAPÍTULO 34

Kay y Barnes se giraron al oír que la puerta se abría detrás de ellos.

—Gracias por recibirnos con tan poca antelación —dijo Kay.

Bob Rogers le estrechó la mano. —No hay problema. Usaré la sala de reuniones aquí —le dijo a la recepcionista.

—Lo siento, Bob —dijo ella—. David la tiene reservada para la próxima hora.

Rogers hizo una mueca. —Vale. Tendremos que usar mi oficina. —Les hizo un gesto—. Vengan conmigo.

Pasó su tarjeta, les sostuvo la puerta abierta y luego los guio por un pasillo sin ventanas.

A mitad de camino, abrió la puerta de su oficina y los hizo pasar. —Disculpen el desorden. Estoy tratando de reunir algunas estadísticas para la oficina central.

Señaló las sillas frente a su escritorio. —Tomen asiento.

Rodeó el escritorio, cerró un ordenador portátil abierto y lo apartó antes de recoger los papeles esparcidos sobre el escritorio.

—Si no hago esto ahora, terminaré haciéndolo esta noche en casa.

—Lamentamos interrumpir su trabajo —dijo Kay—, pero esperaba que pudiera ayudarme.

—Por supuesto —dijo Rogers, y se sentó—. ¿Qué necesitan?

Kay metió la mano en su bolso y sacó una fotografía antes de entregársela a Rogers. —¿Conoce a este hombre?

Rogers frunció el ceño mientras miraba la imagen y se rascó la barbilla. —Me resulta familiar.

—Su nombre es Guy Nelson —dijo Kay—. Trabaja en el taller de Darren Phillips.

Rogers gruñó. —Por eso lo reconozco. Sí, ahora lo recuerdo.

—¿Lo vio alguna vez fuera del taller?

Rogers le devolvió la fotografía. —Solo una vez, creo. Tuvimos una barbacoa hace unas semanas para algunos de nuestros proveedores. —Señaló con el pulgar en dirección al aparcamiento—. Todo fue muy informal. Un par de los chicos trajeron barbacoas de casa y yo me encargué de pagar la comida. —Sonrió—. Tuvimos que mover las furgonetas porque algunos decidieron que querían usar el aparcamiento para jugar al críquet.

Se reclinó en su silla. —¿Cuál es el problema?

Kay volvió a guardar la fotografía en su bolso. —Puedo confirmar que Neil Abrahams nos ha proporcionado una coartada y no es sospechoso en nuestras investigaciones, pero me preocupa que, a pesar de que ustedes guardan las llaves de las furgonetas en su caja fuerte aquí, y Darren Phillips hace lo mismo, alguien ha estado conduciendo una furgoneta de reparto de County Deliveries, y me gustaría mucho hablar con esa persona en relación con nuestra investigación sobre Melanie Richards.

Las cejas de Rogers se elevaron. —Pero ninguna de nuestras furgonetas ha sido robada. Entonces, ¿cómo es posible?

—O alguien tuvo acceso a esas llaves sin su conocimiento —dijo Kay—, o alguien tuvo acceso a las furgonetas y logró duplicar las placas de matrícula del vehículo que conduce Neil Abrahams.

Ojeó su libreta. —¿Cuánto tiempo conservan los vehículos?

—¿A qué se refiere?

—La mayoría de los vehículos de ahí afuera parecen bastante nuevos. ¿Con qué frecuencia los cambian?

—Cada noventa mil millas, o cada cinco años. Lo que ocurra primero, a menos que un vehículo se vea involucrado en un accidente. —Levantó la mano—. No hemos tenido uno de esos en bastante tiempo, gracias a Dios.

—¿Cómo se deshacen de ellos?

—Si todavía se consideran aptos para circular, los subastamos. El resto se desguaza.

—¿Y el papeleo de estos?

—Todo está en la oficina central —dijo Bob.

—¿Cuándo se celebró la última subasta? —dijo Barnes.

—Hace unas doce semanas.

—¿Quién organiza la subasta?

—Una empresa cerca de Sheerness. También se encargan de todas las subastas de furgonetas de correos, vehículos policiales, ese tipo de cosas.

—¿Tiene un nombre de contacto para ellos? —dijo Kay.

Anotó el nombre y el número de teléfono que Rogers sacó de una agenda junto a su teléfono.

—¿Cuánto tardará en conseguir el papeleo de la oficina central de la última subasta?

—Los llamaré esta tarde por ustedes. El tipo que dirige el

departamento no está en la oficina por las mañanas. Una vez que haga la solicitud, tardará unos días.

Kay se puso de pie. —Esperaremos a tener noticias suyas.

———

Kay tiró su bolso debajo del escritorio y aceptó agradecida la taza humeante de café que le ofrecía Gavin.

—Bien —dijo, y sopló sobre la superficie del líquido caliente—. Partiendo de la base de que la furgoneta de Neil Abrahams estaba en el taller por una nueva bomba de agua, y la posibilidad de que mientras estaba allí Guy Nelson replicara las placas de matrícula, volví al depósito de mensajería con Barnes. Hablando con Bob Rogers, parece que nuestro sospechoso podría haber conseguido hacerse con una furgoneta de mensajería que fue subastada. La última subasta fue hace unas doce semanas.

—Al menos eso explica en parte el vehículo en las imágenes de las cámaras de seguridad —dijo Gavin—. Además, si el sospechoso compró una furgoneta de mensajería en una subasta, no tendría que preocuparse por pintarla ni nada para que pareciera una auténtica, y podría crear fácilmente calcomanías para poner en el lateral con el logotipo.

—Exactamente.

Kay se inclinó y movió el ratón para activar el ordenador. Abrió una nueva página web, escribió en una pantalla de búsqueda general y dio un sorbo a su café mientras la conexión a internet cargaba los resultados.

—¿Tienes los registros de la subasta anterior? —Gavin se movió alrededor del escritorio para poder ver la pantalla.

—No —dijo Kay—. Rogers va a llamar a su colega de la oficina central esta tarde y solicitarlos para nosotros. Puede que no los tengamos hasta dentro de un par de días. —Miró su reloj—. Tenemos unos minutos antes de la reunión de la tarde. Echemos un vistazo rápido a algo.

Tocó el sexto nombre en los resultados de búsqueda. —Esta es la empresa que subasta las furgonetas para ellos.

Hizo clic en la dirección del sitio web y movió el ratón de un lado a otro mientras se conectaba.

La página finalmente se cargó y ella se desplazó por la página de inicio, pasando por encima de la jerga de ventas hasta que encontró lo que buscaba.

—Aquí está. Furgonetas ex-County Deliveries. Veamos cuántas tienen a la venta antes de la próxima subasta. Al menos nos dará una idea de las cantidades antes de que lleguen esos registros.

Hizo clic en el enlace y luego suspiró cuando la página terminó de cargar.

Gavin se atragantó con su café. —¡Dios, debe de haber unos cincuenta vehículos!

Kay maldijo por lo bajo. —Nada es nunca fácil, ¿verdad?

CAPÍTULO 35

Se aflojó la corbata y la arrojó sobre el escritorio, luego cruzó la habitación hacia la puerta y giró la llave en la cerradura.

Apagó las luces y bajó la persiana de la ventana situada en la puerta. Su respiración ya era pesada cuando regresó al escritorio y pasó la mano por encima del portátil.

Estiró el brazo y ajustó el cordón de las persianas de la ventana. Ya había comprobado una vez, antes de cerrar la puerta, pero sabía que era mejor ser precavido.

Además, era parte de la rutina, una forma de tomarse su tiempo antes de saborear el plato principal.

Arrancó el teléfono de escritorio de su base y colocó el auricular a un lado, antes de meter la mano en su bolsillo y comprobar que su teléfono móvil estaba apagado.

Poco profesional, especialmente estando de guardia, pero tenía una excusa bien preparada por si la necesitaba.

Estaba listo.

Encendió el ordenador y seleccionó un programa vinculado a un acceso directo que se mostraba en la pantalla.

Un suspiro de deleite escapó de sus labios.

Ahí estaba ella, y la calidad de la imagen era impecable.

Pasó la lengua por su labio inferior y se inclinó más cerca, con la mano temblando mientras pulsaba una tecla para activar el zoom.

La iluminación del lugar proyectaba un brillo iridiscente sobre la piel de la chica, pero incluso desde aquí, podía ver el efecto de la insulina.

El sudor brotaba de cada poro, y sabía que en ese momento el ritmo cardíaco de la chica se aceleraría, llevando el músculo a sus límites.

Levantó la vista de la pantalla y escuchó.

La lluvia seguía golpeando el techo del edificio, y el pronóstico predecía que el diluvio no cesaría durante al menos dos o tres días más.

El momento era increíble.

Apoyó el codo en el escritorio y sostuvo su barbilla mientras su mirada volvía a la chica.

Su dedo tocó el teclado de nuevo y devolvió el lente de la cámara a su posición original.

Frunció el ceño al ver sangre en el hombro de ella y apretó el puño.

Las reglas eran que no debía verse sangre alrededor de la cabeza, el cuello o los hombros. Distraería al espectador de ver el terror en sus ojos cuando su situación se volviera clara.

Sin embargo, la lesión parecía menor.

Tomaría nota para mencionarlo, eso sí.

Para la próxima vez.

La chica cambió de posición y luchó contra las ataduras en sus muñecas. El movimiento era débil, y después de intentarlo una vez más, se rindió.

Miró su reloj. No había necesidad de preocuparse, pensó. La droga utilizada en violaciones durante citas seguiría saliendo de su sistema durante una hora más o menos.

Se volvería más combativa a medida que los efectos desaparecieran.

Eso esperaba.

Pasó la mano amorosamente sobre el teclado.

La última había sido increíble. ¡Qué recuerdos!

Había visto fuego en sus ojos, justo hasta el momento en que su corazón se había detenido y se había resbalado del peldaño de la escalera, su voluntad de sobrevivir casi superando su pánico.

Esta, bueno, tendría que esperar y ver, ¿no?

Estiró la mano y pasó un dedo por la imagen de su cuerpo tembloroso, luego se recostó en su silla y gimió.

Una sombra pasó por la puerta de la oficina y luego se detuvo.

Se cubrió la boca con la mano y contuvo la respiración.

¿Lo habrían oído?

Cerró el portátil de un golpe con la otra mano.

Nunca había puesto a prueba su teoría de que el brillo de la pantalla no se veía a través de la combinación de vidrio esmerilado y la persiana de tela, y ahora lamentaba silenciosamente el descuido.

El pomo de la puerta giró, antes de ser soltado, y la sombra se movió.

Exhaló y abrió el portátil.

El pequeño reloj en la esquina inferior derecha llamó su atención. Por supuesto, los limpiadores estarían haciendo sus rondas.

Sus hombros se relajaron una vez más, y sus ojos se fijaron en la chica de la pantalla.

Se removió en su asiento mientras la tela de sus pantalones se tensaba sobre su entrepierna, y se acomodó para observar.

CAPÍTULO 36

Eli revisó su espejo retrovisor.

La carretera detrás había estado vacía durante la última milla, el suave resplandor anaranjado del pueblo desvaneciéndose en el horizonte mientras una lluvia constante caía sobre el parabrisas.

Se inclinó hacia adelante y ajustó la radio. Odiaba la alegre música pop que la estación local predecible tocaba durante el día, y parecía que su programación nocturna presentaba la misma basura repetitiva. Incluso el presentador se había quedado sin energía hacía más de una hora y había reducido su charla a conversaciones triviales, ofreciendo solo un control del tiempo después de los tres anuncios obligatorios que se emitían cada veinte minutos.

Encontró una estación que tocaba música clásica en su lugar, y se recostó en su asiento.

Giró su muñeca hasta que los números luminosos de su reloj fueron visibles. Su turno comenzaba en cuatro horas, antes del amanecer, y estaba ansioso por dormir al menos un par de horas. Bob Rogers ya había comentado a principios de la semana sobre el estado de sus ojos hundidos tan pronto después de unas supuestas vacaciones, y le preocupaba que su apariencia hubiera sido notada de esa manera. Hacía todo lo posible por mantenerse fuera del camino mientras estaba en el depósito, sin querer llamar la atención sobre sí mismo, pero si no tenía cuidado, sería más que su uso de maquillaje para ocultar los moretones en su cara y brazos lo que daría a la gente una excusa para mirar fijamente.

Solo tenía que seguir adelante.

Especialmente ahora.

Se pasó el dorso de la mano por debajo de la nariz y resopló.

El nuevo sitio era perfecto.

Había escudriñado internet, rastreando la historia de la estructura anterior. Lo suficientemente lejos del pueblo para que los niños no invadieran; el cercado de seguridad colocado originalmente alrededor del edificio por los contratistas había permanecido intacto.

Hasta que Eli se encargó de ello.

La furgoneta retumbó al pasar por una serie de baches, y las herramientas en la parte trasera repiquetearon contra el suelo metálico.

Alejó ligeramente el pie del acelerador.

Había tenido que improvisar, por supuesto. La chica era más grande que la última; huesos grandes, diría su madre, y tenía que asegurarse de que estuviera segura durante el día.

La madre habría estado en casa a las seis en punto; el padre, atrapado en el trabajo, no llegaría hasta al menos las ocho o nueve si su patrón era el mismo que en las últimas semanas. Y la chica tenía la costumbre de quedarse fuera hasta tarde con amigos, a menudo regresando después de que sus padres se hubieran retirado a la cama.

Esta noche no, sin embargo.

Un calor le invadió el regazo y tragó saliva mientras trataba de ignorar la sensación.

Habían pasado cinco días desde la muerte de la chica y su padre, y el recuerdo lo excitaba.

Al principio, había querido darles una lección a ambos.

Luego, cuando la chica Richards despertó de su sueño inducido por drogas para encontrarse en el agujero, atada a la frágil escalera, e intentó gritar a través del trapo que cubría su boca. El terror en sus ojos casi lo envió al olvido sexual, y fue todo lo que pudo hacer para apartarse y luchar contra el impulso de eyacular.

Sin embargo, ella había visto la mirada en sus ojos y, a pesar del pasamontañas que cubría sus rasgos, él sintió que lo había reconocido. Ella había comenzado a respirar pesadamente, jadeando detrás del trapo sucio mientras él rodeaba el agujero, su mirada nunca dejando la de ella.

—¿Sabes por qué estás aquí? —le había preguntado.

Ella había negado con la cabeza.

—Lo sabrás —había dicho él.

Sus ojos se habían abierto con esperanza cuando él se había agachado y le había quitado el trapo áspero de los labios, pero luego él se había enderezado y había envuelto sus dedos alrededor de la tapa del desagüe, y ella había comenzado a forcejear con las ataduras que sujetaban sus tobillos y muñecas a la escalera.

Había tratado de suplicarle mientras él arrastraba la pesada rejilla de acero sobre el agujero, y balbuceó palabras que él no pudo entender, ni necesitaba hacerlo.

Luego, cuando la rejilla cayó en su lugar y sus pasos se alejaron hacia la puerta, sus gritos ahogados llegaron a sus oídos, y una sonrisa se dibujó en su boca antes de apagar las luces.

Había acampado en el sitio del antiguo laboratorio de

pruebas con animales, seguro en el conocimiento de que las paredes insonorizadas que una vez camuflaron los chillidos de dolor de aquellas pobres almas enmascaraban los lastimeros intentos de su cautiva por comunicarse con él.

Eli solo había tenido que esperar otras cuarenta y ocho horas antes de que los padres de la chica regresaran de vacaciones.

Estaba conduciendo por la carretera hacia la casa cuando un taxi entró en su camino de entrada, y había reducido la velocidad hasta detenerse a mitad de camino para verlos salir del vehículo, ya discutiendo mientras pagaban al conductor y arrastraban sus maletas sobre el umbral.

Había esperado hasta que el taxi desapareció de vista antes de poner la furgoneta en marcha y deslizarse más allá de la casa, con sudor en las palmas de las manos y el corazón acelerado.

Había regresado al parque industrial lo más rápido posible, sus ojos parpadeando entre la carretera y el tablero, aterrorizado de que lo detuvieran por exceso de velocidad.

Al llegar al laboratorio en desuso una hora después, había caminado de un lado a otro en el atrio, tratando de combatir la adrenalina que corría por su sistema.

Finalmente, se había puesto el pasamontañas sobre la cara, había cruzado hacia la puerta de acero de la cámara, arrancado la puerta y se había agachado junto a la rejilla de acero.

Ella apestaba.

Había estado en el agujero durante casi tres días para entonces, y un hedor fétido de heces y miedo emanaba del subsuelo.

Al principio, se había echado hacia atrás, antes de estirarse y levantar la rejilla de su alojamiento.

Ella había parpadeado en la luz, su voz rasposa.

—Por favor. Déjame ir.

Él la había ignorado y había sacado un pequeño cuchillo del bolsillo trasero de sus vaqueros.

Ella había abierto la boca para gritar, y luego había apretado los labios cuando él se había estirado y había cortado las ataduras que sujetaban su mano derecha.

—Tus padres han vuelto. Vamos a hacer una llamada telefónica.

Las lágrimas se habían acumulado en sus ojos, formando charcos antes de deslizarse por sus sucias mejillas.

Él había sacado un teléfono móvil de prepago. —Marca el número del móvil de tu padre.

Una mano temblorosa se había deslizado fuera del agujero, y luego ella había tocado la pantalla con su dedo índice.

Se había llevado un dedo a los labios. —Ni una palabra. Seré el único que hable. ¿Entiendes?

Ella asintió, con el rostro ansioso. —Sí.

—Si intentas algo, nunca volverás a ver a tus padres.

Ella palideció, pero asintió una vez más.

Él se enderezó y conectó la llamada, dejándola en altavoz.

Sonó cuatro veces antes de que un hombre sin aliento contestara.

—¿Mel? ¿Eres tú? Estamos en casa. ¿Dónde estás?

—Mel está conmigo —dijo Eli.

Hubo un breve silencio, luego…

—¿Quién es?

—No más preguntas. Haz exactamente lo que te diga y la salvarás.

—Por favor —había suplicado el padre—. No le hagas daño.

Eli había oído otra voz de fondo, femenina, y se dio

cuenta de que la madre le preguntaba al hombre con quién hablaba. —Haz que se calle. No lo repetiré.

Le había dado al padre las instrucciones sobre el dinero, dónde dejarlo y que no fuera a la policía.

El hombre había aceptado, temblando al reconocer las instrucciones en su gruñido.

Sin embargo, durante la segunda llamada telefónica, se produjo una lucha al otro lado de la línea antes de que la voz de la mujer cortara el aire.

—¿Qué has hecho con mi hija, maldito animal?

Sus labios se habían estrechado. —Se te dijo que te callaras. No estás escuchando. Quizás necesites un mensaje más fuerte.

Se inclinó y colocó el teléfono en el suelo de baldosas, luego se enderezó y se acercó al agujero. Levantó el cuchillo. —Dame tu mano.

La chica gimoteó y sacudió la cabeza, tratando de alejarse de él.

Su mano salió disparada, se envolvió alrededor de su muñeca derecha y la levantó hasta que estuvo por encima de su cabeza.

Detrás de él, podía oír las voces de los padres, gritando, suplicándole que cogiera el teléfono.

Los había ignorado y levantó el cuchillo.

Los gritos de la chica habían resonado en las paredes de baldosas mientras él cortaba su dedo meñique, antes de arrojarlo por el agujero.

La sangre brotaba de la herida abierta, salpicando el suelo.

Él le había dado la espalda y recogió el móvil.

—Ya tienes tus instrucciones. Asegúrate de obedecerlas.

Sus dedos se aferraron al volante mientras el recuerdo lo invadía.

Los padres estaban histéricos cuando terminó la llamada, y pasó la siguiente hora primero vendando el dedo de la chica y luego limpiando el suelo.

Había actuado por impulso, pero las instrucciones siempre eran claras.

Nada de sangre.

Se había disculpado, por supuesto, una conversación telefónica incómoda que le había hecho avergonzarse. Después de eso, llamó a Guy Nelson con la confirmación sobre el dinero del rescate y dónde se encontraría.

Desde ese día, había visto una repetición del video en el portátil que le había quitado a Nelson, pero no era lo mismo: sabía exactamente cómo terminaban los últimos momentos de su vida.

Necesitaba metraje fresco.

Metraje *en vivo*.

Eli estiró el cuello de lado a lado, comprobó el velocímetro y giró a la derecha en el estrecho camino que se elevaba a través de campos abiertos hacia casa.

Su próxima dosis estaba lista.

Un estallido de estática salió de la radio, antes de que los faros se apagaran y la furgoneta quedara sumida en la oscuridad.

Eli giró bruscamente la furgoneta hacia la izquierda, con la suspensión rebotando sobre el arcén blando mientras deslizaba el vehículo a un alto.

Se quedó sentado un momento, conmocionado, y luego maldijo y golpeó el volante.

CAPÍTULO 37

Bernard Coombs se cubrió el puño con la manga de su chaqueta de forro polar, se inclinó sobre el volante y limpió la tenue capa de condensación que se adhería al parabrisas.

Su aliento se empañaba frente a su nariz, y se estremeció al retirar la mano, envolviendo sus dedos alrededor del volante antes de que el vehículo de treinta años salpicara al atravesar un charco, la antigua suspensión crujiendo mientras las ruedas se hundían varios centímetros en un profundo bache.

Maldijo por lo bajo y lanzó una imprecación contra el taller local por no devolverle ese día su Range Rover de dos años, como habían prometido.

Subió la velocidad los limpiaparabrisas, luego entrecerró los ojos a través de la lluvia que arremetía contra el haz amarillo de los faros, y tocó los frenos.

Adelante, una furgoneta se había salido de la carretera, con el morro en la cuneta mientras que la puerta trasera colgaba peligrosamente en el camino del tráfico que se aproximaba, una de sus puertas traseras entreabierta y la puerta del conductor completamente abierta.

Redujo aún más la velocidad, el vehículo en la oscuridad salvo por los reflectores en cada extremo de su parachoques trasero que brillaban en rojo a medida que se acercaba.

Girando el vehículo más hacia el carril para evitar una colisión, mantuvo un curso recto mientras pasaba a la deriva, y estiró el cuello para ver a través de la ventana del pasajero.

Suspiró aliviado cuando el borde del haz de los faros le permitió vislumbrar a través de la puerta abierta del conductor a una figura tendida sobre los asientos, trabajando bajo el tablero.

Su mirada se desvió hacia los diales iluminados de su reloj de pulsera.

Doce cuarenta y cinco.

Por una fracción de segundo, consideró seguir conduciendo. Después de todo, la figura no estaba herida.

Entonces la culpa se apoderó de él, y dirigió el todoterreno hacia la izquierda, frenó con fuerza y apagó el motor.

La lluvia golpeaba el techo, un asalto ensordecedor que no parecía tan malo cuando iba a toda velocidad por el carril.

Extendió la mano y abrió la guantera, sus dedos envolviendo la linterna que guardaba allí para emergencias, luego se subió la capucha de su chaqueta y se lanzó a la noche.

El viento sacudió la puerta, y luchó por mantenerse en pie mientras su pulgar presionaba el interruptor de la linterna. El haz brilló a través de la división entre su vehículo y la furgoneta detrás, y luego cayó sobre los pies de la figura que sobresalían de la puerta del conductor.

Coombs mantuvo el haz bajo mientras se acercaba a la empapada figura, y se ajustó más la chaqueta alrededor del pecho.

—¿Estás bien?

Se dio cuenta de que era un hombre, de complexión delgada, y solo uno o dos centímetros más bajo que él, y dio una silenciosa plegaria de agradecimiento por no ser una mujer atrapada aquí sola. El hombre llevaba una sudadera con capucha, que proyectaba una sombra sobre sus facciones a la luz de la linterna.

Su respuesta fue arrastrada por una ráfaga de viento, y Coombs se llevó la mano a la oreja.

—¿Cómo dices?

—Se ha fundido un fusible.

Coombs señaló la guantera donde trabajaba la figura, luego iluminó con su linterna.

El hombre le dio un pulgar arriba sin mucho entusiasmo y volvió su atención al trabajo en cuestión.

Coombs observó cómo el hombre arrancaba hábilmente un fusible tras otro, lo sostenía a la luz y luego lo reemplazaba antes de pasar al siguiente.

Olfateó.

La siguiente ráfaga de viento trajo consigo un aroma distintivo de sudor proveniente de la figura a su lado, y dio un paso a su izquierda, manteniendo el haz de la linterna enfocado en la guantera.

El hombre trabajaba en silencio, con la barbilla sin afeitar sobresaliendo de la capucha de su chaqueta, y no hizo ningún esfuerzo por entablar conversación.

En uno o dos minutos, se localizó el fusible defectuoso, y la figura sacó un repuesto del color correcto de su bolsillo.

—Pasa todo el tiempo. Un cortocircuito intermitente funde los fusibles —dijo—. Llevo repuestos.

—Buena idea.

Tan pronto como el hombre colocó el fusible de repuesto, los faros de la furgoneta se encendieron.

—Espera —dijo Coombs—. Iré a comprobar tus luces de freno.

Sin esperar una respuesta, se hundió más en los pliegues de su chaqueta y se apresuró a lo largo de la furgoneta, el haz de la linterna oscilando alternativamente entre el asfalto empapado y los paneles del vehículo.

Se alegró de que el hombre hubiera podido arreglar la furgoneta; la idea de tener que ofrecerle un aventón e intentar mantener una conversación educada mientras lo llevaba a su destino lo llenaba de pavor introvertido. Se había detenido para ayudar porque era lo correcto en las circunstancias, pero no tenía ningún deseo de prolongar el encuentro.

Rodeó la puerta abierta, el sonido de la guantera siendo reensamblada llegó a sus oídos.

Un momento después, ambas luces de freno se encendieron.

Se inclinó y miró a lo largo de la furgoneta.

—Todo bien —le gritó al conductor—. Prueba los intermitentes.

Coombs retrocedió, alejándose de la puerta abierta y asintió para sí mismo mientras primero el intermitente izquierdo, luego el derecho parpadeaban. —Bien.

Extendió la mano para cerrar la puerta y luego se detuvo.

El haz de la linterna vaciló, y parpadeó.

Una mancha oscura cubría la esquina trasera de la furgoneta más cercana a las bisagras de la puerta, y frunció el ceño mientras sus ojos recorrían un patrón estriado que se extendía por el suelo del vehículo.

La furgoneta se balanceó cuando el conductor se dio la vuelta en su asiento, su rostro aún en la sombra. —¿Todo bien?

Coombs tragó saliva. —Sí. Todo bien.

Cerró la puerta de golpe y se apresuró a lo largo de la furgoneta hacia su propio vehículo, levantando una mano en señal de despedida al conductor antes de que el hombre pudiera salir del asiento del conductor.

Al llegar a su todoterreno, apagó la linterna con el pulgar, la arrojó al asiento del pasajero y se deslizó detrás del volante, cerrando la puerta con seguro.

Sus ojos encontraron el espejo retrovisor, y casi gritó.

La figura estaba de pie frente a la furgoneta, su silueta rodeada por un halo formado por los faros que brillaban detrás de él, con las manos en los bolsillos de su sudadera.

Coombs extendió la mano hacia la llave de contacto y luego maldijo al motor de arranque cuando este se ahogó.

—Vamos —instó.

Miró el espejo retrovisor.

La figura había comenzado a caminar hacia el todoterreno, su contorno haciéndose cada vez más grande.

Coombs giró la llave de contacto una vez más y suspiró cuando el motor arrancó.

Metiendo la marcha, soltó el freno de mano y pisó a fondo el acelerador, deslizándose fuera del arcén hacia el asfalto antes de recuperar el control.

Tocó el claxon una vez y luego exhaló, sorprendido de haber estado conteniendo la respiración.

Su corazón latía dolorosamente entre las costillas, y se obligó a tomar un par de respiraciones profundas. A pesar del aire frío, el sudor le recorría la frente, y se limpió la cara con el dorso de la mano.

Un conejo se escabulló de sus faros. Al mirar el tablero, vio que estaba conduciendo a treinta kilómetros por hora por encima del límite de velocidad.

Revisó sus espejos.

La furgoneta permanecía estacionaria, perdiéndose en la distancia.

Coombs aflojó el acelerador, apretó los dedos alrededor del volante y se propuso llegar a casa de una pieza.

CAPÍTULO 38

Kay se sentó en su escritorio e intentó contener la frustración por la falta de avances.

Las llamadas a Crimestoppers habían comenzado a disminuir, lo que significaba que el equipo podía ponerse al día con las pistas recibidas hasta el momento, pero también que el público estaba empezando a perder interés.

Estaban perdiendo un tiempo valioso. El periodo dorado para recopilar información había pasado hacía mucho, y la memoria de la gente tendía a desvanecerse rápidamente.

Abrió la ventana del navegador de internet en su ordenador y accedió al enlace del sitio de subastas que había encontrado el día anterior.

Sus ojos recorrieron una vez más la lista de vehículos en venta y notó que había nuevos anuncios desde su última búsqueda. Ajustó el filtro de búsqueda para omitir las furgonetas más grandes hasta que le quedaron vehículos que se parecían al que habían visto en las imágenes de las cámaras de seguridad.

Aún así, quedaban ocho páginas de vehículos.

Observó que algunos estaban a la venta por propietarios

particulares. Se preguntó si debería pedirle a Carys que localizara a Bob Rogers para obtener los registros de subastas de su oficina central, y luego descartó la idea. Carys le diría cuando llegaran los registros. Simplemente tendría que esperar.

Parpadeó y leyó de nuevo el anuncio al final de la segunda página.

—Interesante —murmuró, e hizo clic en el anuncio.

Había sido publicado por el taller de Darren Phillips. Pulsó el botón de imprimir y luego se dirigió al escritorio de Carys con él.

—¿Puedes ponerte en contacto con Darren Phillips y pedirle que nos proporcione los detalles de todos los vehículos de subasta que ha vendido en nombre de County Deliveries en los últimos tres meses?

—Lo haré. —Carys frunció el ceño—. Pensé que todos sus vehículos eran vendidos por esa empresa en Sheerness.

—Exactamente, y tampoco me dio esa información cuando hablé con él el otro día. Hazme saber lo que averigües.

—¿Oficial?

Kay miró por encima del hombro y vio a Gavin Piper asomarse por el marco de la puerta.

—¿Qué sucede?

—Hay un tipo en recepción. Quería hablar con el inspector Sharp, pero está en una reunión en este momento. Vio al inspector en la televisión en la conferencia de prensa sobre Melanie Richards. Parece agitado, así que pensé que podría hablar contigo.

—¿Quién es?

—Bernard Coombs. Dice que es un granjero de la zona de Coxheath. Afirma tener información que podría estar relacionada con el secuestro de Melanie Richards.

—No hay problema —dijo Kay—. Voy para allá.

———

Kay acompañó a Bernard Coombs a la sala de entrevistas y dejó la puerta entreabierta.

—Comenzaremos en cuanto se una el agente Barnes —dijo, quitándose la chaqueta. La colgó en el respaldo de una de las sillas y señaló el asiento opuesto, dejando una carpeta sobre la mesa entre ellos—. Por favor, póngase cómodo.

Coombs se sentó, se removió en la silla y exhaló.

—No puedo evitar pensar que estoy exagerando.

Kay sonrió.

—Déjenos decidir eso. Es mucho mejor contarnos algo que le preocupa que dejarlo crecer. De lo contrario, solo se preocupará más.

Él asintió.

—Es cierto.

La puerta se abrió un poco más y apareció Barnes, con tres vasos de café de poliestireno en equilibrio en sus manos.

Kay cerró la puerta mientras él distribuía las bebidas sobre la mesa, y luego tomó asiento junto a él. Alcanzó su café y sopló sobre la superficie.

—Bien —dijo, mientras Barnes abría su cuaderno—, ¿por qué no nos cuenta lo que vio? Nuestro recepcionista dijo que usted estuvo viajando cerca de Straw Mill Hill después de medianoche anoche, ¿por qué fue eso?

—Tengo un pequeño rebaño de ovejas allá arriba. Una o dos están mostrando signos de infección, así que subí a revisarlas. —Coombs se recostó en su silla, abrazando su taza de café contra el pecho—. Encontré un poste de la cerca roto mientras estaba allí, así que era noche cerrada cuando terminé de arreglarlo. Empezó a llover cuando llegué, y el camino estaba bastante resbaladizo. Me llevó una eternidad cruzar el campo hasta el sendero.

Kay abrió la carpeta de manila y desplegó un mapa tamaño A3 del área local.

—¿Puede mostrarme dónde está ese campo y dónde se detuvo para ayudar al hombre con la furgoneta?

El granjero dejó su taza y acercó el mapa, luego metió la mano en el bolsillo de su chaqueta y sacó un par de gafas de lectura.

—La entrada al campo está aquí —dijo, golpeando con el dedo en la página. Esperó mientras Kay colocaba una pequeña cruz con su bolígrafo junto a su dedo, y luego lo movió por el mapa—. Y este es el sendero por el que conducía cuando me encontré con la furgoneta averiada. —Golpeó la página dos veces—. Aquí.

Kay añadió otra cruz.

—¿Ese sendero es utilizado a menudo por los conductores? —dijo—. Parece un poco estrecho.

Coombs se encogió de hombros.

—Siempre lo he usado para ir de casa a los campos. A veces es un atajo durante el día si hay un accidente en la carretera principal, pero no suelo ver a nadie por allí a esa hora de la noche.

—De acuerdo, así que usted está conduciendo. ¿Qué hora es?

El granjero negó con la cabeza.

—Eran alrededor de las doce y cuarenta y cinco. Recuerdo haber mirado mi reloj un momento después de ver la furgoneta detenida a un lado del camino. Me pregunté quién estaría fuera a esa hora de la noche.

Kay asintió, complacida de que el recuerdo del granjero fuera preciso.

—Continúe. Cuénteme lo que sucedió, tal como lo

recuerda, y le haré cualquier pregunta que pueda tener al final.

El granjero asintió, se aclaró la garganta y luego continuó.

—Reduje la velocidad para pasar la furgoneta; el sendero es realmente estrecho allí. Al principio, pensé que podría haber chocado, pero luego noté que la puerta del conductor estaba abierta y una figura estaba acostada sobre los asientos delanteros. No podía ver mucho porque estaba muy oscuro, pero me alegré de que no fuera una mujer sola allí fuera. —Hizo una pausa para tomar un sorbo de su café—. Aparqué delante, agarré una linterna y volví para ver si podía ayudar. El hombre estaba intentando trabajar en completa oscuridad. Todas las luces de su furgoneta se habían apagado, y dijo que tenía algo que ver con uno de los fusibles. Tenía uno de repuesto y estaba revisándolos uno por uno.

Coombs dejó su taza de café y se inclinó sobre la mesa, apoyando los antebrazos con el ceño fruncido. —No pensé que hubiera nada malo hasta que volvieron las luces. Le dije que revisaría las luces traseras por él; había dejado la puerta trasera abierta, supongo que para sacar herramientas y cosas, en fin, las luces volvieron y estaba a punto de cerrarle la puerta cuando miré hacia abajo y vi sangre en el suelo de la furgoneta.

—¿Cómo puede estar seguro de que era sangre? —preguntó Barnes.

—Soy granjero. He visto mucha sangre en mi vida. Sé lo que vi.

Kay levantó la mano para tranquilizarlo. —¿Qué pasó después?

—El hombre estaba en el asiento del conductor —dijo Coombs. Se estremeció—. No sé. Hubo algo que *cambió* en el momento en que me detuve para cerrar la puerta, como si supiera que había visto algo. —Tragó saliva—. Me preguntó si todo estaba bien. Le respondí que sí, cerré la puerta de golpe y corrí de vuelta a mi coche tan rápido como pude. —Negó con la cabeza—. No quería quedarme por allí. Cuando estaba arrancando el motor, él salió de su furgoneta. Comenzó a caminar hacia mí, así que me fui conduciendo tan rápido como pude.

—¿Puede describirlo?

Coombs frunció el ceño. —Era delgado. No pude verle los ojos; estaba demasiado oscuro. Alrededor de un metro ochenta, supongo. No pude ver su cabello. Llevaba una sudadera con capucha.

Kay contuvo un suspiro. —¿Logró ver de qué color era la furgoneta, aunque estuviera oscuro?

El granjero asintió y metió la mano en el bolsillo de su pantalón. —Hice algo mejor —dijo, entregándoselo y señalándolo—. Es el número de matrícula.

—Gracias. —Kay miró su reloj—. ¿A qué hora llegó a casa?

—Alrededor de la una y cuarto.

—Ahora son las diez y cuarenta y cinco de la mañana. ¿Qué le hizo cambiar de opinión sobre denunciar esto?

El granjero suspiró. —Al principio intenté convencerme de que no era nada. Pero vi las noticias sobre esa chica que había sido asesinada. —Se encogió de hombros—. No sé. Había algo en la forma en que ese hombre actuó. No se sentía bien.

—¿Mencionó en algún momento de dónde venía o adónde iba?

—No. Nada. Las únicas veces que me habló fue para explicarme lo de los fusibles y luego para preguntarme si estaba bien cuando estaba junto a la puerta trasera de la furgoneta. Eso fue todo.

—Señor Coombs, creo que tenemos suficiente

información para investigar por ahora, especialmente porque nos ha dado el número de matrícula —dijo Kay—. El agente Barnes aquí preparará una declaración basada en nuestra conversación para que usted la lea y firme. ¿Está de acuerdo en esperar mientras hacemos eso?

—Por supuesto.

—Gracias —dijo Kay. Estrechó la mano del granjero y recogió su chaqueta y la carpeta—. Lo dejaré con el agente Barnes, y me pondré en contacto si necesitamos hablar con usted de nuevo.

Se disculpó y se apresuró a volver a la sala de incidentes, entregándole el número de matrícula a Gavin al pasar.

Sharp giró en su silla para mirarla cuando ella dejó caer la carpeta sobre su escritorio.

—¿Y bien?

—Definitivamente estamos buscando a alguien que es local y conoce la zona —dijo Kay, golpeando el extremo de su bolígrafo sobre el escritorio mientras miraba fijamente el gran mapa en la pared. Las dos ubicaciones que el granjero había señalado habían sido añadidas, transcritas de las marcas que ella hizo durante la entrevista. Se inclinó hasta que pudo ver a Gavin sentado en su computadora—. ¿Algo sobre ese número de matrícula ya?

—Aún no. La computadora está terriblemente lenta esta mañana, y aparentemente hay un retraso en las consultas desde el fin de semana.

—Tan pronto como puedas, entonces.

Sharp se frotó la barbilla. —¿Crees que este es nuestro hombre?

Kay frunció el ceño. —Si no lo es, aún tiene algunas explicaciones que dar.

CAPÍTULO 39

Una renovada energía envolvió al equipo, y mientras Kay examinaba detenidamente un mapa ampliado de la zona donde Bernard Coombs había informado haber visto la furgoneta del desconocido, sintió la familiar descarga de adrenalina ante la expectativa de un avance en el caso.

Carys serpenteó entre los escritorios hacia Kay y levantó un montón de papeles grapados.

—Me han enviado por correo electrónico los registros de subastas de Darren Phillips —dijo—. Ninguna de las furgonetas que ha vendido localmente en los últimos tres meses es nuestro vehículo.

—¿Cuántas ha vendido por aquí?

—He hablado con los propietarios de las tres que sí —dijo Carys—. Una la compró un comerciante del mercado de Whitstable que tiene una coartada sólida, otra quedó destrozada en un accidente de coche hace cinco semanas, y la última la compró una pareja de ancianos cerca de Wrotham Heath que rescata galgos. También tienen coartada: estaban en casa de su hija en Croydon la semana pasada.

—Está bien —dijo Kay—. Valía la pena intentarlo.

Mientras la agente se alejaba, Kay pudo sentir la decepción de la otra mujer. Cada vez que parecían estar cerca de un avance, terminaban retrocediendo dos pasos. Sin embargo, eso solía ocurrir en investigaciones de esta naturaleza.

Se encogió de hombros y hojeó las notas que había tomado hasta la fecha.

Un bullicio de ruido llenaba la sala de incidentes: voces alzadas en teléfonos, gritos a través de la oficina entre miembros del equipo, y de alguna manera, en algún lugar entre todo eso, un teléfono móvil irrumpió con un tono de llamada de pop-rock ochentero.

Kay miró por encima del hombro al escuchar un fuerte grito de alegría.

Gavin dejó su teléfono móvil sobre el escritorio y giró su silla hacia el resto del equipo.

—Eli Matthews —dijo—. Veintiséis años. La furgoneta está registrada en una calle cerca de Queens Road.

Kay frunció el ceño. —Por allí hay principalmente tiendas y oficinas, ¿verdad?

—Sí, pero también hay un bloque de garajes propiedad del ayuntamiento al final —dijo Gavin, y levantó las notas que había estado tomando—. Y ahí es donde está registrada la furgoneta.

—Buen trabajo —dijo Sharp—. Bien, ustedes: quiero que averigüen todo lo que puedan sobre Eli Matthews. Tenemos una dirección de donde guarda su vehículo, pero ¿dónde vive? Averigüen si ya está en los sistemas nacionales. Si no lo está, comprueben con otras divisiones cercanas, solo para estar seguros.

Se acercó a Kay. —¿Puedes encargarte de esto? El superintendente jefe nos ha pedido al Inspector Jefe Larch y a mí que la pongamos al día sobre este caso, y ya voy con retraso.

—Claro, no hay problema.

—De acuerdo, llámame si me necesitas.

———

Kay estiró los brazos sobre su cabeza y se estremeció al sentir un músculo contraerse en su hombro.

La sala de incidentes había estado tranquila durante los últimos veinte minutos, ya que había enviado a todos a un descanso de media hora para almorzar. Todos necesitaban algo de aire fresco, y mientras miraba por la ventana hacia la entrada de la estrecha calle empedrada de Gabriel's Hill, se preguntó si debería seguir su propio consejo e ir a dar un corto paseo, a pesar del clima inclemente.

En su lugar, se acercó a la pizarra, sus ojos recorriendo las diversas palabras y líneas que se entrecruzaban en la superficie.

Su mirada se posó en las fotografías de Melanie Richards. Una, una adolescente normal sonriendo a la cámara, con su uniforme escolar recién planchado e impecable. La segunda, un alma torturada cuya vida había sido truncada por un ser malvado que no merecía andar libre por la zona.

—Sargento, tienes que ver esto.

Kay apartó la mirada de la pizarra al oír el tono emocionado de la voz de Barnes.

Él señaló la pantalla de su ordenador. —Eli Matthews es mensajero.

—¿Cómo lo sabes?

—Su nombre apareció en el sistema para comprobaciones policiales —dijo—. Solicitó en Suffolk, pero como es de aquí, tuvo que obtener autorizaciones de la Policía de Kent para su solicitud con County Deliveries en Ipswich debido a la naturaleza confidencial de algunos de los negocios con los que tienen contratos.

El corazón de Kay dio un vuelco. —Imprime una copia de su fotografía. —Se puso la chaqueta que colgaba del respaldo de su silla—. Carys, vienes conmigo. —Palmeó el hombro de Barnes mientras pasaba corriendo.

—Buen trabajo. Hablaremos con Yvonne Richards, a ver si lo reconoce. Si lo hace, lo traeremos para interrogarlo. Ve a buscar a Sharp y pídele que esté listo en caso de que necesitemos que solicite una autorización de registro para ese almacén.

CAPÍTULO 40

Eli colocó el vaso de plástico bajo el chorro de agua caliente y miró sin ver el líquido marrón que salía disparado de la máquina, con el vapor elevándose frente a sus ojos.

Su mano se extendió hacia la pequeña cesta de mimbre en el mostrador a su izquierda y sacó dos sobres de azúcar. Parpadeó, cogió el vaso y se dirigió a una de las mesas blancas de plástico junto a la pared de la cafetería.

El agotamiento lo consumía.

Entre trabajar por las mañanas temprano y asegurarse de que el sitio estuviera listo, había dormido menos de unas pocas horas durante la última semana, y empezaba a notarse.

Su jefe ya había tenido una conversación discreta con él ayer, preguntándole si todo estaba bien. De alguna manera, alguien se había dado cuenta hace un tiempo de los moretones en sus brazos y cara, y lo había reportado. Había intentado cubrirlos lo mejor posible, con la vergüenza corriendo por sus venas, haciéndolo retorcerse cada vez que uno de sus colegas pasaba junto a él y bajaba la mirada.

Había logrado evitar a su madre los últimos días; ella ya estaba dormida, inconsciente, cuando él llegaba a casa, y se escabullía desde la puerta principal hasta su habitación, cerrando la puerta con llave antes de desplomarse en un sueño agitado.

Le dolía la espalda y sacó un paquete de analgésicos de su bolsillo.

Estaba acostumbrado al peso de la mayoría de las cajas que levantaba a diario, pero la chica había sido más pesada, y cuando ella intentó zafarse de su agarre mientras la llevaba por el sitio, sintió un espasmo muscular estremecerle la columna. Había maldecido en voz baja. En su prisa por continuar con sus planes, se había apresurado y había cometido un error con la dosis. Apenas había logrado atravesar el túnel y asegurarla antes de que sus párpados se abrieran y ella lo mirara con los ojos desorbitados.

La había golpeado una fracción de segundo después de que abriera la boca para gritar, cortando su grito antes de que pudiera resonar en los azulejos de ladrillo.

Ella había forcejeado mientras él le ataba las muñecas por encima de la cabeza, retorciéndose y moviéndose de lado a lado.

En silencio, le había envuelto una mordaza alrededor de la cabeza, llenándole la boca con el material arrugado.

Luego había recuperado las agujas, y los gritos ahogados de la chica habían resonado en las paredes mientras le insertaba una, y luego la otra, en una vena de su brazo en rápida sucesión antes de apoyarse contra la pared opuesta, admirando su trabajo.

La respiración entrecortada de ella había llenado el espacio, alternándose con la suya mientras trabajaba para recuperar el aliento después del esfuerzo.

Había sentido una sonrisa extenderse por su rostro mientras la observaba.

El terror había llenado sus ojos, su rostro tan pálido que

casi brillaba bajo la tenue luz de la lámpara de camping que había colgado del techo del túnel.

—Ya sabes lo que le pasó a la última chica —había dicho, y se enderezó—. ¿Cuáles crees que son tus posibilidades?

Se había dado la vuelta entonces, subiendo por la pendiente del túnel de vuelta a la salida del aparcamiento subterráneo, los gritos frenéticos y ahogados de la chica se apagaron rápidamente entre los giros del camino. Le costó todo su autocontrol no darse la vuelta y tomarla en ese momento, pero tenía que esperar.

Tenía que ser perfecto.

Volvió a meter el paquete en su bolsillo, tragó las dos pastillas blancas con el primer sorbo de café e ignoró el siguiente espasmo que le atenazó los músculos de la espalda mientras siseaba entre dientes.

Sin embargo, la necesidad de continuar superaba cualquier arrepentimiento.

Envolvió sus manos alrededor de la taza caliente y cerró los ojos.

—¿Estás bien?

Se despertó sobresaltado al oír la voz de una mujer.

Ella estaba de pie frente a él, con preocupación grabada en sus facciones y un paño de cocina en la mano.

—E-estoy bien —logró decir, y se frotó la cara con la mano—. Solo apoyé la cabeza en mis brazos cinco minutos.

—Parece que te vendría bien unas vacaciones —sonrió la mujer, y volvió a limpiar las mesas.

Eli miró su reloj. Solo había estado dormido unos minutos, pero no podía permitirse llamar la atención.

No ahora.

Su turno terminaba en una hora, e iba adelantado en el horario.

Se levantó, tiró el vaso de café en un cubo de basura e

ignoró a la camarera al salir de la cafetería y dirigirse rápidamente a su furgoneta de reparto.

Al abrir la puerta y subir al asiento del conductor, desvió la mirada hacia las nubes que se deslizaban por el cielo.

—Pronto —murmuró.

CAPÍTULO 41

Kay salió del coche, cruzó el camino de grava y corrió hacia el refugio del porche delantero tan rápido como pudo.

Tocó el timbre y se sacudió el agua del traje, deseando no lucir tan lamentable como se sentía tras empaparse. Miró hacia el cielo gris y se preguntó si la lluvia de los últimos días anunciaba el fin de un verano que ni siquiera había comenzado.

Se giró cuando se abrió la puerta.

Yvonne Richards se apartó y le indicó con un gesto que entrara.

—Hola —dijo Kay—. ¿Dónde está el coche de Dawn?

Yvonne frunció los labios.

—Se fue —dijo, encogiéndose de hombros—. La mandé a casa.

—Ah, ya veo.

Hazel apareció desde la cocina con el ceño fruncido.

—Buenos días, Oficial.

—Buenos días, Hazel.

Kay cerró la puerta tras de sí y sacó la fotografía de Eli Matthews de su bolso.

—¿Reconoces a este hombre?

—No estoy segura —dijo Yvonne.

—Es un mensajero —dijo Kay—. ¿Lo has visto antes?

Yvonne negó con la cabeza.

—Como dije, no puedo estar segura.

—¿Quizás lo has visto por aquí, cerca de la casa?

—No recibimos paquetes aquí —dijo Yvonne—, y todo nuestro correo personal va a un apartado de correos en Downswood.

—¿Qué hay del negocio?

Yvonne se mordió el labio.

—Lo siento, no me encargo del lado administrativo. Para eso pago a otras personas.

Kay contuvo un suspiro exasperado.

—No hay problema. Iré allí ahora.

———

Carys había librado una batalla perdida con los limpiaparabrisas entre la residencia de los Richards y el negocio de muebles.

Aparcó lo más cerca posible del edificio, y ambas se apresuraron a entrar en el almacén mientras un trueno retumbaba en el aire.

Aunque todas las luces del techo estaban encendidas, la falta de luz natural creaba una atmósfera lúgubre, y Kay tardó un momento en que sus ojos se adaptaran.

—Bueno —dijo una voz familiar—, hace buen tiempo para los patos.

Sheila Milborough se asomó desde detrás de una pila de cajas, con un rollo de cinta de embalaje en la mano.

Se acercaron a ella.

—Tengo algunas preguntas más para ti, Sheila —dijo Kay—. ¿Tienes un minuto?

—Por supuesto —dijo Sheila. Dejó la cinta de embalaje y se limpió las manos en la parte delantera de sus vaqueros. Señaló un viejo sofá en la parte trasera del almacén—. Vamos, podemos sentarnos allí.

Las guio pasando una fila de estanterías metálicas y sacó una vieja silla de madera desgastada mientras indicaba a las dos detectives que se sentaran en el sofá.

—Sheila, cuando hablamos la última vez, mencionaste que Melanie solía coquetear con Neil Abrahams, el mensajero, ¿no es así? —dijo Kay mientras se sentaba.

La mujer se inclinó hacia adelante en la silla y asintió.

—Sí. Eran muy amigables. —Se recostó y se encogió de hombros, con el rostro abatido—. No sé. Pensé que tal vez podría haber habido algo entre ellos, con el tiempo.

Kay contuvo un resoplido. Dados los problemas matrimoniales actuales de Abrahams, no le habría sorprendido. Sacó la fotografía de Eli Matthews.

—¿Reconoces a este hombre?

El labio de Sheila se curvó.

—Sí. Ha estado aquí varias veces. —Devolvió la fotografía—. También es mensajero. Solía hacer la ruta de la mañana, pero hubo algún tipo de cambio de turno en el depósito hace dos meses. Neil cambió a nuestra entrega de la mañana, y él —dijo, señalando la fotografía en los dedos de Kay—, pasó a ser nuestra recogida de la tarde.

—¿Algún problema con él?

Sheila llevó las manos detrás de la cabeza y se rehízo la coleta. Suspiró mientras dejaba caer las manos en su regazo.

—Hubo un incidente —dijo, frunciendo el ceño—. Para ser honesta, no le di importancia después. Solo les dije que no fueran crueles. ¿Por qué?

Kay se enderezó.

—¿Puedes contarme qué pasó?

—Fue hace unos meses. Habíamos tenido uno de esos aguaceros de última hora de la tarde —Sheila señaló con la cabeza hacia las puertas abiertas del almacén—. Nada como esto, solo una hora más o menos de lluvia. Yo estaba arriba, ordenando los últimos pedidos para enviar, así que debían ser, ¿qué, las cuatro y media? Melanie estaba sentada abajo en recepción, y oí que se abría la puerta principal. Bajé corriendo porque no quería perderlo, teníamos algunas cosas urgentes para enviar.

—El pobre hombre estaba empapado, debió haberse mojado corriendo de un negocio a otro, así que agarré la toalla del baño de abajo para que la usara —dijo—. Cuando se secó los brazos, quedó una mancha en la toalla. Parecía maquillaje, ¿sabes? Como cuando sales hasta tarde y no te lo quitas, así que mancha la funda de la almohada.

Kay asintió, pero no dijo nada.

—En fin —continuó Sheila—. Entonces noté que tenía todos estos horribles moretones en los brazos, y uno en la cara. Antes de que pudiera decir algo, las chicas empezaron a reírse de él, pobre criatura. Tony bajó en ese momento y se unió; luego, Emma le tomó una foto con su teléfono móvil.

—La mujer mayor sacudió la cabeza—. Fue algo horrible de hacer.

—¿Qué pasó con la foto?

—Melanie le decía que la pusiera en las redes sociales —dijo Sheila—. Tan pronto como escuché eso, le arrebaté el móvil a Emma y borré la foto.

—¿Y qué pasó con este hombre?

Sheila suspiró.

—Tomó los paquetes y se marchó. No podía volver a la furgoneta lo suficientemente rápido.

—¿Qué pasó la próxima vez que vino?

Sheila bajó la mirada a sus manos.

—Me dio pena. Así que me aseguré de mantener a Melanie y Emma alejadas del área de recepción a esa hora del día en el futuro. Luego dejó de venir aquí después de un par de días, y el otro chico volvió a recoger los paquetes.

—Has sido de gran ayuda, Sheila. Muchas gracias —dijo Carys.

Ambas se levantaron, y Kay se alisó las arrugas de los pantalones antes de echar un vistazo al área del almacén.

—¿Cómo estáis? —dijo—. ¿Os las arregláis bien sin Yvonne?

Sheila se encogió de hombros.

—Estaremos bien —dijo, y agitó el dedo hacia la fotografía en la mano de Kay—. Vosotras concentraos en encontrar quién le hizo esto a su familia.

Kay asintió.

—Nos mantendremos en contacto.

—¿Y ahora qué? —dijo Carys mientras desbloqueaba el coche.

Kay se acomodó en el asiento del pasajero y miró fijamente las ventanas de la oficina.

—Creo que necesitamos hablar con Eli Matthews.

CAPÍTULO 42

Kay levantó un dedo para hacer callar a Carys cuando la puerta detrás de ellas se abrió y apareció un hombre con una camisa de manga corta y pantalones casuales.

—Soy Damien Ashe, el gerente de Recursos Humanos —dijo el hombre a modo de presentación—. Me temo que Bob no está disponible en este momento, pero haré todo lo posible por ayudarlas en lo que pueda.

Kay resistió el impulso de arrebatarle los papeles de las manos. A menos que Eli fuera acusado, no tendría acceso a su expediente personal. Solo podía esperar que sus superiores les proporcionaran toda la información posible, dentro de lo legal.

—Está bien, señor Ashe —dijo ella. Miró su reloj—. ¿Cuándo volverá Eli de su ruta de reparto?

—En unos veinte minutos.

—¿Cuánto tiempo lleva trabajando aquí?

—Unos diecisiete meses.

—¿Ha habido algún problema con su empleo?

—No realmente. Es un poco callado —dijo Ashe—. Tiende a no asistir a las reuniones sociales. Organizamos barbacoas ocasionales en verano detrás del depósito, o algunas copas en el pub cada par de meses. —Se encogió de hombros—. Si aparece, generalmente se mantiene al margen. ¿Sabe a lo que me refiero?

Kay asintió. —¿Por qué cree que es así?

—No lo sé. ¿Timidez, quizás?

—¿Cómo llega Eli al trabajo?

—Tiene una moto. La estaciona detrás del depósito. Una vieja, eso sí. Me sorprende que aún funcione.

—Cuando Eli se trasladó desde Suffolk, ¿se notó algún problema?

—Ninguno en absoluto. Expediente ejemplar. Igual que aquí.

—Pero es de Kent, ¿verdad? —dijo ella—. ¿Tiene alguna idea de por qué estaba en Suffolk?

Ashe negó con la cabeza.

—¿Estaba aquí antes de irse a Suffolk?

—No. Suffolk fue su primer trabajo con County Deliveries. —Levantó una página del montón que tenía en la mano, y sus ojos recorrieron el contenido—. Antes de eso, trabajaba en una imprenta aquí en Kent. —Volvió a colocar la página y apartó un teléfono de su lado de la mesa antes de dejar caer el archivo sobre él—. Entraron en suspensión de pagos hace dos años.

—¿Antes o después de que Eli se fuera?

—Después.

—Bueno, gracias por permitirnos tener algunos antecedentes sobre Eli, lo apreciamos mucho —dijo Kay—. Obviamente, necesito pedirle que no comente esta conversación con nadie más.

—Por supuesto. ¿Está en problemas?

—Simplemente buscamos su ayuda con algunas preguntas que tenemos —dijo Kay—. La única dirección que tenemos registrada para él no es residencial, así que pensamos en venir aquí.

—Vive con su madre. No tengo problema en darles esa dirección. —Se encogió de hombros—. De todos modos, él se las dirá.

—Gracias —dijo Kay, mientras lo observaba escribir la dirección en una nota adhesiva antes de entregársela.

Se la entregó a Carys, conteniendo la emoción que crecía.

Si sus empleadores conocían la dirección de casa de Eli, entonces parecía que la dirección del garaje alquilado era un secreto que Eli guardaba tanto de sus empleadores como quizás de su madre.

La pregunta era, ¿por qué?

Kay resistió el impulso de sacar su móvil y comprobar si había llamadas o mensajes perdidos. Habría escuchado la vibración en su bolso si Barnes hubiera llamado con la noticia de que se había concedido su autorización de búsqueda. Mentalmente cruzó los dedos y esperó que los poderes de persuasión de Sharp hubieran funcionado con el superintendente al que había solicitado la documentación. Habían sido precipitados, sí, pero dado que la teoría de Kay sobre la participación de dos personas en el secuestro y posterior asesinato de Melanie Richards estaba tomando forma, algunos de sus colegas empezaban a preguntarse si tenía razón.

El teléfono sobre la mesa de reuniones sonó. Ashe se inclinó y lo cogió.

—¿Hola? Bien. Gracias. Les avisaré. —Colgó el auricular—. Matthews ha regresado de su turno.

—¿Cuál es la rutina normal cuando alguien regresa? —dijo Kay.

—Depende. Eli guarda un cambio de ropa aquí, así que

una vez que entregue sus llaves, probablemente se cambie antes de irse a casa.

—De acuerdo —dijo ella—. Le daremos un par de minutos.

Se dio cuenta de que, después de la urgencia que había transmitido al gerente de Recursos Humanos en la última media hora, probablemente se preguntaría por sus instrucciones, pero era imperativo que no se apresurara ahora.

Abordar a Eli en el momento en que llegara al depósito y llevárselo para interrogarlo solo causaría una escena, y sabía que hasta que pudiera demostrar lo contrario, debía ser tratado como un hombre inocente.

Ashe miró su reloj. —Bien, ya debería estar en el vestuario, así que si quieren seguirme.

Kay y Carys lo siguieron desde la oficina, girando a la izquierda en lugar de a la derecha por el pasillo, y pasando las puertas dobles hacia la sala de clasificación. El pasillo se terminaba al final, y tomaron el desvío a la izquierda. Según los cálculos de Kay, se dirigían hacia el estacionamiento del personal.

Los ladrillos sin pintar dieron paso a dos puertas separadas, una etiquetada para hombres y la otra para mujeres.

—Estos son los vestuarios —dijo Ashe. Señaló la puerta de los hombres, luego cruzó los brazos y se quedó de pie en medio del pasillo, como si no estuviera seguro de qué hacer a continuación.

—Podemos seguir desde aquí —dijo Kay, y extendió la mano—. Supongo que podemos salir por el estacionamiento del personal.

El hombre pareció aliviado. —Eso estaría bien. Normalmente no recibimos miembros del público en el área de recepción a esta hora del día, pero nunca se sabe. Ciertamente sería un poco...

—¿Incómodo? Sí, lo entiendo —dijo Kay.

Lo observaron alejarse, luego Carys se apoyó contra la pared frente a la puerta del vestuario, y Kay bloqueó el pasillo en dirección al estacionamiento.

Su corazón se resistía a calmarse.

Sabía que tenía razón. Sabía que Eli Matthews era el segundo secuestrador que estaban buscando. Sabía que era responsable del asesinato de Melanie y de la muerte de su padre.

Su móvil vibró en su bolso y maldijo en voz baja. Lo sacó y señaló con el pulgar hacia el vestuario.

Carys asintió.

—¿Sí? —murmuró al móvil.

—Lo tenemos.

Exhaló, parte de la tensión abandonando su cuello y hombros. —Estaremos en camino pronto —dijo.

—Los estaremos esperando.

Terminó la llamada.

Carys arqueó una ceja.

—Estamos listas para irnos —dijo Kay.

Ambas se giraron al oír que se abría la puerta del vestuario de hombres, y apareció el hombre de la fotografía.

Una expresión de confusión se extendió por sus facciones.

—¿Eli Matthews?

—¿Sí?

—Soy la Oficial de Policía Kay Hunter, y esta es mi colega, la Agente de Policía Carys Miles. —Le informó de sus derechos, citando la advertencia mientras observaba su rostro en busca de una reacción.

Entrecerró los ojos. —¿De qué se trata esto?

—Nos gustaría hacerle algunas preguntas en la comisaría

sobre el secuestro y asesinato de Melanie Richards. —Kay señaló hacia la salida—. Tenemos un coche esperando.

Eli dejó que la puerta se cerrara tras él y siguió a Carys mientras ella los guiaba hacia el estacionamiento en la parte trasera del edificio.

Mientras se apresuraban hacia el vehículo, con los zapatos salpicando en los charcos, Kay puso su mano en el brazo de él para guiarlo hacia el coche, pero él la apartó con una mirada fulminante.

Ella se encogió de hombros, abrió la puerta trasera para él y esperó mientras entraba.

Al cerrarla, frunció el ceño.

Una mancha de color beige cubría la pintura donde había estado su mano. Giró la palma, la miró fijamente y luego se la acercó a la nariz para olerla.

—Interesante —murmuró.

CAPÍTULO 43

Para cuando Kay regresó a la sala de incidentes después de registrar a Eli Matthews con el sargento de custodia, sus colegas estaban agrupados en un extremo de la habitación, equilibrados sobre los escritorios si no había un asiento disponible.

A pesar de sus defectos, el Inspector Jefe Larch finalmente había convencido a sus pares de obtener más recursos, y así el equipo había crecido con tres personas más, todo personal administrativo que ayudaría a Sharp a mantener el creciente papeleo al día.

Sharp asintió cuando Kay se recostó contra su escritorio.

—Hunter, buen trabajo. Hablaremos sobre la estrategia de la entrevista en un momento —volvió su atención al resto del equipo.

—Tareas por ahora: Barnes, ponte en contacto con nuestros colegas en Suffolk. Averigua si ha habido secuestros o asesinatos sin resolver similares al de Melanie Richards. Debbie puede ayudarte a seguir cualquier pista. Carys, llama al depósito de County Deliveries en Ipswich donde Eli trabajaba anteriormente. Mira si hubo algún problema con su historial laboral allí.

Los ojos de Sharp se desviaron hacia un punto detrás de Kay, y ella se giró.

—¿Puedo unirme a ustedes?

Una mujer delgada de finales de los cincuenta con cabello corto y gris cortado en un bob moderno y afilado como una navaja se asomó por la puerta, con un cuaderno apretado contra su pecho.

—Adelante, Fiona —dijo Sharp—. Todos, para aquellos que no han conocido a Fiona Wilkes antes, ella es nuestra especialista senior en entrevistas.

Un murmullo de saludos recorrió la sala antes de que Sharp pusiera fin a la reunión.

—Muy bien, todos. A trabajar. Necesitamos toda esta información lo antes posible. El Inspector Jefe Larch está hablando actualmente con el superintendente jefe para conseguirnos otras doce horas para retener a Matthews, pero hasta que sepamos lo contrario, tenemos veinticuatro horas para acusarlo. Una solicitud para una nueva autorización de registro en relación con la dirección residencial de Matthews está actualmente bajo revisión, y Larch ha indicado que debería ser aprobada dentro de la próxima hora más o menos.

Mientras el equipo se dispersaba de vuelta a sus escritorios, Sharp le hizo una seña a Kay.

—Ven y únete a Fiona y a mí en mi oficina. Quiero comenzar la primera entrevista dentro de una hora.

Sharp se hizo a un lado y dejó pasar a las dos mujeres antes de cerrar la puerta, y les indicó que tomaran las dos sillas frente a su escritorio.

Maniobró entre el escritorio y un archivador, y se apoyó contra un gabinete bajo de madera contra la pared.

—Bien, Fiona, has tenido la oportunidad de revisar lo que

tenemos hasta ahora sobre este tipo y nuestras razones para traerlo para un interrogatorio formal. ¿Algún pensamiento inicial?

La especialista en entrevistas se aclaró la garganta y abrió su cuaderno.

—He echado un vistazo a los extractos del expediente personal de Eli que proporcionó David Ashe —dijo, con el suave acento de Somerset en su voz que desmentía a la astuta estratega debajo—. Y están tratando con una persona muy inteligente. Aunque no terminó ninguna educación superior, el proceso de entrevista utilizado por County Deliveries, y las revisiones posteriores con su gerente desde una perspectiva de desarrollo profesional, indican una personalidad astuta.

—¿Bueno para dar la impresión de ser inofensivo, cuando en realidad es lo contrario, tal vez? —dijo Kay.

—No me sorprendería —dijo Fiona—. Como dices, Devon, lo tienen por veinticuatro horas, y con suerte les concederán las doce adicionales encima de eso, así que mi consejo sería usar esta primera entrevista para establecer hechos y evaluar su personalidad. Veamos cómo reacciona al ser interrogado inicialmente antes de empezar a presionarlo —se estremeció—. Teniendo en cuenta la forma en que el asesino terminó con la vida de Melanie Richards, si Matthews es culpable, entonces es meticuloso y puede pensar que es intocable y que no tenemos suficiente para acusarlo formalmente.

—¿Le decimos sobre los registros desde el principio? —dijo Sharp.

Fiona golpeó su pluma contra el lomo de su cuaderno por un momento. —Sí. Vean cuál es su respuesta a eso, pero no lo presionen. Déjenle algo de qué preocuparse si es necesario, entre la primera y la segunda entrevista.

—De acuerdo —dijo Sharp, y se enderezó antes de

desabotonarse la chaqueta y colgarla en el respaldo de su silla —. Haremos una entrevista esta noche y luego una segunda a media mañana. Eso nos dará tiempo para ver qué información llega de Suffolk y de los registros en el almacén y la casa. Para entonces, esperemos que Larch nos haya conseguido las doce horas adicionales para continuar nuestro interrogatorio también.

—¿Qué opinas? —le dijo a Kay, mientras Fiona se abría paso entre los escritorios y salía de la sala de incidentes.

Ella exhaló y se crujió el cuello. —Cuando lo recogimos del depósito, puse mi mano en su brazo para ayudarlo a entrar en el coche. Apartó el brazo bruscamente, pero me quedó una sustancia en la mano después. Maquillaje.

—¿Maquillaje? ¿Te refieres a lo que te pones en la cara?

—Sí. Sheila Milborough en la casa de Yvonne Richards dijo que eso era de lo que Melanie se burlaba de él.

—¿Por qué?

—Me lo pregunté, pero cuando llegamos a la estación, tenía las mangas bajadas.

Sharp frunció el ceño. —La única razón para usar maquillaje sería ocultar algo, como un moretón.

—Eso es lo que estoy pensando. Pero yo me golpeo con cosas todo el tiempo. Todos lo hacemos. ¿Por qué ocultarlo usando maquillaje?

—Depende de cómo te hiciste el moretón.

—Exactamente.

—Es un ángulo —miró su reloj—. Bien. Voy a verificar si la autorización para registrar la casa de la madre está lista. Vamos a empezar con el interrogatorio —se dio la vuelta y luego miró por encima del hombro—. Tú puedes liderar este. Te hará bien volver a entrar en el ritmo de las cosas.

—Gracias, jefe.

Él asintió. —Atrapa a nuestro hombre. Te veré en la sala de interrogatorios uno.

CAPÍTULO 44

Kay esperó hasta que Sharp presionó el botón de «grabar» y luego declaró claramente quiénes estaban presentes en la sala.

Se había solicitado un abogado de oficio para Eli Matthews, y ambos hombres parecían igual de incómodos por las circunstancias en las que se habían visto involucrados.

Eli llevaba puesto un mono, ya que su propia ropa había sido retirada para análisis forense al mismo tiempo que Harriet le había tomado muestras de las manos.

Kay se preguntó cuánto tiempo soportaría el joven abogado de oficio antes de replantearse ejercer el derecho penal, y luego centró su atención en el sospechoso.

—Indique su nombre, edad y ocupación para los fines de la grabación, por favor.

—Elijah Matthews. Veintiocho años. Conductor de mensajería.

—Ahora le leeré sus derechos formales —dijo Kay, y recitó las palabras de memoria—. ¿...lo entiende? —concluyó.

Eli asintió.

—Necesito que lo diga en voz alta para los fines de la grabación, por favor —dijo Kay.

—Sí.

—Gracias.

Eli mostraba un lenguaje corporal relajado y una expresión casi lánguida. Sus ojos recorrieron perezosamente el cuerpo de Kay, pero ella mantuvo la compostura e ignoró sus intentos de ponerla nerviosa. No era el primer sospechoso que intentaba intimidarla, y sin duda no sería el último. Por eso siempre llevaba una chaqueta cruzada. Sabía que él no podía ver nada de interés.

Eli juntó las manos sobre el escritorio y arqueó una ceja.

—Señor Matthews...

—Eli, por favor.

—Señor Matthews, ¿dónde estuvo el jueves pasado entre las once y la una y media de la madrugada?

—En casa.

—Por favor, confirme la dirección.

Eli suspiró y recitó la dirección.

—¿Esa es la casa de su madre?

Él frunció el ceño. —Sí.

—¿Y su madre podrá proporcionarle una coartada para ese horario?

—Lo dudo —se burló—. Estaba borracha en ese momento. Como de costumbre.

Kay notó que el abogado apuntaba algo por el rabillo del ojo. —¿Posee una furgoneta, señor Matthews?

Él parpadeó. —Sí.

—¿Y dónde guarda esa furgoneta, señor Matthews?

La miró con furia. —En un garaje. En Queens Road.

—¿Para qué utiliza la furgoneta?

Se encogió de hombros. —Para esto y aquello.

—Elabore, por favor, señor Matthews.

Exhaló, un resoplido impaciente que salpicó saliva sobre el escritorio, y se cruzó de brazos. —¿Por qué quiere saberlo?

Kay se reclinó y apartó su cuaderno de la gota de líquido. —Responda a la pregunta, por favor. ¿Para qué utiliza la furgoneta?

—Para ayudar a mis colegas. Para mover cosas. Ese tipo de cosas.

—¿Qué tipo de cosas?

Puso los ojos en blanco. —Muebles y eso.

—¿Cuándo fue la última vez que la usó?

—No sé —dijo—. Hace unas semanas, quizás.

—¿A quién estaba ayudando en ese momento?

—No me acuerdo.

Sharp deslizó la fotografía de videovigilancia de la furgoneta que circulaba por el polígono industrial sobre la mesa. —¿Es esta su furgoneta?

Eli miró hacia abajo y luego sonrió. —Nah —dijo arrastrando las palabras—. No es la mía.

—¿Qué le pasó en el brazo, señor Matthews? —dijo Kay, bajando la voz.

—¿Eh?

—Su brazo derecho. Cuando lo recogimos en el depósito antes, puse mi mano en su brazo para guiarlo al coche. Cuando retiré la mano, tenía maquillaje. —Señaló sus mangas largas—. Desde entonces, ha mantenido las mangas de la camisa bajadas. ¿Qué le pasa en el brazo?

Eli se burló, descruzó los brazos y desabrochó el puño de su muñeca derecha.

—Me golpeé el brazo —dijo. Se subió la manga y levantó el brazo, girándolo para que ella pudiera ver.

Efectivamente, un moretón azul-púrpura cubría la parte inferior de su antebrazo.

—Parece doloroso.

Se encogió de hombros y luego se bajó la manga.

—¿Cómo se hizo daño?

—Me di un golpe cargando la furgoneta la semana pasada.

—¿Qué furgoneta?

La miró con furia. —La del trabajo.

—¿No lo reportó?

Resopló. —Claro que no. No es nada serio.

—¿Por qué ha intentado cubrirlo con maquillaje?

Sus ojos brillaron con ira. —No quería que nadie armara un escándalo.

—¿Dónde estuvo entre las cuatro y media y las ocho de la mañana del martes de la semana pasada? —dijo Sharp.

—En casa.

—¿Su madre…?

—No. Ella no lo haría. Estaba borracha.

—¿Por qué se mudó a Suffolk?

—Necesitaba un cambio de aires.

—Pero solo se quedó dos años. ¿Por qué fue eso?

—No me gustó el paisaje.

Sharp empujó dos documentos a través de la mesa hacia Eli.

—Señor Matthews, estas son copias de autorizaciones de registro aprobadas firmadas por un magistrado —dijo.

Eli frunció el ceño, la confusión nublando sus facciones. —¿Autorizaciones de registro? ¿Para qué?

—Esta es para una propiedad en Maidstone, específicamente, el número tres de Edward Street. La casa de su madre. Esta —dijo, acercando la página— es para su garaje de alquiler.

La mandíbula de Eli se tensó.

El joven abogado de oficio palideció.

—Ahora, señor Matthews —dijo Kay—. Antes de que

llevemos a cabo estos registros, ¿hay algo que le gustaría decirnos? ¿Algo que podríamos esperar encontrar en cualquiera de estos dos lugares en relación con el secuestro y asesinato de Melanie Richards?

Eli se balanceó hacia atrás en su asiento.

—No —dijo, finalmente—. No, no hay nada.

CAPÍTULO 45

Dio una larga calada a su cigarrillo y luego entrecerró los ojos a través del humo impregnado de químicos mientras exhalaba.

Se encogió de hombros, consciente de su posición encorvada sobre el ordenador portátil estos últimos días y de un constante dolor punzante que se había formado en la base de su cuello.

Se negó a entrar en pánico.

Había recibido una llamada telefónica para explicarle que Eli había sido puesto bajo custodia, y felicitó en silencio a la detective. Sus clientes apreciarían su determinación.

Se quitó el cigarrillo y se humedeció los labios. Se preguntó qué precio podría exigir por las imágenes de *esa*, si surgiera la oportunidad.

Pellizcó el cigarrillo entre sus dedos y sacudió el exceso de ceniza, luego dio otra calada.

El infortunio de Eli era preocupante.

Por suerte, el voyeur había tenido la previsión de visitar el garaje antes de que la policía supiera de su paradero.

La afición de Eli por coleccionar cosas se extendía más

allá de las chicas jóvenes, y el voyeur había maldecido por lo bajo cuando el haz de su linterna barrió un banco de trabajo en la parte trasera del garaje y dio con las placas de matrícula falsas que yacían allí.

Había encontrado un ordenador portátil en una caja de plástico debajo del banco de trabajo, lo volteó y maldijo al leer el nombre grabado en la superficie.

G Nelson.

En una caja con clavos surtidos, encontró otros recuerdos, una inquietante tendencia que creía que el joven había superado.

Especialmente después de su última charla.

El hombre era como una urraca, codiciando cosas brillantes.

Lo más preocupante era la nota.

No tenía idea de que Eli había seguido a Guy Nelson hasta Mote Park esa noche, o que había entrado en el piso del hombre después.

Su relación había sido puramente profesional: simplemente habían contratado a Nelson para proporcionar las placas de matrícula falsas y recoger el dinero del rescate.

Eli se había preocupado por eso.

—¿Y si se lo queda todo?

Él se había encogido de hombros.

—Que se lo quede. Es una fracción de lo que puedo obtener por esto.

Encontrar la nota de suicidio original de Nelson le había puesto los pelos de punta. Mencionaba a Eli por su nombre y aludía a la participación de otros, pero eso no le preocupaba; la policía solo encontró la nota de reemplazo que Eli había dejado en el cuerpo.

Lo que era más preocupante era el hecho de que Eli hubiera guardado la nota original en lugar de destruirla.

Los peculiares caprichos del hombre, antes una indulgencia que podía aprovechar, se estaban convirtiendo rápidamente en una responsabilidad.

Metió la mano en el bolsillo de sus pantalones, sacó una fotografía y frotó su pulgar sobre ella mientras inhalaba otra dosis de nicotina.

—Has sido un buen chico, Eli —murmuró—, pero has sido descuidado.

Puso la colilla del cigarrillo en el borde de la fotografía hasta que una llama prendió la imagen y consumió el laminado brillante con un crujido, antes de reducirla a cenizas.

Se agachó, empujó los restos en la pequeña bandeja metálica junto a la puerta y se incorporó al escuchar unos pasos.

—Esas cosas te matarán —dijo alguien al pasar, y luego la puerta se cerró de golpe tras ellos antes de que pudiera volverse para ver quién era.

El voyeur sonrió para sí mismo mientras miraba desde debajo de los aleros del edificio y sacó otro cigarrillo del paquete con la mano.

Respiró el aire cargado de ozono antes de encenderlo.

—Sí —murmuró—, pero moriré siendo un hombre rico.

CAPÍTULO 46

Emma parpadeó, intentó levantar la cabeza y luego gimió cuando el dolor sordo en la parte posterior de su cráneo que la había despertado palpitó dolorosamente.

Sus párpados pesaban y una fuerte urgencia de vomitar hizo que su estómago se convulsionara. Algo le cubría la boca, una tela que se succionaba a través de sus labios con cada inhalación frenética.

Tenía los brazos levantados y, al intentar mover las manos, notó que estaban sujetas a la altura de los hombros con algo fuerte que envolvía sus muñecas.

Abrió los ojos y la pared frente a ella giraba mientras recuperaba la consciencia. Una luz brillaba en sus ojos y frunció el ceño mientras intentaba descubrir dónde estaba.

Inclinó la cabeza hacia la izquierda y vio que la luz provenía de una lámpara de camping que había sido fijada a un soporte arriba. Su haz vacilante iluminaba su posición y proyectaba sombras sobre las paredes opuestas. Echó la cabeza hacia atrás y sus ojos se abrieron de par en par.

Sus muñecas estaban atadas a la unión arqueada de una tubería de acero que serpenteaba por el techo.

Cuando miró hacia abajo, se dio cuenta de que estaba de pie en el agua. Movió los pies y el sonido del chapoteo resonó en las paredes de ladrillo a su alrededor.

Entrecerró los ojos más allá del haz de luz hacia la pared opuesta, donde un palo blanco sobresalía del agua y subía por la longitud de la mampostería.

Por un momento, no pudo comprender qué era, y luego vio las líneas negras grabadas en su superficie y los números que marcaban intervalos regulares.

Los números comenzaban en «1» justo debajo del nivel de sus rodillas y aumentaban a medida que subían por el poste.

Tragó saliva, con la garganta seca y dolorida, e intentó concentrarse.

A pesar del agua fría, el sudor le corría por la frente y entre los omóplatos.

Se estremeció y tiró una vez más de las ataduras en sus muñecas.

Un grito escapó de sus labios, su eco rebotando en las paredes a su alrededor, amplificado por el espacio cerrado y la acústica de la mampostería arqueada.

Intentó recordar qué día era, pero la oscuridad del túnel impedía que cualquier luz la alcanzara, y no tenía idea de cuánto tiempo había estado inconsciente.

Flexionó las muñecas y luego miró su mano izquierda. El material alrededor parecía más flexible, con más elasticidad en sus costuras tejidas.

Emma giró la cabeza hacia un lado y se limpió la cara con el brazo.

Dios, tenía tanto calor.

Gritó cuando un dolor se extendió desde su corazón, punzando su esternón, el ataque repentino dejándola sin aliento.

Se desplomó contra sus ataduras, su respiración escapando en jadeos.

Había oído lo que le había pasado a Melanie, a pesar de los intentos de su madre y su padrastro de protegerla de la verdad.

Solo el lunes por la noche, se había parado en lo alto de las escaleras, escuchando mientras sus padres compartían una botella de vino con sus vecinos y hablaban en voz baja sobre la estudiante asesinada.

Por eso había dejado la nota en su tocador antes de salir de casa el miércoles por la noche.

No quería que sus padres se asustaran; simplemente necesitaba tiempo para desahogarse antes de volver a la escuela la próxima semana.

Por eso había acordado pasar el resto de la semana en casa de Tanya.

¿Daría Tanya la alarma cuando se diera cuenta de que su amiga no había regresado a su casa y que la cama de invitados nunca había sido ocupada?

¿O pensaría que su amiga estaba enfurruñada, de vuelta en su propia casa, después de haber sido dejada de lado en favor de su novio?

La realización la golpeó con fuerza.

Nadie sabe que estoy desaparecida.

Nadie sabe que estoy aquí.

Entonces, lo vio: una luz roja que parpadeaba a la derecha de la lámpara de camping, debajo de la cual el lente oscuro y frío de una cámara la miraba fijamente; un ojo solitario que observaba cada uno de sus movimientos, burlándose de su difícil situación.

Sus rodillas cedieron y sintió que sus intestinos se movían involuntariamente mientras sus brazos soportaban su peso.

Gritó.

CAPÍTULO 47

Ian Barnes miró su reloj y luego emitió un silbido bajo que hizo que todos giraran la cabeza.

—Bien, hagamos un resumen —dijo—. Sharp y Hunter todavía están con Eli Matthews y su abogado, así que pongámonos al día sobre las otras pistas que estamos siguiendo.

Se volvió hacia Carys mientras el resto del pequeño equipo se reunía a su alrededor. —Tú primero.

—De acuerdo —dijo ella—. He logrado contactar con alguien del departamento de recursos humanos del depósito de Ipswich donde Matthews trabajó hasta hace diecisiete meses. Al igual que en el depósito de aquí, no pueden pensar en ningún problema. He solicitado una copia de su expediente completo, pero aparentemente necesitan la aprobación de un gerente sénior para entregárnoslo, y él no volverá a la oficina hasta el lunes por la mañana.

Un gemido colectivo llenó la sala.

—Lo sé —dijo Carys—, pero no cambiarán de postura. Los llamaré temprano el lunes para darles seguimiento.

Deberían poder enviárnoslo por correo electrónico tan pronto como obtengan la autorización.

—Gracias, Carys —dijo Barnes—. ¿Piper?

—Hablé con la Policía de Suffolk para averiguar si había asesinatos o secuestros sin resolver similares al de Melanie Richards —dijo Gavin—. Me devolvieron la llamada hace media hora. Hay un caso de secuestro sin resolver de hace diecisiete meses.

Barnes arqueó una ceja. —Coincide con el momento en que Eli Matthews dejó Suffolk para venir aquí.

—Exactamente —dijo Gavin—. En ese caso, la chica logró escapar, pero no pudo dar una descripción completa de su atacante. Todo lo que recuerda es que se usó una furgoneta roja para llevársela de donde la agarraron. Estaba oscuro cuando la secuestraron —iba en bicicleta a casa desde la casa de una amiga en ese momento— y no pudo ver la cara de su secuestrador.

—¿Cómo escapó? —dijo Carys.

—La pobre criatura no puede recordarlo —dijo Gavin—. La encontró una mujer que paseaba a sus perros, deambulando por un camino en las afueras de Ipswich temprano un martes por la mañana. Solo tenía once años en ese momento, y los médicos que la trataron después dijeron que probablemente la droga de violación utilizada para pacificarla cuando la secuestraron aún podría estar afectando su memoria en el momento en que escapó. —Arrojó su cuaderno sobre el escritorio a su lado—. No tiene ningún recuerdo de dónde había estado o cómo logró escapar.

—El antiguo departamento de recursos humanos de Eli Matthews confirmó que solicitó un traslado solo días después de que apareciera esa chica —dijo Carys.

—¿Qué razón les dio para querer el traslado? —dijo Barnes.

—Dijo que su madre estaba enferma y quería regresar a Kent para estar cerca de ella.

—¿Hay algún registro de que haya solicitado un traslado fuera del depósito de Kent? —dijo Gavin—. Al menos eso demostraría que el secuestro de Melanie fue premeditado.

Carys negó con la cabeza. —No. —Frunció el ceño—. Tal vez no tenía la intención de matarla.

—O cree que se ha salido con la suya —dijo Barnes. Miró su reloj—. Bien. Carys, ve a la casa de Beryl Matthews y supervisa la búsqueda allí, mira qué encuentran los de la científica. Gavin, termina por hoy. —Miró al resto del equipo—. Ustedes también. Me imagino que la primera entrevista con Eli Matthews se prolongará un poco más. Vuelvan aquí mañana a las siete y media de la mañana.

—¿Qué vas a hacer tú? —preguntó Gavin.

—Voy a reunirme con Harriet y su equipo en el garaje alquilado —dijo Barnes. Levantó una bolsa de plástico que contenía un manojo de llaves y la sacudió con una sonrisa en la cara—. Que no permanecerá cerrado por mucho más tiempo.

Barnes pisó la colilla del cigarrillo, aplastó el material blando contra la acera, luego se dio la vuelta y caminó a zancadas por el corto camino de hormigón hacia los garajes de bloques de hormigón situados detrás de una hilera de casas adosadas.

Exhaló el humo mientras se acercaba, saboreando los últimos restos de nicotina antes de unirse a los investigadores de la escena del crimen en una furgoneta grande y oscura que estaban descargando con equipo.

Dos coches patrulla bloqueaban la entrada al camino, los agentes uniformados hacían un trabajo eficiente manteniendo un perímetro dentro del cual el equipo forense pudiera trabajar en paz, así como evitando que ojos curiosos observaran la operación.

Habían erigido una barrera de plástico alrededor de la entrada al garaje, mientras dos focos sobre trípodes brillaban por encima de sus cabezas. Se había instalado otro foco listo para ser utilizado en el interior del garaje.

La tarde llegaba a su fin, el cielo de principios de verano oscurecía mucho antes de que el sol cubierto de nubes se hundiera bajo el horizonte.

Los ojos de Barnes recorrieron la puerta enrollable de aluminio rayada que ocultaba lo que hubiera más allá. Originalmente azul, había sido desconchada y arañada a lo largo de los años, por lo que ahora tenía un efecto moteado, muy parecido al de sus vecinas.

Había seis garajes en total, todos arrendados por el ayuntamiento a un conjunto variopinto de inquilinos cuyos domicilios provenían de varias partes de la capital del condado.

—Da que pensar qué habrá escondido en los otros cinco —murmuró.

Harriet sonrió. —Pero solo tienes autorización de registro para este.

—Lástima. —Volvió su atención al garaje más cercano a ellos y cuadró los hombros.

—¿Listo para esto?

—Hagámoslo —dijo. Se puso los guantes que Harriet le entregó, luego sacó una bolsa de su bolsillo y vació las llaves que Kay había tomado de Eli Matthews.

Escogió una y la colocó en la cerradura.

Giró con facilidad.

—Se usa con frecuencia, entonces —dijo Harriet.

Barnes no respondió. En su lugar, se puso de pie, luego colocó sus dedos bajo el mango y tiró.

La puerta se enrolló suavemente, exponiendo primero un suelo de hormigón lleno de grietas y manchas de aceite, y luego, cuando la puerta cayó en su alojamiento en el techo, una furgoneta roja.

Barnes frunció el ceño. —¿Eso no se parece a…?

—¿Una furgoneta de mensajería? Sí. Eso parece.

—Parece que hemos dado en el clavo, entonces. —Barnes retrocedió para dejar que Harriet y su colega accedieran al garaje, y contuvo la respiración mientras rodeaban la furgoneta por ambos lados.

Un banco de trabajo y una fila de estanterías bordeaban la pared del fondo del edificio de techo bajo, y los investigadores de la escena del crimen ya estaban empezando a examinar el contenido.

—No hay espacio para abrir las puertas traseras de la furgoneta aquí dentro —gritó Harriet—. Vamos a tener que moverla.

—Toma —dijo Barnes, y sacó otra llave de la bolsa.

Harriet caminó de vuelta hacia él, moviéndose de lado por el estrecho pasillo entre el costado del vehículo y la pared de bloques de hormigón. Extendió la mano. —Gracias.

Barnes se apartó. —Momento de la verdad —murmuró.

CAPÍTULO 48

Kay había llamado al abogado de oficio dos horas antes para confirmar otra entrevista con su cliente, la cuarta en total.

Ahora ambos hombres mostraban una expresión confusa ante la solicitud transmitida por el intercomunicador de que se requería la presencia urgente del DI Sharp solo treinta minutos después de que la grabación hubiera comenzado.

El equipo de incidentes graves había trabajado durante un día y medio desde que Eli fue llevado a la comisaría, revisando las pruebas circunstanciales que tenían a mano mientras trataban de no mirar la hora a medida que pasaban las horas. No se había tenido noticias de los dos equipos de la escena del crimen que habían estado trabajando metódicamente en el garaje cerrado de Eli Matthews y en la casa de su madre.

Larch había obtenido autorización tarde el día anterior para retener a Matthews doce horas más para interrogarlo, basándose en un argumento convincente de que Eli les estaba ocultando la verdad, pero a pesar de sus mejores esfuerzos no estaban llegando a ninguna parte, y se les acababa el tiempo.

Kay resistió el impulso de mirar su reloj.

A menos que pudieran obtener información de Matthews durante las próximas horas, tendrían que liberarlo sin cargos.

Sharp había notado la frustración y el agotamiento del equipo, y envió a todos a casa el sábado por la noche, indicando a Kay que se presentara temprano el domingo para que pudieran reanudar el interrogatorio de su principal sospechoso.

Ahora, Kay evitaba la mirada fija de Eli mientras Sharp se abrochaba la chaqueta y salía de la habitación.

Había llegado temprano a la comisaría esa mañana, se había reunido con el especialista en entrevistas y Sharp en su oficina durante una hora, y ahora lamentaba no haber aceptado su oferta de un café mientras preparaban sus notas.

El joven abogado de oficio giraba su bolígrafo entre los dedos, haciendo salir y entrar la punta cada vez que pasaba por su pulgar, y luego se aclaró la garganta.

—¿Qué está pasando?

—No lo sé —dijo Kay.

—¿Cuánto tardará?

—¿Tiene que estar en otro lugar?

El hombre guardó silencio.

Eli cruzó los brazos sobre el pecho, se hundió en su silla y cerró los ojos, luego balanceó la cabeza de lado a lado.

Una vez más, Kay luchaba contra el deseo de mirar su reloj y obligaba a su corazón a latir más despacio. Algo no iba bien, lo sentía.

Pasos en el pasillo precedieron la reaparición de Sharp.

Kay le echó un vistazo a la cara y se dio cuenta de lo que iba a suceder.

—Señor Matthews, gracias por su cooperación —dijo Sharp. Extendió la mano hacia la grabadora y presionó el botón de "stop".

Eli empujó su silla hacia atrás, se puso de pie, ignoró la

mano que su abogado le tendía para estrecharla y mantuvo la mirada baja hacia el suelo.

—Si quiere seguirme —dijo Sharp—. Lo liberaremos y le devolveremos sus pertenencias.

Esperó hasta que Eli estuviera en el pasillo con su abogado, y luego se volvió hacia Kay. —Quédate aquí.

Ella se hundió de nuevo en su asiento.

Desesperada por saber qué había sucedido durante los registros y por qué se había decidido dejar ir a Eli, se enfureció en silencio mientras pasaban los minutos.

Miró su reloj. Eli había estado con ellos menos de las treinta y seis horas que podían interrogarlo sin necesidad de solicitar una prórroga a un magistrado. Durante ese tiempo, no había ofrecido ninguna información. Aún no se le habían presentado cargos, pero seguramente los forenses habrían encontrado algo que lo vinculara con el secuestro y asesinato de Melanie Richards, ¿no? Y por la forma en que Matthews había esquivado cada una de las preguntas, ¿acaso Sharp no podía ver ahora que Guy Nelson debió haber tenido un cómplice, y que ese cómplice era Eli Matthews? ¿Por qué lo había dejado ir antes de que expiraran sus treinta y seis horas asignadas?

Después de un rato, oyó que alguien se acercaba a la sala de interrogatorios y levantó la vista cuando Sharp regresó.

Empujó la puerta hasta que quedó casi cerrada, luego se volvió hacia ella y metió las manos en los bolsillos.

—No encontraron nada —dijo.

—¿Qué? ¿Por qué no? —Kay se puso de pie, con el corazón acelerado—. Encontraron la furgoneta, ¿verdad?

Sharp asintió. —Sí. Encontraron la furgoneta. —Se desabrochó la chaqueta y tiró de su corbata para aflojarla—. Había sido limpiada con lejía.

—Igual que el buzón.

Él negó con la cabeza, sus ojos estaban cansados. —Pero desafortunadamente eso no necesariamente prueba un vínculo entre él y el secuestro o asesinato de Melanie. —Suspiró y se apoyó contra la pared—. Tanto el exterior como el interior de la furgoneta habían sido limpiados. Nada en la parte trasera. Nada que vincule a Eli Matthews con Melanie Richards o Guy Nelson en el garaje cerrado o en la casa que comparte con su madre.

—No puede ser tan bueno.

—No estábamos llegando a ninguna parte con él, Hunter, y no hay forma de que consigamos una prórroga de un magistrado basándonos en nuestros intentos hasta ahora. ¿Cuánto tiempo llevamos interrogándolo? Tal vez sea inocente. ¿Has pensado en eso?

Su boca se abrió. —No creerás eso en serio.

Él se enderezó, sin apartar los ojos de los de ella. —Tenemos una confesión en forma de nota de suicidio de Guy Nelson.

Kay levantó las manos. —De alguien cuya propia muerte no mostró nada de la violencia o premeditación que hubo en el asesinato de Melanie Richards. —Caminó por la habitación —. Eli Matthews podría haber socializado con Guy Nelson en la barbacoa celebrada en el depósito de mensajería.

—Pero Nelson fue el que fue encontrado con el dinero del rescate. No Eli.

—Debe de haber adivinado que Bernard Coombs se pondría en contacto con la policía —argumentó Kay. Maldijo —. Mierda, ¿por qué no nos llamó de inmediato? Perdimos horas. Tiempo de sobra para que Eli limpiara el coche.

—Es demasiado circunstancial, y como dije, el Inspector Jefe Larch no autorizaría que nos acercáramos a un magistrado para retener a Matthews por más tiempo basándonos en las escasas pruebas que tenemos.

—Siguen buscando, ¿verdad? —dijo ella—. Por favor, dime que los forenses no se han rendido tan fácilmente.

Sharp exhaló. —La furgoneta está en el depósito. La trajeron de vuelta con el pretexto de limpiarla. El depósito está cerrado al público los domingos. —Levantó la mano para evitar que lo interrumpiera—. Le he dicho a Harriet que tiene hasta mañana por la mañana, o la dejaré ir.

—Gracias —murmuró ella, y luego giró sobre sus talones cuando la puerta se abrió de golpe.

El Inspector Jefe Larch entró furioso en la habitación. —Están ambos aquí. Bien —miró con furia a Kay, luego a Sharp—. Bueno, eso fue un desastre absoluto, ¿no?

No esperó una respuesta, y en su lugar apuntó con el dedo a Kay. —¿Te das cuenta de que tu *corazonada* puso bajo sospecha a un hombre inocente y nos costó dos equipos forenses persiguiendo fantasmas en busca de cero evidencias?

Se apartó de Kay y dirigió su mirada furiosa a Sharp. —Te dije que debería haber sido despedida. Es una maldita vergüenza.

Sharp levantó las manos para apaciguar al otro hombre. —Fue mi decisión traer a Eli Matthews para interrogarlo y registrar su propiedad —dijo—. Desde una perspectiva de debida diligencia y procedimentalmente, tiene sentido verificar todas las líneas de investigación —sus ojos se endurecieron—. Y con todo respeto, Angus, si uno de mis oficiales necesita ser disciplinado, me encargaré yo mismo.

El Inspector Jefe Larch resopló, abrió la puerta de un tirón y luego se giró para enfrentarlos, con la cara enrojecida de ira.

—Yo tendría mucho cuidado si fuera tú, Sharp —dijo, apenas manteniendo su voz bajo control—. Odiaría ver que arriesgas tu carrera para salvar la de ella.

CAPÍTULO 49

Kay apoyó las manos en el borde del fregadero y miró por la ventana hacia el jardín empapado.

El sendero que iba desde la puerta trasera hasta el cobertizo, que albergaba poco más que un cortacésped, se había convertido en un lodazal. Los riachuelos de agua que habían escapado de las canaletas ahora corrían por el patio y bajo la valla hacia el jardín vecino.

Bajó las persianas.

Un retumbo de trueno sonó a un par de kilómetros de distancia y las luces parpadearon.

Su mirada se posó en la urna de cristal de Sid y se estremeció. Luego, entró en acción y sacó velas y cerillas del cajón inferior que ella y Adam reservaban para suministros de emergencia: un surtido de pilas, las velas y una caja de cerillas.

Kay sacó un viejo candelabro de otro armario, llevó los suministros a la sala de estar y lo dispuso todo sobre la mesa de café antes de recuperar la copa de vino que había dejado allí.

Con suerte, se librarían de lo peor de la tormenta, pero con la cantidad de lluvia que había caído, muchos lugares empezarían a inundarse.

No envidiaba a sus colegas uniformados que tenían que trabajar esta noche.

Alzó la vista al oír el sonido de una llave en la puerta principal, y luego Adam se asomó a la sala de estar.

—Estás en casa —sonrió—. Voy a darme una ducha y luego me uniré a ti para tomar una de esas —dijo, señalando la copa de vino.

—Te veo en un rato.

Se hundió en el sofá y presionó el botón de silencio del control remoto.

La pantalla quedó en silencio, el presentador del programa de renovación de casas reducido a una mímica silenciosa mientras mostraba a una pareja de cincuentones un granero en ruinas.

Dio un sorbo a su vino, luego se inclinó hacia adelante y colocó la copa en la mesa baja frente al sofá antes de frotarse los ojos.

Bajó la mano e intentó ignorar la sensación de escozor en las comisuras de los párpados.

Sabía que era solo la miríada de emociones que atormentaban su mente últimamente, pero saberlo no ayudaba.

A pesar de los mejores esfuerzos de Sharp, parecía que cada una de sus acciones estaba siendo juzgada, sopesada y considerada, como si ya no se pudiera confiar en ella.

Luego, estaba Eli Matthews.

No podía dejarlo estar.

Se dio cuenta de que tenía la mandíbula apretada y se obligó a intentar relajarse.

El hombre era culpable, estaba segura de eso. Sabía algo sobre la desaparición y el asesinato de Melanie.

Sin embargo, los había engañado a ella y a Sharp. Sus gestos parecían ensayados, como si esperara plenamente ser arrestado y lo hubiera practicado.

Y había sido demasiado bueno para ellos.

Dejó escapar un gemido. Sus afirmaciones sobre su culpabilidad no se veían respaldadas por el hecho de que no se había encontrado nada en el garaje alquilado ni en la casa de su madre.

La frustración la abrumó, las últimas palabras del Inspector Jefe Larch dando vueltas y vueltas en su cabeza.

Había tenido momentos de duda sobre sus habilidades antes — era natural en su línea de trabajo, especialmente con un caso que no era sencillo, pero esto era diferente.

Ahora, sentía como si la estuvieran señalando, preparándola. Pero ¿para qué?

¿Y por qué?

Sabía que tendría que luchar para volver después de la vergüenza de la investigación de Estándares Profesionales, pero ahora se sentía ingenua: había subestimado completamente el efecto que tendría en su integridad, a pesar de haber sido absuelta de cualquier delito.

Resopló. Si eso no fuera suficiente, su solicitud para convertirse en inspectora detective probablemente estaba ahora en el fondo de la pila.

O en la trituradora.

Se recostó y se limpió las mejillas cuando Adam apareció.

Se detuvo en la puerta. —Hola.

—Hola.

Sacó un pañuelo de papel de la caja en la mesa de café y se sonó la nariz mientras él se sentaba a su lado.

Él se acercó y le apretó la pierna. —¿Día de mierda?

—Sí.

—Pasa.

—Lo sé. —Se acurrucó en sus brazos—. Sigue siendo una mierda.

—¿Qué dijo Sharp?

Adam había conocido a Sharp en algunas funciones sociales, a menudo intercambiando historias sobre pintas de cerveza real en el pub local frecuentado por la policía.

—Me preocupa más lo que le harán a él si sigue intentando protegerme —dijo Kay.

Adam se rio y le besó la parte superior de la cabeza. —Él puede cuidarse solo. —Se alejó hasta que sus ojos se encontraron con los de ella—. Por eso cree en ti. Tengo la impresión de que no lo haría de otra manera.

Kay se mordió el labio.

Adam tenía razón, por supuesto. Había estado tan sorprendido como ella por las acusaciones, pero confiaba en ella. Confiaba en su integridad.

Extendió la mano y apretó la de él. —Gracias.

—¿Por qué?

—Por hacerme sentir mejor.

—¿En serio? Yo solo estaba aquí preguntándome dónde está mi cena. Me muero de hambre.

Ella le dio un manotazo en el brazo. —Vamos. Prepararé algo.

Cogió su copa de vino y lo siguió hasta la cocina.

Pronto, los aromas de cebolla fresca y ajo chisporroteando en una sartén llenaron la habitación.

Kay señaló con su bebida el terrario de cristal de la serpiente sobre la encimera. —¿Cuánto tiempo más estará con nosotros?

Adam se volvió desde la estufa. —Unos días más. —Sonrió—. Es bueno. Parece que se está recuperando, ciertamente está recuperando el apetito.

Kay se estremeció y levantó la mano. —Demasiada información.

CAPÍTULO 50

Eli estaba de pie con las manos entrelazadas sobre la cabeza, los pies separados a la altura de las caderas, mirando fijamente el espacio vacío del garaje.

En el momento en que el sargento de custodia lo liberó, le informaron que los investigadores de la escena del crimen se habían llevado su furgoneta y que podría recogerla al mediodía del día siguiente.

—¿Mañana?

Había intentado mantener la calma en su voz, pero el oficial uniformado que estaba junto al enfriador de agua había alzado una ceja en su dirección, y Eli había levantado una mano para apaciguarlo antes de bajar la voz.

—¿Por qué?

—Bueno, señor, como puede entender, en este momento no hay nadie para firmar el papeleo de liberación, y con las investigaciones forenses a menudo hay que hacer una limpieza residual para asegurar que su vehículo le sea devuelto tal como lo encontramos —dijo el sargento.

Los ojos de Eli se entrecerraron al ver el destello de alegría que cruzó el rostro del hombre.

—¿Limpieza residual?

—Sí, señor. Así que, si quiere ir al centro de recuperación de vehículos a partir de las once de mañana, su vehículo debería estar listo para ser recogido.

Eli resistió el impulso de arrebatarle el papeleo al sargento de custodia y, en su lugar, se abrió paso empujando a un hombre corpulento con tatuajes que estaba detrás de él en la fila y se apresuró a salir por la puerta.

Eli extendió la mano y tiró de una cuerda junto al marco de la puerta, y una sola bombilla colgada de un delgado cordón en el techo parpadeó hasta encenderse.

Inspeccionó el espacio frente a él.

Su espacio. *Sus* cosas.

Que *ellos* habían tocado.

Sabía que tenían que usar guantes, pero eso no ayudaba a aliviar la sensación de violación que le hacía estremecerse.

Eli pasó la mano por el banco de trabajo. La fina capa de polvo había sido alterada por el equipo de búsqueda policial, y sus dedos siguieron la estela dejada por otros.

Se detuvo y se quedó mirando al vacío por un momento, con todos sus sentidos alerta.

Entonces lo comprendió.

¿Dónde estaban las placas de matrícula?

Las había quitado la tarde en que se enteró de que Neil Abrahams había sido llevado para interrogatorio, cuando se dio cuenta de que ya no le servían.

Frunció el ceño, y luego su mano salió disparada y abrió de golpe los cajones de plástico en la parte trasera del banco.

Sus cosas habían desaparecido.

Intentó tragar, pero su lengua raspaba el interior de una boca seca.

Su teléfono móvil sonó estridentemente desde el bolsillo trasero, interrumpiendo sus pensamientos.

Solo había una persona que tenía el número.

Se alejó tambaleándose del banco, con la mano buscando torpemente el móvil antes de que dejara de sonar.

—¿Hola?

Se estremeció ante la ira en la voz del hombre, pero estuvo de acuerdo con todo lo que dijo.

Finalmente, misericordiosamente, el interlocutor colgó, y Eli volvió a guardar el móvil en su bolsillo trasero.

Con las manos temblorosas, se estrujó el cerebro e intentó pensar qué hacer a continuación.

Se le contrajo la garganta y luchó contra el impulso de llorar. No había llorado en varios años y no iba a empezar ahora.

En su lugar, apretó los puños hasta que las lágrimas se convirtieron en frustración, y luego en ira.

Ni siquiera su madre sabía sobre el garaje alquilado, aunque sin duda lo sabría ahora. La detective que lo había interrogado le informó que la casa de su madre también estaba siendo registrada al mismo tiempo que el garaje.

Agitó la mano para espantar una mosca azul errante que zumbaba demasiado cerca, y contempló sus opciones.

Tendría que encontrar otro vehículo, y rápido. Los efectos de las drogas ya habrían pasado y no obtendría el resultado deseado.

Su ciclomotor no servía, estaría encerrado detrás de la puerta de seguridad del depósito de mensajería a estas alturas, y no podía llegar al edificio donde había escondido a la chica usando transporte público; un taxi estaba descartado.

Era simplemente demasiado arriesgado.

Un dolor atravesó la palma de su mano, y bajó la mirada para ver que sus uñas se habían clavado en la piel, dejando marcas en forma de medialuna.

No tenía suficiente dinero para comprar otra furgoneta.

En cualquier caso, en el momento en que se presentara cualquier papeleo para transferir el vehículo a su nombre, probablemente se informaría a la policía.

Gimió.

Ella estaba *allí*, esperándolo.

Estaba a solo unas pocas millas de distancia, pero podría haber sido otro país; sin un vehículo para volver allí, sin la insulina, no sucedería. No sería perfecto.

Tenía que llegar allí, de alguna manera.

Caminó de un lado a otro, se dirigió a la encimera que había construido a lo largo de una de las paredes estrechas. Los frascos polvorientos llenos de clavos y tornillos viejos tintinearon mientras sacaba los cajones de abajo uno por uno, su estado de ánimo oscureciéndose mientras hurgaba en el contenido, tratando de averiguar si quedaba algo.

No lo creía. El hombre que lo había llamado había sido minucioso. De lo contrario, la detective, la sargento Hunter, no lo habría dejado ir.

Eli cerró de golpe el último cajón, sus ojos recorriendo el cable de extensión eléctrica que colgaba de un clavo que había clavado en la pared. Pasó la mano sobre él y luego se apartó.

Tragó saliva cuando se le ocurrió una idea.

Su madre tenía un vehículo. Cierto, era un coche pequeño, pero serviría.

Y estaba a su nombre, así que no lo detendrían los policías si pasaba junto a ellos. Sabían que no tendría un vehículo hasta el mediodía del día siguiente como mínimo.

No había otra opción. Tendría que caminar hasta la casa de su madre por la mañana, temprano, antes de que ella se despertara, luego recoger sus escasas pertenencias de allí y llevarse su coche.

Se le contrajo dolorosamente el estómago ante la idea de tener que volver a la casa y enfrentarse a ella.

Por ahora, intentaría improvisar una cama y dormir unas horas. Estaba demasiado agotado, y la policía podría estar vigilando.

Esperaría hasta la mañana.

Tal como estaban las cosas, tendría que encontrar otro lugar para guardar la furgoneta cuando la recuperara. Ya no tendría privacidad de los otros propietarios en el bloque de garajes ahora que la policía había estado allí. Para empezar, querrían saber por qué había sucedido, y luego se preguntarían si volvería a ocurrir.

Se pasó una mano por los ojos cansados.

No, tendría que vender la furgoneta, o deshacerse de ella, y encontrar un nuevo lugar donde establecerse.

Suspiró y se dirigió a través del hormigón desnudo hacia las cajas que se alineaban en la pared del fondo. Pasó la mano por la tapa de la más cercana y luego la abrió; el sonido rasposo de las solapas de cartón al separarse le hizo estremecerse.

Miró dentro.

Aunque el contenido había sido empaquetado nuevamente con cuidado, ya no era lo mismo

Le habían destrozado la vida.

Cogió la caja y la arrojó al otro lado del garaje, el contenido desparramándose por el suelo manchado de aceite.

CAPÍTULO 51

La cabeza de Emma se inclinó hacia adelante una vez, despertándola de golpe.

Parpadeó, confundida por un momento por el entorno desconocido, y entonces recordó.

Ahogó un sollozo y se preguntó cómo había podido quedarse dormida.

El agotamiento invadió su cuerpo, y se dio cuenta de que el miedo que había impregnado cada célula de su ser también había drenado su energía.

Levantó la cabeza y entrecerró los ojos para mirar las ataduras que aún mantenían sus manos por encima de su cabeza. Su esmalte de uñas rosa brillaba bajo el haz de la lámpara, mientras la piel de sus manos y muñecas mostraba una palidez mortal por la falta de circulación.

La mordaza de tela le lastimaba los lados de la boca donde su captor la había atado demasiado fuerte, y el sabor metálico de la sangre le llenaba la garganta.

Se preguntó qué hora sería, si era de día o de noche, y cuánto tiempo había pasado desde que había perdido el conocimiento.

Sin embargo, se dio cuenta de que algo había cambiado en ella.

Ya fuera por el sueño agotador o porque los efectos de las drogas que el hombre había usado para dejarla inconsciente cuando la secuestró se habían disipado, pero se sentía extrañamente renovada.

Su visión se había aclarado, cada detalle a su alrededor era más nítido, y su memoria había vuelto.

Conocía a su atacante.

Sabía quién había matado a Melanie.

Emma contuvo un grito. La luz roja de la cámara parpadeaba sobre el lente, y estaba decidida a no darle el placer de ver su miedo.

Se estremeció al darse cuenta de que su corazón ya no latía dolorosamente en su cuerpo y que su temperatura había bajado. Frunció el ceño, ¿era eso efecto de haber sido noqueada o algo más?

Sus pies chapoteaban en el agua fría que cubría el suelo del túnel, y frunció el ceño, confundida cuando la sensación del agua lamiendo sus pantorrillas llegó a su cerebro.

Miró hacia abajo.

El agua que antes cubría sus pies había subido.

Gritó, el sonido amortiguado por la mordaza, y levantó los ojos hacia el poste blanco fijado en la pared opuesta, comprendiendo entonces su significado.

Las líneas eran marcas antiguas, en pies en lugar de metros, de los niveles de agua registrados en el túnel a lo largo de los años.

Y el nivel del agua había subido desde que la habían traído aquí por primera vez.

Entonces se dio cuenta de dónde estaba parada.

Una alcantarilla de desagüe.

No simplemente un túnel bajo un edificio, sino un desagüe.

Intentó concentrarse en calmar su respiración y aguzó el oído para escuchar el familiar correr del agua más adelante en el túnel a su izquierda.

Estaba lloviendo cuando él la agarró, un diluvio fuerte y constante que ya estaba haciendo que los desagües pluviales a los lados de la carretera se desbordaran.

¿Cuánto tiempo había llovido?

¿Seguía lloviendo?

Gimió y dirigió su atención al tubo de acero al que había sido atada. Atornillada a la pared junto a él había una vieja escalera de hierro. Levantó la cabeza una vez más e intentó ver hasta dónde llegaba la escalera.

Había varios peldaños por encima de ella, pero a medida que sus ojos se adaptaban lejos de la luz tenue de la lámpara, creyó ver dónde terminaba. Parecía haber una tapa metálica en la parte superior, pero un destello de luz pálida la rodeaba, y supuso que era una tapa de alcantarilla.

Apretó los dientes y tiró de la cuerda que pasaba por los peldaños y alrededor de sus muñecas.

No se movió.

Intentó inclinar su peso lejos de la escalera, pero luego gritó cuando la tensión en sus hombros se volvió insoportable.

Un débil *plop* sonó desde la oscuridad y contuvo la respiración.

Algo chilló.

El haz de la lámpara de camping vaciló, la bombilla se atenuó antes de volver a su color amarillo enfermizo. Al mismo tiempo, una rata grande avanzó nadando desde su izquierda, montando la corriente de agua.

Su nariz se movió mientras se acercaba, y luego, para

horror de Emma, cambió de rumbo y cruzó la corriente hacia donde ella estaba parada, indefensa, mientras sus patas delanteras arañaban su pierna desnuda.

Gritó y pateó.

La mordaza se le metía en la boca con cada respiración, y tosió, sus músculos del pecho contrayéndose mientras trataba de forzar el aire a través de sus fosas nasales y hacia sus pulmones.

El hedor de vegetación podrida (y algo peor) inundó sus sentidos, y luchó contra el impulso de vomitar.

La rata se alejó nadando con fuerza, asustada por su movimiento, y ella la observó, con la respiración laboriosa, mientras su estela desaparecía a lo largo de la alcantarilla.

Sus ojos volvieron a fijarse en el nivel del agua.

Al principio, trató de convencerse de que el agua que la lamía era simplemente causada por el movimiento de su patada a la rata. Su inquietud aumentó a medida que pasaban los minutos y se dio cuenta de que el agua subía más rápido.

Se le estaba acabando el tiempo.

CAPÍTULO 52

Cuando Eli llegó a la casa de su madre, estaba empapado hasta los huesos.

Su delgada camiseta se pegaba a su espalda y pecho, y se echó el pelo hacia atrás para evitar que el agua le corriera por los ojos.

Tenía que conseguir las llaves del coche de su madre.

Había pasado las últimas horas acampado en el garaje de alquiler, sumido en pensamientos paranoicos.

¿Y si la policía había encontrado algo y lo habían dejado ir para ver a dónde iba?

¿Cómo iba a explicarse ante quien más importaba en todo esto?

¿Le permitirían conservar su colección de cosas? ¿Se las devolverían?

Miró por encima del hombro, sus ojos recorriendo los coches y casas vecinas.

Nadie lo seguía.

De hecho, la calle estaba desierta y, a pesar de estar frío y mojado, Eli pensó que al menos el clima había facilitado su tarea.

Ahora tenía que volver con la chica, y rápido, antes de que se pasaran los efectos de las drogas.

Cerró de golpe la puerta del jardín y subió pisando fuerte por el camino hacia la puerta principal. Riachuelos de agua fangosa corrían desde las macetas desbordadas junto al escalón, y pasaban a su lado hacia la calle, el sonido del agua brotando del canalón roto sobre la ventana de la sala llegó a él mientras insertaba la llave en la cerradura.

La puerta se abrió antes de que pudiera girar el pomo, y su madre se asomó por la rendija, sus ojos parpadeando sobre la calle detrás de él, antes de que su mirada furiosa lo encontrara.

—La policía estuvo aquí —dijo, y agarró su camiseta.

Abrió la puerta de golpe y lo arrastró adentro.

Tropezó al cruzar el umbral antes de que la puerta se cerrara con tanta fuerza que la ventana de arriba tembló en su marco.

Eli podía oler el alcohol en su aliento y se tambaleó hacia atrás por el estrecho pasillo. Extendió la mano y se agarró a la barandilla de la escalera para recuperar el equilibrio.

Había olvidado lo fuerte que podía ser cuando estaba ebria.

Dos años lejos de ella habían adormecido los recuerdos, aunque el dolor en su brazo izquierdo, donde se lo había fracturado al empujarlo por las escaleras en un ataque de ira cuando tenía ocho años, aún dolía en el clima frío.

Solo había regresado porque había tenido que hacerlo, después del incidente en Suffolk. Había tenido suerte de evitar el escrutinio policial entonces, y no tenía otro lugar adonde ir. Volver aquí se suponía que sería temporal, una oportunidad para hacer balance, reinventarse antes de seguir adelante. Frunció el ceño, preguntándose cómo había pasado por alto las señales y se había vuelto complaciente con sus estados de ánimo.

—¿Me estás frunciendo el ceño? —balbuceó.

Su mano salió disparada y le dio una bofetada en la mejilla derecha.

Los ojos de Eli se humedecieron por el golpe.

Su agarre en su camiseta se relajó, y él se encogió, giró su cuerpo lejos de ella y se frotó la cara.

—No —murmuró.

—¿Por qué estuvo aquí la policía?

—No lo sé.

—Mentira —escupió.

Aunque él era una cabeza más alto que ella, ella era de complexión robusta en comparación con su delgado cuerpo, y había usado su ventaja de peso para golpearlo durante toda su infancia.

Confiaba tanto en el abuso verbal como en el físico, menospreciándolo regularmente, desgastándolo hasta que creía cada palabra cruel que escapaba de sus labios. A menudo, sin embargo, sus puños lo atacaban.

Se había sentido impotente hasta la primera vez que había estado merodeando con un grupo de chicos después de la escuela cuando tenía dieciséis años, los restos de los chicos con los que nadie más quería juntarse, y aun así él estaba en el fondo del orden jerárquico. Se habían animado a asaltar a una anciana en un callejón cerca de Wheeler Street, y Eli sintió el primer rubor de emoción cuando el líder del grupo desafió al más joven a ir primero.

La mirada de terror que cruzó el rostro de la mujer había llenado a Eli con una oleada de adrenalina y lujuria, y de repente había entendido por qué su madre era como era.

Poder.

Su madre lo empujó con fuerza suficiente para enviarlo al suelo.

—No escuchaste ni una palabra de lo que dije, ¿verdad?

Gritó cuando una patada bien dirigida alcanzó su espinilla izquierda.

—¡Levántate!

Su madre se volvió hacia la pequeña mesa contra la pared del pasillo, su mano rozando el teléfono antes de darse la vuelta y levantar una tarjeta de visita. —Agente Carys Miles —dijo—. Dijo que tenía autorización para registrar la casa. *Mi* casa.

—Lo siento.

—¿Lo sientes? —Avanzó hacia él, sus ojos ardiendo—. ¿Lo sientes? ¿Tienes idea de lo que dirán los vecinos?

Eli se encogió de hombros. Los vecinos nunca les hablaban, así que no sabía qué decir.

Su madre le clavó un dedo regordete en el tejido blando junto a su clavícula, lo suficientemente fuerte como para dejar otro moretón. —Dejaron un desastre. Por *tu* culpa.

Eli desconectó mientras ella lo reprendía por ser inútil, una vergüenza, todas las cosas que usualmente sacaba a relucir, y dejó que las palabras lo bañaran.

Una furia creció dentro de su pecho, y su visión se nubló por un momento.

Y entonces arremetió.

No pudo recordar después si ella había gritado antes de que su cabeza se echara hacia atrás por el golpe, pero siempre recordaría el crujido cuando su cráneo golpeó la barandilla de la escalera una fracción de segundo antes de que su cuerpo inerte se desplomara sobre la alfombra raída.

Se quedó de pie un momento mientras la sangre le subía a la cabeza. Su pecho se agitaba con cada respiración.

—Mierda.

Se agachó, giró su cuerpo hacia él con esfuerzo, y luego retrocedió al ver la abolladura en su cabeza detrás de la oreja. Un hilo de sangre corría de su nariz y goteaba sobre su zapato.

Eli la apartó, se puso de pie y subió las escaleras de dos en dos.

Contuvo la respiración al entrar en su dormitorio; el hedor a orina y vómito era demasiado para soportar.

Ella limpiaba cada vez, por supuesto, pero con los años, el hedor se había impregnado a todo, y le revolvía el estómago.

Se agachó y alcanzó debajo de la cama, luego sacó su bolso y rebuscó entre los pequeños frascos que ella guardaba en un viejo estuche de maquillaje.

Sacó dos y se los metió en los bolsillos, luego cogió más, por si acaso.

Se enderezó, bajó las escaleras corriendo, pasó por encima del cuerpo de ella y se apresuró hacia la cocina. Las llaves del coche colgaban de un gancho color cobre junto a la puerta interior que daba al garaje individual, y las cogió al pasar.

El pequeño utilitario oxidado estaba en la oscuridad, y se preguntó cuándo habría sido la última vez que ella estuvo lo suficientemente sobria para conducir, y si quedaba algo de gasolina.

Pasó junto al espejo saliente hasta la puerta del garaje y la abrió con fuerza, corrió hasta el final del camino de entrada y abrió de par en par las dos puertas metálicas.

De vuelta al vehículo, insertó la primera llave para abrir la puerta del conductor, luego metió la segunda en el encendido y la giró.

El motor tosió y luego se apagó.

Eli maldijo, y entonces recordó que el viejo coche tenía

un estrangulador manual. Tiró de la palanca hasta la mitad e intentó de nuevo.

El vehículo cobró vida con un ronroneo y lo puso en marcha atrás.

Salió disparado del garaje y Eli aflojó el acelerador. Lo último que quería era llamar más la atención sobre la casa de lo que ya lo habían hecho los policías.

Eli sacó el coche a la calle, lo dejó en marcha mientras volvía corriendo al camino de entrada y cerraba la puerta del garaje.

Mientras regresaba al coche, una cortina se movió en la ventana delantera de la casa de enfrente, y el hombre que vivía allí se asomó.

Eli apretó los dientes antes de levantar la mano en señal de saludo, luego subió al coche y se alejó a toda velocidad.

Necesitaba llegar al trabajo.

CAPÍTULO 53

Kay tamborileaba con su bolígrafo sobre el escritorio, sus ojos recorriendo los informes de la investigación.

No admitiría sentirse desesperada, no frente a su equipo, pero Eli Matthews había estado nublando sus pensamientos desde que lo había escuchado por primera vez en la sala de interrogatorios.

El hombre era un depravado, y no tenía dudas sobre su inteligencia o astucia.

Durante la entrevista, se había mostrado demasiado seguro de sí mismo, demasiado cómodo. La única vez que lo había visto flaquear fue cuando Sharp anunció que habían obtenido las autorizaciones de registro.

Eli se había recuperado rápidamente, pero ella notó cómo un destello de duda nublaba sus ojos. Solo por un segundo, pero lo vio claramente.

La frustración podía causar errores, así que la embotellaba y se forzaba a seguir leyendo.

Una humeante taza de café apareció frente a ella.

—Pensé que podrías necesitar esto —dijo Barnes.

—Gracias, Ian.

Se reclinó en su silla y envolvió sus dedos alrededor de la superficie cerámica, sus ojos desviándose hacia la lluvia que golpeaba las ventanas de la sala de incidentes.

—¿En qué estás pensando?

Suspiró. —¿Qué se me ha escapado, Ian? —Levantó una mano y contó con los dedos—. Tiene una furgoneta que fue vista tarde en la noche sin explicación de lo que hacía allí; es un vehículo que es una vieja furgoneta de mensajería, idéntica a la que aparece en las imágenes de videovigilancia; no tiene una coartada sólida para su paradero esa noche, y aun así eso no es suficiente para detenerlo.

—Necesitamos más, Oficial —dijo Barnes. Se posó en su escritorio y sorbió su propia bebida—. Debe haber cometido un error en alguna parte.

—Pero el trastero estaba limpio, al igual que la casa.

—Tal vez tenga otro lugar —dijo Barnes.

Kay dejó su taza de café. —No me voy a rendir con él. Voy a rastrear a sus antiguos empleadores aquí en Maidstone. Averiguar por qué se fue y se mudó a Suffolk.'

—¿No te crees su historia de un cambio de aires, entonces? —dijo Barnes, con una mueca en la comisura de la boca.

—No, no me la creo —dijo Kay. Meneó el dedo hacia él —. Y tú tampoco.

Barnes se encogió de hombros. —Estamos agarrándonos a un clavo ardiendo. Se va a salir con la suya, ¿no?

—No si yo puedo evitarlo —dijo ella—. Se está volviendo descuidado. Eso significa que se está desesperando.

—¿Por otra dosis, crees?

Asintió. —Supongo que es un nombre tan bueno como cualquier otro, sí.

—¿Cuánto tiempo crees que tenemos antes de que secuestre a alguien más?

—No lo sé. Yo…

Se interrumpió cuando un agente uniformado asomó la cabeza por la puerta. —Perdón por interrumpir. Pensé que deberían saberlo: entró una llamada de emergencia de una señora Evans. Vecina de al lado de Beryl Matthews, la madre de Eli, hace media hora. Dijo que escuchó una fuerte discusión y se preocupó después de ver a Eli salir de la casa.

Kay saltó de su silla y se echó la chaqueta sobre los hombros. —¿Qué ha pasado?

—Los uniformados acudieron a la escena de inmediato. Han encontrado muerta a Beryl Matthews, y Eli ha desaparecido. El equipo forense está en camino.

—Gracias. —Se volvió hacia Barnes—. Vamos.

CAPÍTULO 54

Disfrutaba del silencio de su oficina, con la puerta cerrada por ahora.

Para empezar, podía concentrarse.

Sin interrupciones, podía trabajar durante horas, sin el bullicio del ruido de otras personas. Sin las constantes interrupciones.

No le importaban las largas horas que venían con su cargo; después de todo, un negocio exitoso necesitaba ser nutrido, alentado. Su posición traía consigo un nivel de responsabilidad que disfrutaba.

Era más que digno del cargo.

Recorrió con la mirada el papeleo que cubría la superficie del escritorio, y luego su mirada cayó sobre la computadora portátil empujada a un lado.

Pasó la lengua por su labio inferior.

Se había prometido terminar el papeleo antes de volver a mirar.

Un suspiro escapó de sus labios, y sintió la familiar tensión en sus pantalones.

Maldita sea, el papeleo podía esperar.

Se inclinó hacia adelante y acercó la computadora hacia él. Cerró el archivo frente a él, apartó los papeles y tocó una tecla dos veces para despertar la computadora.

¿Contraseña?

Tecleó una secuencia desordenada de símbolos, letras y números que no tenían sentido, y la portátil cobró vida.

Sus dedos trabajaron en el teclado hasta que se abrió el programa, y se recostó en su silla con un gemido.

¡Ella estaba despierta!

Extendió la mano y pasó un dedo por la pantalla, trazando su contorno.

La droga para violación en citas que Eli había usado se había desvanecido por completo, se dio cuenta, e intentó contener su emoción.

La chica (Emma, le había informado Eli) estaba mirando sus pies, y mientras sus ojos recorrían su cuerpo, dejó escapar una risa alegre.

El agua estaba subiendo, tal como Eli había predicho.

Observó cómo Emma luchaba contra sus ataduras, y por un momento se preguntó si escaparía.

Pero no.

Se relajó cuando ella se detuvo, la frustración nublando sus facciones.

No iría a ninguna parte.

Frunció el ceño y se acercó más a la imagen.

A pesar de sus esfuerzos, la chica no se quedaba sin aliento.

Tocó una tecla y acercó el lente a su piel.

La piel de gallina recorría sus brazos y piernas.

Se recostó en su silla, acentuando el surco en su frente.

Debería estar sudando, su pecho agitado por el esfuerzo, su ritmo cardíaco acelerado.

En cambio, parecía tener frío.

Observó cómo tomaba una respiración profunda, antes de tirar de sus ataduras una vez más, usando su peso para estirar la tela hasta sus límites.

Entonces se dio cuenta de lo que estaba mal.

—Mierda —murmuró.

Extendió la mano hacia su móvil y marcó un número.

CAPÍTULO 55

Kay se puso un mono y botines de plástico antes de cerrar su coche y seguir a Barnes por la puerta del jardín hasta la casa de Beryl Matthews.

Los vecinos se habían reunido en la calle; un pequeño grupo, todos de una generación mayor y, con alivio, Kay notó que no tenían teléfonos inteligentes para grabar a los investigadores en la escena del crimen.

Se había erigido una carpa blanca en la puerta principal, donde dos agentes uniformados estaban de pie, uno con una tablilla. Kay firmó por ella y Barnes, y luego cruzó el umbral hacia el pasillo de los Matthews.

Lucas levantó la mirada hacia ella desde su posición agachada en el suelo.

—Herida por trauma contundente en la parte posterior de la cabeza —dijo—. Dada la sangre y el tejido en la balaustrada de la escalera, diría que cayó sobre ella. La muerte fue instantánea.

—¿Cayó o la empujaron? —preguntó Kay.

Sus labios se apretaron.

—Se habría necesitado mucha fuerza para causar ese tipo de lesión.

Kay se volvió hacia Barnes.

—Envía una descripción de Eli a todos los uniformados. Es nuestro principal sospechoso en el asesinato de Beryl Matthews, y debe ser detenido lo antes posible.

Él asintió y sacó su teléfono. Se dio la vuelta para hablar con los agentes uniformados, y Kay volvió su atención al patólogo.

Lucas se levantó.

—El equipo de Harriet encontró viales de insulina en el bolso de la señora Matthews. Guardaba algunos de ellos en una vieja bolsa de maquillaje.

—¿Era diabética?

—Parece que sí. Obtendremos la confirmación de su médico de cabecera en su momento —dijo—, pero parece que faltan algunos. Encontramos cajas vacías en el cubo de basura del baño.

—¿Y no se notaron antes? —dijo Kay. Apartó la mirada de la mujer en el suelo—. Suena como si él estuviera saqueando sus suministros.

—Tal vez ella sospechaba que lo estaba haciendo e intentó esconderlos.

—Quizás.

—Te avisaré si encontramos algo más.

—Gracias.

Kay metió las manos enguantadas en los bolsillos y se movió hacia la puerta principal. Luego se quitó los botines y el mono.

Barnes terminó de hablar con los dos agentes uniformados bajo el refugio del porche, y uno de los agentes corrió hacia el coche patrulla estacionado en la acera, con su radio en los labios, mientras el otro mantenía su presencia en el escalón de la entrada.

Barnes la vio acercarse y se quitó el teléfono de la oreja.

—Hemos recibido un informe telefónico de un vecino que dijo haber escuchado gritos esta mañana temprano.

La mirada de Kay se desplazó hacia un hombre mayor que le hacía señas desde el otro lado de la calle, sosteniendo sobre su cabeza un gran paraguas con una conocida marca de golf estampada en su superficie, protegiéndolo de la constante llovizna.

—Creo que alguien quiere hablar con nosotros.

Guio a Barnes al otro lado de la calle a trote ligero, y el hombre les tendió la mano.

—Soy Felix Peters —dijo, y señaló con el pulgar por encima de su hombro—. Vivo allí.

Kay se presentó a ella misma y a Barnes.

—¿Había algo que quería decirnos, señor Peters?

Él asintió, sus ojos moviéndose hacia la carpa blanca y la gente que entraba y salía de la casa de los Matthews. Extendió el paraguas para ofrecerles algo de refugio a ambos.

—Lo vi. Hace unas horas. Se llevó el coche de su madre. —Frunció el ceño—. Ella nunca le deja conducirlo.

—¿Por qué no?

—Ella no le deja hacer nada, excepto ir a trabajar —dijo. Sus hombros se hundieron—. Es la bebida. Era peor cuando era niño. No podía protegerse, especialmente después de que su padre se fuera cuando Eli tenía solo cinco años.

Kay arqueó una ceja mirando a Barnes.

—¿La vio usted?

—Oh, sí —dijo Peters—. Había bajado corriendo por el camino de entrada para abrir las puertas. Sacó el coche marcha atrás, luego me saludó con la mano y se fue. —Se frotó la barbilla—. Me sorprende que arrancara. Deben hacer años desde que Beryl estaba en condiciones de conducir.

—¿Cuál es la marca y el modelo?

Peters se lo dijo, y se aseguró de darle a Barnes el número de matrícula dos veces, para estar seguro.

—Gracias, señor Peters, ha sido de gran ayuda —dijo Kay—. Nos pondremos en contacto con usted en los próximos días para tomar una declaración formal.

Él les gritó mientras se alejaban.

—¿Entonces está muerta?

Kay se detuvo y miró por encima de su hombro.

—Lo siento, señor Peters, pero no puedo hablar de eso…

—Buen viaje a esa zorra —dijo el anciano, y escupió en la cuneta antes de darse la vuelta.

—Parece que Beryl Matthews era todo un encanto —dijo Barnes.

—Sigue muerta —dijo Kay—, y Eli Matthews sigue siendo nuestro principal sospechoso.

Cuando llegaron al jardín de los Matthews y al cordón acordonado, puso una mano en el brazo de Barnes.

—Voy a hablar brevemente con Sharp para ponerlo al día —dijo—. Haz circular ese número de matrícula. Todas las patrullas deben informar inmediatamente de cualquier avistamiento y detener a Eli Matthews.

—Haré que Gavin se ocupe también de las cámaras de videovigilancia y el reconocimiento automático de matrículas.

—Bien. Haz esas llamadas y luego nos iremos.

Kay se dirigió a su coche, sus zapatos salpicando a través del agua en la cuneta antes de meterse detrás del volante y cerrar la puerta de golpe.

Sacó su móvil y marcó la marcación rápida, subiendo el

volumen para compensar el sonido de la lluvia repiqueteando en el techo.

Sharp contestó al segundo timbre.

—¿Kay?

—Tenemos los detalles del coche de su madre; según un vecino, Eli se fue en él. Estamos revisando las cámaras de videovigilancia, y todas las patrullas han recibido instrucciones de estar atentas y detenerlo bajo sospecha de la muerte de Beryl Matthews.

—¿Así que mata a su madre y se lleva su coche? Suena exagerado.

—La vecina, la señora Evans, nos dijo que Beryl Matthews era alcohólica, y una muy desagradable, además. Han vivido aquí desde que Eli era un niño —añadió, revisando las notas que había garabateado antes de dejar a Felix Peters—. Eli se fue, pero regresó hace diecisiete meses sin previo aviso. Coincide con su expediente laboral en el depósito. En menos de una semana, la vecina notó que tenía moretones en la cara y los brazos, aunque Eli intentaba ocultarlos con maquillaje.

—¿Su madre lo golpeaba?

—Aparentemente sí. Solía pegarle de niño cuando se emborrachaba, y parece que nunca dejó de hacerlo. Su padre se fue cuando él tenía cinco años y nunca regresó.

—¿Entonces, esto es legítima defensa?

Kay golpeó con el puño la ventanilla del coche mientras lo meditaba.

—No lo sé —dijo—. Tal vez esa fuera la intención, pero se necesitó mucha fuerza, mucha ira, para hacer que su cabeza se inclinara hacia atrás en el ángulo que Lucas cree que lo hizo. Los de la Científica encontraron viales de insulina escondidos en el bolso de Beryl. Parece que se ha usado parte porque hay cajas vacías en la basura.

Levantó la mirada cuando una sombra cruzó la ventana trasera, y luego Barnes abrió la puerta del copiloto antes de hacer una pausa para llevarse el teléfono al oído.

—Nos uniremos a la búsqueda —le dijo a Sharp—. Mantendremos contacto por radio, y te llamaré con una actualización tan pronto como tengamos algo que informar. Al menos una vez que lo tengamos bajo custodia, podremos intentar determinar de nuevo su implicación en el secuestro y la muerte de Melanie Richards.

Terminó la llamada y miró hacia Barnes, que abrió bruscamente la puerta del coche con el móvil apretado contra el pecho.

Tenía el rostro pálido.

—¿Qué pasa?

—Era Eli Matthews —dijo con voz temblorosa—. Tiene a mi hija. El muy cabrón se ha llevado a Emma.

CAPÍTULO 56

Kay dio un volantazo en la curva e ignoró el gruñido que emitió Barnes cuando su cabeza golpeó contra la ventanilla del coche.

—Llamaré a Sarah. A ver qué demonios está pasando.

—Espera… ¿qué? ¿Sarah Thomas es tu exesposa?

—Sí.

—Nunca mencionaste que tenías una hija, Ian.

Él resopló y marcó un número. —No ha querido saber nada de mí desde que me separé de su madre. Ni siquiera usa mi apellido.

—Pero yo entrevisté a Emma sobre Melanie Richards —dijo Kay, atónita—. Habría pensado que alguna de las dos me habría mencionado algo sobre ti, ¿no?

Barnes soltó una risa amarga. —Odia que yo sea detective. Las dos lo odian.

—Tampoco mencionaste nada en las reuniones sobre tu relación con ellas.

—No quería involucrarlas. Estaba tratando de protegerlas.

Kay maldijo por lo bajo. Ya habría tiempo para

recriminaciones más tarde, pero ahora su prioridad era encontrar a Emma.

—¿Cómo sabe él que es tu hija?

—Tenía una foto vieja mía de uniforme en su bolso. Debió de haberme visto en el depósito de mensajería y atar cabos.

—Mierda.

—¿Hola? —Barnes volvió su atención al móvil cuando su exesposa contestó—. ¿Por qué demonios no me dijiste que Emma había desaparecido?

Kay se mordió el labio y se concentró en maniobrar el coche a través del tráfico mientras escuchaba la parte de la conversación de Barnes.

—¿Cuándo? ¡Por el amor de Dios, Sarah, deberías habérmelo dicho! —Tomó una bocanada de aire—. Se la ha llevado, Sarah. El mismo hombre que se llevó a Melanie. ¡Se la ha llevado!

Terminó la llamada y arrojó el móvil al salpicadero, donde se deslizó hacia Kay.

Ella lo agarró antes de que pudiera caer y se lo devolvió. —¿Qué está pasando?

—Sarah y Vince se despertaron el jueves por la mañana y descubrieron que Emma no estaba —dijo, con la voz temblorosa—. Dejó una nota diciendo que había ido de fiesta con su amiga Tanya la noche anterior y que se quedaría en casa de los padres de su amiga el resto de la semana; que ya no aguantaba estar encerrada en casa. Dijo que volvería este fin de semana, antes de que tuviera que volver a la escuela. —Se detuvo, con el pecho agitado —. Emma y Tanya a menudo acampan en casa de la otra, así que Sarah no se preocupó demasiado. Dijo que pensó que probablemente le haría bien. Cuando Emma aún no había vuelto esta mañana, Sarah llamó a Tanya. No ha hablado con Emma desde el miércoles por la noche. Oh, Dios…

—¿El miércoles por la noche? ¿Su amiga no la reportó como desaparecida?

Barnes negó con la cabeza. —Al parecer tuvieron una pelea: Tanya se fue con su novio, dejando a Emma sola. Cuando llegó a casa el jueves por la mañana y Emma no estaba allí, pensó que estaba enfadada y se había ido a casa.

—¿Ninguna petición de rescate?

—Ninguna.

Kay frunció el ceño, y entonces lo entendió. —No ha tenido tiempo de llamarlos. Ha estado con nosotros.

Agarró la radio de su soporte en el salpicadero y se la llevó a los labios.

—Aquí la Oficial Hunter. No detengan, repito, no detengan a Eli Matthews. Mantengan la distancia si lo encuentran, pero no debe ser detenido hasta que yo lo diga.

Lanzó la radio a Barnes, quien la atrapó y la sostuvo entre sus manos, con los nudillos blancos.

—¿Qué dijo él?

—La tiene.

—Ya lo sé, Ian. Concéntrate. ¿Qué te dijo exactamente?

Lo oyó exhalar mientras ella reducía la velocidad para esquivar un semáforo en rojo, y pisó a fondo en cuanto pasó el cruce.

—Dijo: "si quieres volver a ver viva a tu hija, cancela la búsqueda. No le queda mucho tiempo". Eso fue todo.

—¿Sonidos de fondo?

—Estaba conduciendo. —Barnes frunció el ceño—. Se escuchó un claxon de fondo… un claxon de tren.

—Así que está en algún lugar cerca de una vía de tren.

—Eso no ayuda —reprochó—. Hay dos cerca de aquí.

—Podemos…

Su móvil la interrumpió. Señaló su bolso en el hueco de los pies junto al asiento del pasajero. —Cógelo.

Barnes se inclinó hacia adelante, abrió la cremallera y se llevó el teléfono al oído. —Ian Barnes.

Kay detuvo el vehículo en la puerta del aparcamiento de la comisaría y asintió al guardia de seguridad que la dejó pasar. Miró a Barnes y se dio cuenta de lo enfermo que parecía.

Terminó la llamada y la miró.

—Los uniformados no recibieron la llamada a tiempo. Han arrestado a Eli Matthews.

CAPÍTULO 57

La mente de Kay iba a mil por hora mientras ella y Barnes corrían hacia la entrada de la comisaría.

Sharp los recibió en la puerta. —¿Qué demonios está pasando?

—Eli Matthews asesinó a su madre —dijo Kay, mientras se apresuraban hacia la sala de incidentes—. Se dio a la fuga y emitimos una orden de arresto. Luego, Matthews llamó a Barnes para decirle que tenía a su hija, Emma Thomas, e insinuó que la lastimaría si Barnes no cancelaba la búsqueda. Dijo que a Emma se le estaba "acabando el tiempo".

Los ojos de Sharp se dirigieron al detective principal, que caminaba impaciente entre los escritorios con la mandíbula apretada. —¿Cómo se enteró de que Emma era la hija de Barnes?

Kay explicó lo de la fotografía. —Creo que tuvo suerte —dijo—, pero sabemos que él fue acosado por ella y Melanie Richards.

—¿Y?

—Para cuando dimos la instrucción de no arrestarlo, ya era tarde. Una patrulla de uniforme lo detuvo.

Se giraron al oír que la puerta lateral de la comisaría se abría de golpe, y apareció un policía uniformado escoltando a Eli Matthews. Un segundo oficial cerraba la marcha.

—Bastardo —gruñó Barnes, y se abalanzó sobre Matthews.

Los ojos del oficial se abrieron de par en par cuando Barnes lo embistió y lanzó un puñetazo a Matthews.

Eli se agachó, con las manos esposadas a la espalda y una sonrisa burlona en el rostro.

—¡Basta! —bramó Sharp.

Se acercó a zancadas hacia Barnes, que estaba listo para golpear de nuevo, y lo arrastró hacia atrás. —Suficiente, detective. Esto no ayuda.

Hizo un gesto a los dos oficiales uniformados. —Lleven a Matthews a la sala de detención. Ahora.

Asintieron y se llevaron al hombre.

—Vamos, Ian —dijo Kay. Puso una mano en su brazo—. Vamos. —Se volvió hacia Carys, que observaba con los ojos muy abiertos—. Llévalo de vuelta a la sala de incidentes. Quédense allí.

Se hizo a un lado para dejarlos pasar, su mirada captando la expresión en el rostro de Barnes.

El hombre no parecía enojado; parecía asustado, y de repente se dio cuenta de que eso era exactamente lo que Eli quería.

Barnes estaba aterrorizado.

Apartó ese pensamiento y se enfrentó a Sharp.

—Haremos que Matthews sea registrado y procesado lo antes posible —dijo en voz baja—. Lo interrogaré junto con el Inspector Jefe Larch. Haz que Carys coordine la búsqueda. Tú actúa como enlace entre observar el interrogatorio y ayudar a Carys. La encontraremos.

Ella asintió. —Señor.

Dios, eso espero, pensó, mientras corría de vuelta por el pasillo hacia la sala de incidentes.

Todo el equipo se había reunido, agrupándose alrededor de Barnes mientras Carys trataba de calmarlo.

—Muy bien, todos —llamó—. Suficiente. Tenemos trabajo que hacer.

Dirigió su atención a Debbie West. —Ve a hablar con los oficiales uniformados que arrestaron a Eli. Averigua dónde lo recogieron. Vuelve aquí lo más rápido que puedas.

Señaló el mapa en la pared mientras la joven agente salía disparada. —Espero que estuvieran cerca de donde tiene a Emma.

—Nunca la encontraremos a tiempo. —Barnes se tiraba del pelo, con una vena pulsando en su frente—. Va a morir, ¿no es así?

Kay apretó los labios. —Mira, Bernard Coombs dijo que encontró la furgoneta averiada de Eli aquí —dijo, tocando el alfiler azul que había sido clavado en el mapa. Trazó con el dedo la superficie—. Él prefiere lugares abandonados. Algún sitio donde no lo molesten. Donde no se escuche a Emma.

—Espera —dijo Carys—. Él dijo que se le está acabando el tiempo. No ha tenido la oportunidad de hacer nada elaborado como lo que hizo con Melanie; lo hemos mantenido ocupado.

La mirada de Kay se desvió hacia la lluvia que golpeaba la ventana, y luego de vuelta a Carys.

—Contacta con el ayuntamiento y las patrullas locales. Haz una lista de cualquier lugar abandonado en un radio de cinco kilómetros de donde Coombs vio a Eli y donde fue arrestado antes. Empezaremos por ahí.

Se volvió hacia Barnes, que parecía que sus rodillas iban a ceder en cualquier momento. —Ian, quedas formalmente apartado de esta investigación.

—Kay…

—Es una orden. Te mantendremos informado de todos los avances, pero tu implicación personal no va a ayudar en este momento.

Su mirada cayó al suelo. —Sí, Oficial.

———

Kay observaba el monitor y se mordisqueaba la esquina de una uña mientras Sharp guiaba a Eli hacia una de las sillas de plástico frente a donde estaba sentado el Inspector Jefe Larch, y esperaba mientras el abogado de oficio se afanaba con su abrigo y su maletín.

Una vez que se hubo instalado, Sharp tomó asiento, se inclinó, inició la grabación e hizo las presentaciones. Miró a Larch, quien asintió de manera imperceptible, y comenzó advirtiendo al sospechoso de sus derechos.

—¿Entiende?

Eli sonrió con suficiencia y no dijo nada.

El abogado de oficio se aclaró la garganta. —Señor Matthews, tiene que responder.

Eli se inclinó hacia adelante. —Sí. Entiendo.

—Gracias.

Kay observó cómo Sharp abría la carpeta manila frente a él que habían preparado. Sabía que no la necesitaba; conocía el contenido palabra por palabra, pero le ayudaría a controlar el ritmo del interrogatorio, y dado su encuentro anterior, sabían perfectamente que Eli entendía el juego que estaba a punto de desarrollarse. Lo último que podían hacer era mostrarse desesperados. Por eso Sharp había colocado a Eli y a su abogado en los asientos frente al reloj en la pared. No quería la tentación.

Juntó las manos sobre la página de apertura y levantó la mirada.

Los ojos de Eli se encontraron con los suyos, y por un momento, Kay creyó ver un destello de pánico.

Bien.

—¿Dónde está Emma Thomas?

—¿Quién es esa?

—Buen intento, Eli. —Sharp se encogió de hombros—. Muy bien. Hablemos de tu madre.

Pasó a la siguiente página. —El cuerpo de tu madre fue descubierto esta tarde, en la casa que compartes con ella —dijo—. Hubo una pelea en el pasillo. Fue empujada hacia atrás con tanta fuerza que su cabeza se estrelló contra la barandilla de la escalera. Murió al instante.

—La perra se lo merecía —dijo Eli.

Kay alzó una ceja mientras el abogado de oficio balbuceaba una réplica a su cliente.

—Oh, cállate —dijo Eli, volviéndose hacia él—. Solo siéntate ahí y cállate.

Kay contuvo la respiración.

Nunca lo admitiría ante nadie, pero Eli la inquietaba. No mostraba remordimiento alguno por la muerte de su madre, la había descartado prácticamente como un problema pasajero, y parecía totalmente centrado en provocarlos con el paradero de Emma.

Sharp y el Inspector Jefe Larch tendrían que ser implacables si querían encontrar a la chica.

—¿Por qué dejaste Suffolk, Eli?

Sharp mantuvo un tono mesurado, negándose a reaccionar ante el arrebato de Eli.

La cabeza de Eli giró bruscamente, interrumpiendo su diatriba contra el abogado de oficio a mitad de frase.

—¿Qué?

Sharp sonrió, con una expresión depredadora en su rostro.

—¿Qué pasó, Eli? ¿Cometiste un error? ¿Tuviste que huir?

Eli apretó la mandíbula.

—¿Dónde está Emma Thomas?

Eli sonrió y levantó la mirada hacia un punto por encima de la cabeza de Sharp.

—Ha estado lloviendo mucho últimamente, detectives —dijo, con una voz casi hipnótica—. Me imagino que los pies de Emma ya se estarán mojando, ¿no creen?

—¿Dónde está, Eli?

—¿Creen que el detective Barnes encontrará a su hija a tiempo? —continuó Eli, aparentemente ajeno a la pregunta—. ¿Cómo está su salud, detective? —Se reclinó y pasó la lengua por su labio superior—. ¿Qué creen que le hará cuando la encuentre ahogada, toda hinchada y azul?

Se echó hacia atrás y miró directamente al objetivo de la cámara.

En la sala de observación, Kay dio un respingo en su asiento.

Eli guiñó un ojo. —Tic tac, detectives. Tic tac.

CAPÍTULO 58

Kay apartó la mirada de la pantalla al oír que llamaban a la puerta.

Esta se abrió sin darle tiempo a responder, y Gavin Piper asomó la cabeza.

—¿Oficial?

—¿Qué tienes?

—Hemos recibido una llamada de Harriet —dijo—. Ha encontrado una huella dactilar parcial que coincide con la de Melanie, en la furgoneta que fue incautada en el garaje de almacenamiento.

—¿Dónde? —exhaló Kay.

—Sobre el paso de rueda en el interior de la furgoneta —explicó Gavin—. Harriet cree que Eli limpió cualquier rastro donde sus manos habrían estado cuando limpió la furgoneta, pero parece que pasó por alto el paso de rueda. Harriet no pudo confirmarlo hasta que tuvo los resultados.

—¿Cómo demonios consiguió los resultados tan rápido?

Kay frunció el ceño: la comparación de huellas dactilares normalmente tardaba semanas debido al retraso que solía tener el laboratorio, e incluso una solicitud urgente podía tardar cuarenta y ocho horas en procesarse. No podían permitirse retirar los cargos contra Eli por el asesinato de Melanie solo porque una investigadora forense impaciente decidiera saltarse los procedimientos.

—Al parecer, condujo hasta el campo de golf de Sutton Valence donde el técnico del laboratorio estaba jugando nueve hoyos —dijo Gavin—. Lo amenazó con todo tipo de cosas, pero consiguió que el tipo se metiera en su coche y condujera directamente al laboratorio. —Levantó una impresión de un correo electrónico—. La confirmación llegó un par de minutos antes de que te interrumpiera.

Kay le arrebató el papel de la mano extendida, sus ojos escaneando la página. —Buen trabajo, Harriet —murmuró. Se inclinó hacia adelante y pulsó un interruptor.

—¿Jefe? Una palabra urgente, por favor.

Sharp miró hacia la cámara en la sala de interrogatorios, luego se inclinó y terminó la grabación antes de salir apresuradamente de la habitación.

En cuestión de segundos, apareció en la puerta de la sala de observación.

—¿Cómo quieres proceder con esto? —dijo Kay, después de explicar lo que el equipo forense había encontrado.

—Lo acusaremos del secuestro y asesinato de Melanie —dijo Sharp—, eso lo conmocionará y revelará la ubicación de Emma. Podría pensar que reducirá su sentencia si nos ayuda ahora.

Giró sobre sus talones y puso la mano en el pomo de la puerta.

—Espera.

Miró por encima del hombro y levantó una ceja hacia Kay.

—No creo que mencionar esto ayude a Emma —dijo ella.

Se acercó y bajó la voz. —Eli Matthews se alimenta de asustar a la gente hasta la muerte. Melanie, Tony Richards,

Guy Nelson. Si entramos allí e intentamos que nos diga dónde está Emma, sabrá que estamos desesperados.

La mano de Sharp se apartó del pomo. —*Estamos* desesperados. Así que vas a tener que hacerlo mejor que eso.

Kay se pasó la mano por el pelo y caminó por el pasillo. —Eli hizo un comentario ahí dentro, justo ahora —dijo, y señaló la puerta—. Dijo "ha estado lloviendo mucho durante un tiempo", y luego dijo que Emma no tendría mucho tiempo. ¿Por qué?

—Dondequiera que esté, el agua está subiendo —dijo Gavin, dando un paso adelante—. Si es un desagüe o una alcantarilla, el agua de todas las carreteras de esa zona pasaría por ahí.

—Eso es —exclamó Kay. Se volvió hacia Sharp—. ¿Puedes retener a Eli mientras investigamos esto? —dijo, parpadeando—. Perdón, ¿jefe?

Él asintió. —Háganlo. Planos municipales de los desagües y alcantarillas en la zona donde se ha visto la furgoneta de Eli. Busquen tapas de acceso, conductos. Transmitan la información a los equipos que están allí. Rápido.

—Gracias. —Kay salió corriendo.

—¿Y Gavin?

Ambos se detuvieron y se giraron.

—Bien hecho —dijo Sharp—. Ahora, los dos. Vayan.

Kay subió las escaleras al siguiente piso de dos en dos, maldijo por lo bajo cuando su pie se enganchó en el último escalón, y recuperó el equilibrio antes de correr por el pasillo y entrar en la sala de incidentes.

Gavin llegó segundos después y se apresuró hacia su escritorio.

Kay puso al día a Carys. —Esos edificios abandonados, redúcelos a los que podrían tener grandes desagües o túneles. Algún lugar donde pueda mantenerla cerca del agua.

—El ayuntamiento tiene planos de las alcantarillas y desagües de esa zona en su portal web —dijo Gavin, tecleando una serie de letras y números en su teclado para acceder al sitio—. Espera, los mostraré en la pantalla de allí.

Kay caminaba de un lado a otro frente a la pared, el cuadrado blanco del haz del proyector burlándose de ella. Miró por encima del hombro cuando Barnes se unió a ella.

—¿Qué ha pasado?

Kay se tomó una fracción de segundo para decidir si contarle, y luego señaló con el pulgar hacia Gavin. —Eli hizo un comentario que nos hace pensar que la está manteniendo en algún lugar cerca del agua. Gavin descubrió que probablemente la está escondiendo en una alcantarilla o desagüe; tiene sentido —añadió—, dado que mantuvo a Melanie en un desagüe, pero esta vez está usando la naturaleza para llevar a cabo sus deseos.

Se estremeció cuando sus ojos se posaron en los tejados húmedos más allá de la ventana. —Si Emma está siendo retenida en un conducto o alcantarilla, el agua subirá rápidamente después de toda la lluvia que hemos tenido en las últimas cuarenta y ocho horas. Necesitamos encontrarla, y rápido.

—Aquí lo tienen —gritó Gavin.

El cuadrado blanco en la pared fue reemplazado por un mapa del suroeste de la ciudad, que mostraba el patrón entrecruzado de alcantarillas y desagües construidos a lo largo de los años.

—Aquí —dijo Carys—. Donde solían estar todos los molinos de papel, más allá de Tovil. Algunos fueron demolidos, otros están siendo remodelados.

Kay revisó sus notas. —Coincide con donde Coombs vio

la furgoneta de Eli, y está lo suficientemente cerca de donde fue arrestado. —Señaló a Gavin—. Haz que los equipos de búsqueda vayan allí. Ahora.

—En ello.

—Yo voy —dijo Barnes.

Kay se dio la vuelta. —¿Qué crees que estás haciendo?

—Voy a ir allí —dijo Barnes, tomando las llaves de su coche de su escritorio—. No puedo quedarme sentado aquí mientras la buscan. Necesito estar allí. —La señaló con el dedo—. En cuanto sepas algo más, me llamas, ¿me oyes?

CAPÍTULO 59

Emma tosió y frotó su cara contra su hombro una vez más.

El nivel del agua había alcanzado su pecho, con olas violentas lamiendo su cuerpo mientras las ataduras de sus muñecas permanecían intactas, a pesar de sus esfuerzos por aflojarlas.

Había cambiado de táctica hace un rato y había trabajado en la mordaza que le habían atado alrededor de la cabeza para cubrirle la boca. Si conseguía quitarse la mordaza, razonó que podría usar sus dientes para rasgar las ataduras de sus muñecas y escapar.

No tenía idea de cuánto tiempo había pasado, pero el tiempo que tardó el agua en subir de sus muslos a su estómago no pudo haber sido más de una hora.

El flujo era más rápido también; al pasar, el agua tenía una corriente distintiva, fluyendo de su izquierda a su derecha.

Gruñó por lo bajo e intentó una vez más.

Si había una corriente, tal vez conducía a alguna parte.

O tal vez debería girar a la izquierda.

Pero ese era el camino que el hombre había tomado cuando la dejó. ¿Y si la estaba esperando?

¿Era eso parte de su juego macabro?

Se estremeció.

Arrugó el rostro cuando una nueva ola la golpeó e intentó no pensar en lo que podría estar flotando en ella.

La lámpara de camping aún mantenía su haz amarillo y le daba una visión clara de sus alrededores.

Parpadeó.

La luz roja sobre el lente de la cámara parpadeó.

Emma contuvo la respiración.

El hombre no había regresado en mucho tiempo, ¿había pasado un día desde la última vez que lo vio, o más?

Estiró el cuello e intentó ver detrás de la cámara. Había sido fijada a una tubería en la pared opuesta con cinta eléctrica negra, pero no salían cables de ella.

Su corazón dio un salto.

La batería se estaba agotando.

Si lograba escapar, él no lo sabría.

Se quedó inmóvil, y la luz parpadeó una vez más.

Exhaló, asustada de que él volviera ahora, que de alguna manera vadeara toda esa agua y cambiara la batería.

Aguzó el oído, pero solo el sonido del agua corriendo llegaba a ella desde el lado izquierdo del túnel.

Volvió a mirar la cámara.

¿Se había atenuado la luz roja?

Ladeó la cabeza, frotó la mordaza con su brazo y sintió que el material cedía. Sus ojos se posaron en la vara marcadora blanca frente a ella.

No quedaba mucho espacio entre el nivel actual del agua y la parte superior, con solo un pie de altura restante.

Frotó con más fuerza la mordaza.

De repente cedió, el material se aflojó bajo su oreja

derecha, y frenéticamente lo empujó a un lado con su hombro, su respiración escapando en jadeos.

En ese momento, la luz roja se apagó.

Un grito escapó de sus labios, y giró la cabeza hacia la salida, el agua corriendo a su lado a una velocidad constante.

Las ataduras en su muñeca izquierda parecían más débiles, así que usó sus dientes y mordisqueó el material. Tiró y jaló hasta que logró aflojar el nudo, y finalmente consiguió crear un espacio lo suficientemente grande para sacar su mano y liberarla.

Dirigió su atención a las ataduras de su muñeca derecha, pero la falta de circulación en su mano izquierda hacía que sus movimientos fueran torpes. No podía sentir lo que estaba haciendo. Gritó de frustración, y entonces se dio cuenta de que trabajaría más rápido usando sus dientes una vez más.

Solo le tomó minutos liberarse finalmente de las últimas ataduras, y se quedó de pie por un momento frotándose las muñecas y las manos. Hormigueos recorrieron sus venas y arterias, y apretó los dientes de dolor antes de sacudir sus manos para tratar de acelerar el proceso.

Mientras el entumecimiento en sus extremidades disminuía, chapoteó a través del estrecho túnel hasta donde se había colocado la lámpara de camping junto a la cámara, la desenganchó y la balanceó frente a ella mientras intentaba orientarse.

El techo se curvaba al final del túnel, y más allá de su posición, en los límites exteriores del haz de la lámpara, podía ver que se estrechaba, el diseño forzando el agua a un espacio más pequeño, obliterando el bolsillo de aire entre la superficie del agua y el techo.

Se dio cuenta con desesperación de que no quedaría aire en el túnel si intentaba nadar para escapar.

Se le había acabado el tiempo.

CAPÍTULO 60

Kay se inclinó hacia adelante, con la nariz a solo centímetros del monitor, la mandíbula apretada mientras intentaba bloquear el sonido de la lluvia que repiqueteaba en el techo sobre su cabeza.

Habría hecho todo lo posible para llevar al asesino de Melanie ante la justicia, pero ahora Eli Matthews lo había hecho personal.

Recordó a la adolescente que había conocido solo unos días antes, la angustia de la chica por perder a una amiga a manos de un asesino tan sádico.

Sí, la chica era una acosadora, pero no merecía morir.

Y no así.

Todos cometían errores en sus vidas, y Kay pensó en sus propios días de escuela. Sus propios acosadores habían dañado su confianza, afectado sus elecciones, hasta las materias que eligió en la escuela, simplemente para evitar la constante diatriba del grupo de chicas y su líder.

Pero se había curado. Con el tiempo.

Y si alguna de esas chicas hubiera estado en problemas

alguna vez, sabía en su corazón que habría hecho todo lo posible por ayudarlas.

Los planos en la pantalla se volvieron borrosos y ella sacudió la cabeza.

Tenían que encontrar a Emma.

No podía imaginar lo que Barnes estaba pasando en este momento. O la madre de Emma.

Su móvil vibró en su codo, el movimiento lo hizo deslizarse por la superficie pulida del escritorio laminado antes de que ella lo alcanzara y lo agarrara.

—¿Hola? —dijo, con los ojos en el monitor.

—Soy Grey —dijo una voz emocionada—. Creo que tengo algo para ti.

—Vale, adelante.

—La orden de compra del equipo de videovigilancia, la que obtuviste del depósito de mensajería.

—¿Qué pasa con ella?

—Hay algunas cosas aquí que no tienen sentido.

Kay se levantó y caminó por la alfombra junto a su escritorio. —¿En qué sentido?

—Está el lente de repuesto y algunas piezas para albergar el lente en la parte superior del pedido, pero hay tres artículos aquí que no tienen nada que ver con el sistema de videovigilancia. Bueno, no con ningún sistema de videovigilancia que yo haya visto.

—¿Para qué podrían usarse?

—Grabación de video casero.

Kay se detuvo en medio de la habitación, haciendo que Debbie casi chocara con ella. Kay levantó la mano en señal de disculpa.

—¿Cuáles son las piezas?

Grey las leyó en voz alta.

—¿Estás seguro de que no pueden usarse en un sistema de videovigilancia?

—Bastante seguro. Ciertamente no para el sistema del depósito.

—Eso es genial, Grey.

Terminó la llamada y se echó la chaqueta sobre los hombros.

—Carys, vienes conmigo.

—Sí, Oficial.

Kay tomó la orden de compra que les habían dado, sacó una fotocopia y la metió en su bolso, mientras Carys la alcanzaba con un juego de llaves del coche en la mano.

—¿A dónde vamos, Oficial?

—Al depósito de County Deliveries. Quiero tener unas palabras con Colin Broadheath.

CAPÍTULO 61

Barnes se secó una lágrima de la mejilla y se giró con la esperanza de que ninguno de los agentes uniformados que caminaban por el sitio de construcción a su lado lo viera.

Por supuesto, les habían informado, y él había hecho todo lo posible por ignorar las miradas de lástima que le lanzaban mientras el equipo se reunía en el punto de encuentro asignado para comenzar la búsqueda.

Apretó su teléfono móvil en la mano izquierda, deseando que sonara, que alguien le dijera dónde estaba su hija.

La lluvia había cesado hacía quince minutos, pero el agua tardaría varias horas en escurrirse y drenarse, y el sonido de las últimas gotas corriendo por los canalones y tuberías llegaba a sus oídos mientras doblaba la esquina del siguiente edificio.

El equipo había logrado triangular una llamada hecha desde el teléfono móvil de Eli hasta este lugar, un bloque de apartamentos desierto que yacía sin terminar, cercado para evitar intrusos y con un campo que se inclinaba suavemente hacia la carretera principal a una milla de distancia.

Se estremeció al recordar la historia del lugar.

Uno de los agentes uniformados había buscado información en su smartphone mientras organizaban equipos para recorrer el sitio, y les había contado que una vez había sido el emplazamiento de un viejo molino.

Había continuado recitando la historia de la nueva construcción, incluyendo el trabajo que se había detenido una vez que el laberinto de desagües y alcantarillas de la era victoriana había inutilizado el lugar.

Barnes luchó contra el impulso de entrar en pánico, aunque sabía que era un ejercicio inútil. Conocía el juego de Eli. Sabía que el hombre disfrutaría si él caía de un ataque al corazón por el miedo, al igual que Tony Richards, o si lo llevaba al suicidio como a Guy Nelson, pero que lo condenaran si le daba esa satisfacción al fenómeno.

Apretó los dientes.

Mientras pisaba fuerte sobre el hormigón agrietado del sitio desierto, alcanzó a una de las agentes uniformadas.

Sus ojos hablaban por sí solos, y simplemente reiteraban lo que él sabía que todos debían estar pensando.

Pobre desgraciado.

Asintió y siguió adelante. No podía hablar ahora, no podía fingir que estaba bien, que se mantenía fuerte, que aún tenía esperanzas de encontrar a Emma.

Su mente regresó a tiempos más felices. Cuando Emma nació, él y Sarah estaban en las nubes, y también sus colegas uniformados de aquel entonces.

Durante una sesión muy ebria después de un turno para celebrar a la recién nacida, su sargento se había acercado tambaleándose, le puso otra bebida en la mano y le dio una palmada en la espalda.

—Solo los hombres de verdad tienen hijas —había sonreído, siendo él mismo un orgulloso padre de tres.

Sarah había quedado devastada cuando los médicos le

dijeron que no habría más hijos. Barnes también, pero más por la tristeza de su esposa que por la idea de que nunca tendría un hijo varón.

Todo había estado bien mientras Emma era una niña pequeña. Por supuesto, sus turnos alteraban su rutina de sueño, y a veces llegaba a casa tan tarde que solo podía asomarse por la esquina de la puerta del dormitorio para ver la forma dormida de su pequeña. Pero habían tenido fines de semana en la costa y vacaciones más largas en Gales y Devon, donde le había enseñado a construir castillos de arena, jugar al escondite y hacer represas en los arroyos. Era inevitable que le mostrara cosas que esperaba enseñarle algún día a un hijo, pero ella prosperaba con la aventura y nunca lloraba cuando tropezaba.

Luego, cuando ella comenzó la escuela secundaria, él había decidido perseguir su ambición de convertirse en detective, y de alguna manera todo había salido mal.

Había comenzado con Sarah haciendo comentarios mordaces sobre sus largas jornadas en el trabajo. Él nunca soñaría con tener una aventura, pero eso era de lo que se encontraba siendo acusado, a pesar de sus protestas.

Y con el tiempo, Emma aprendió a imitar a su madre. Él regresaba a casa para encontrar a su esposa frente al televisor, con la mano en el control remoto mientras lo ignoraba estudiadamente, mientras Emma lo miraba con furia por encima de sus deberes esparcidos sobre la mesa de la cocina mientras él recalentaba su cena.

A lo largo de los años siguientes, las cosas habían empeorado, hasta que un día se dio cuenta de que ya no quería volver a casa.

El divorcio había sido rápido y amargo.

Y, se dio cuenta, había afectado su juicio durante el curso de la investigación.

¿Por qué demonios no le había dicho a Hunter que Emma era su hija?

Apretó los puños. Haría cualquier cosa por encontrar a su niña.

Su cabeza giró bruscamente hacia la izquierda cuando una de las agentes uniformadas se llevó la radio al oído, la estática crepitando en el aire entre ellos. Se colocó el auricular y luego sus hombros se hundieron.

Otro edificio despejado, otra zona de búsqueda confirmada sin rastro de Emma.

Se quitó el auricular y levantó la mirada hacia las nubes grises que se deslizaban por el cielo sombrío.

Nunca había sido un hombre religioso, pero mientras observaba la tormenta pasar sobre las colinas y dirigirse hacia la carretera principal, hizo un pacto.

Renunciaré. Solo devuélveme a mi hija y renunciaré.

CAPÍTULO 62

Kay abrió la puerta del coche antes de que Carys tuviera tiempo de usar el freno de mano, y se apresuró hacia la entrada del depósito, con los pasos de su colega pisándole los talones.

Irrumpió a través de las puertas de cristal de la recepción, se acercó al mostrador y mostró su placa.

—Quiero hablar con Colin Broadheath —dijo—. Ahora, por favor.

La recepcionista, con los ojos bien abiertos, asintió y ajustó el auricular antes de transmitir el mensaje en voz baja.

Carys se unió a ella mientras la recepcionista terminaba la llamada.

—Estará con ustedes en un momento —dijo la recepcionista, y señaló a su izquierda—. ¿Les gustaría esperar en la sala de reuniones?

Kay asintió y se dirigió a una pequeña área de espera a través de una puerta abierta a la derecha del mostrador de recepción.

Las paredes, que alguna vez habían sido pintadas de

blanco, tenían una serie de grandes fotografías enmarcadas colgadas en tres de las cuatro paredes.

Carys se quedó cerca de la puerta mientras Kay daba una segunda vuelta a la habitación.

Se oyeron pasos acercándose, y ella se detuvo cuando apareció Colin Broadheath.

El hombre parecía aún más demacrado que la última vez que Kay lo había visto, y ella lo fulminó con la mirada mientras él miraba lascivamente a Carys antes de dirigir su atención hacia ella.

—Oficial Hunter. Qué encantador verla de nuevo.

Kay desdobló la copia de la orden de compra y se la tendió.

—Señor Broadheath, por favor explique el propósito de pedir los tres últimos artículos de esta lista —dijo.

Él miró por encima de su hombro cuando un teléfono móvil comenzó a sonar, y luego volvió a mirar a Kay.

Carys sacó su móvil del bolso, levantó la mano hacia Kay y retrocedió hacia la recepción para atender la llamada.

—Disculpe, ¿qué? —dijo Broadheath.

Kay golpeó con el dedo el documento en la mano del hombre.

—Me gustaría saber por qué usted pidió los tres últimos artículos de esta lista.

El hombre frunció el ceño, sacó un par de gafas del bolsillo de su camisa y se las colocó en la nariz.

—No tengo ni idea —dijo, y le tendió el papel a Kay.

Ella no lo tomó.

—Tendrá que hacerlo mejor que eso, señor Broadheath. Los dos primeros artículos son las piezas que pidió para la cámara de videovigilancia averiada que da a la zona de estacionamiento de furgonetas. Las otras tres piezas que pidió aquí no tienen ninguna relación con el sistema de videovigilancia. Por lo tanto, me gustaría saber por qué las pidió.

—Yo no lo hice —dijo él.

Kay arqueó una ceja.

—Mire —dijo él, con un tono de exasperación. Señaló la esquina superior derecha de la orden de compra.

Kay se acercó, intentando no inhalar el olor del hombre —. ¿Qué estoy mirando?

—Este número de aquí, ese es mi código. Me identifica como la persona que hizo el pedido, ¿de acuerdo?

—Sí.

—Aquí usamos un sistema de Planificación de Recursos Empresariales para las adquisiciones. —Su dedo se movió hacia arriba en la página—. Este número pertenece a la persona que solicitó los artículos. La persona solicitó a través del sistema ERP que yo pidiera estos artículos para ellos.

—¿De quién es ese número?

Él se quitó las gafas y le devolvió la orden de compra.

—Bob Rogers.

CAPÍTULO 63

—¿Oficial? ¿Puedo hablar con usted un momento? Es urgente.

Carys se detuvo en el umbral, su mirada alternando entre Kay y Colin Broadheath.

—Gracias, señor Broadheath —dijo Kay—. Por favor, no abandone el edificio. Es posible que necesitemos hablar con usted de nuevo.

Él asintió, con una expresión de confusión en su rostro.

—Y señor Broadheath, le agradecería que no mencionara esta conversación a nadie más por el momento.

—Entiendo —dijo, y se apresuró a salir.

Kay dirigió su atención a Carys. —¿Qué ocurre?

—He recibido una llamada de Gavin. Acaba de recibir el expediente completo de personal de Eli Matthews.

Kay sintió un escalofrío recorrer su espalda. —¿Y?

—Bob Rogers fue el jefe de Eli en Ipswich hasta hace dieciocho meses.

—¿Hace dieciocho meses?

—Se fue de Suffolk un mes antes que Eli —dijo Carys.

Kay pasó junto a Carys y entró en el área de recepción. —¿Dónde está Bob Rogers?

—Eh, si no está en su oficina, estará afuera fumando —dijo la chica.

Kay señaló la puerta de seguridad. —Déjame pasar. Ahora.

Lideró el camino por el pasillo hacia la oficina de Rogers, su mente trabajando a toda velocidad mientras todas las piezas del rompecabezas encajaban.

Por qué el traslado de Eli de Suffolk a Kent había tardado solo semanas, cuando normalmente pasarían meses antes de encontrar una posición adecuada.

Por qué había sido tan fácil para él obtener placas de matrícula falsas.

Por qué Eli había conseguido una furgoneta de mensajería de segunda mano con tan poco papeleo.

Y por qué había una cámara junto al cuerpo de Melanie Richards.

—Qué clase de enfermo hijo de… —murmuró Carys.

Kay levantó una mano mientras se acercaban a la oficina de Rogers.

Estaba vacía.

Los ojos de Kay se posaron en el escritorio. —Falta su portátil —dijo.

—¿Portátil?

—Cuando estuve aquí con Barnes, Rogers tenía un portátil frente a él —dijo Kay.

—¿Para qué? Ya tiene un ordenador ahí.

—Exacto.

La mirada de Kay se dirigió hacia la caja fuerte.

—Carys, precinta esta habitación como escena del crimen, y llama pidiendo refuerzos.

Giró sobre sus talones.

—¿A dónde va, Oficial?

—A asegurarme de que este sea el último descanso para fumar que Bob Rogers tenga en mucho tiempo.

Corrió por el pasillo hacia la parte trasera del depósito, atravesó las puertas dobles y entró en la oficina de clasificación. Ignoró las miradas del pequeño grupo de hombres y mujeres que estaban junto a las estanterías y se abrió paso a través del gran espacio hasta una puerta situada en la pared del fondo.

Se abrió cuando ella se acercaba y se detuvo en seco.

Una mujer entró, con el rostro arrugado y su pelo blanco y rizado teñido de amarillo en la parte delantera.

—Hola, cariño —dijo alegremente—. ¿Desesperada por un cigarrillo, eh?

Soltó una risita y mantuvo la puerta abierta para Kay.

—Gracias —dijo ella, y salió apresuradamente.

Parpadeó cuando el sol se asomó detrás de una nube, y la puerta se cerró de golpe tras ella.

—No te tomaba por fumadora.

Ella se dio la vuelta.

Bob Rogers estaba apoyado contra la pared del edificio, soplando un aro de humo al aire.

Una sonrisa perezosa se dibujó en su rostro.

—¿Dónde está Emma, Bob? ¿Dónde la has puesto?

Él se encogió de hombros y dio una larga calada al cigarrillo antes de responder. —No sé de qué me hablas.

—Se acabó, Bob. Lo sabemos todo. —Kay se acercó—. ¿Dónde está?

Bob se quitó el cigarrillo de los labios y lo arrojó al suelo. —Que me jodan si lo sé. Eli era el cazatalentos y el que buscaba las locaciones. Yo solo soy el productor ejecutivo.

Su mano salió disparada y Kay jadeó cuando la agarró por las solapas de la chaqueta y la hizo girar hasta que su espalda quedó contra la pared, con su cuerpo pegado al de ella.

—Tenía mucho dinero invertido en esto —gruñó.

Kay apretó los puños e intentó no vomitar por su aliento fétido.

Él cambió su peso y luego pasó su mano por el rostro de ella. —Tú eras la siguiente, Hunter. —Sus ojos se endurecieron y su mano se movió hacia su mandíbula, apretando con fuerza—. Siempre fuiste la siguiente.

Kay giró la cabeza de un lado a otro, intentando poner algo de distancia entre ellos.

Si pudiera levantar la rodilla…

Rogers dio un paso lateral. —No, no lo harás, perra.

Ella gritó cuando su palma se encontró con su mejilla y saboreó la sangre.

Parpadeó para alejar las lágrimas y lo miró con furia. —¿Por qué lo hiciste, Rogers? Esas chicas no te hicieron nada.

Su mano se movió a su garganta, su voz casi un ronroneo. —Eli tiene preferencias extrañas. Pero funciona a mi favor, así que no importa.

—¿Qué pasó en Suffolk?

Su agarre se apretó y Kay intentó tragar. Su tráquea se contrajo y tosió.

—Salió mal, ¿verdad? —dijo, luchando contra el pánico y desesperada por respuestas—. ¿Quién la fastidió? ¿Tú?

—Yo no cometo errores.

—Oh, entonces fue Eli, ¿no? —Soltó una risa ahogada—. ¿Cómo demonios acabaste con ese tipo, eh?

Los dedos de Rogers apretaron más fuerte y la visión de Kay se oscureció por los bordes.

Solo un poco más.

Sus manos volaron hacia sus dedos e intentó apartarlos de su cuello, su respiración entrecortada.

Él mostró los dientes y presionó sus caderas contra las de ella. —Vamos, zorra. Lucha.

Kay reprimió las ganas de vomitar y en su lugar extendió los pulgares, apuntando a sus cuencas oculares.

Su agarre se aflojó y él apartó sus brazos de un manotazo.

Una segunda bofetada hizo que su visión se nublara, y luego sus manos volvieron, apretando con más fuerza.

Kay soltó un respiro entrecortado.

—No creo que atacar a una oficial de policía vaya a beneficiar tu caso, Rogers.

Él se rio, mantuvo una mano en su garganta y dio un paso atrás. Señaló hacia arriba.

—¿Quién te va a creer? —dijo—. La cámara está rota.

La mirada de Kay se desvió hacia su derecha.

—Bueno —croó—. Eso es cierto. Pero *ellos* podrían tener algo que decir al respecto.

Él frunció el ceño, aflojó su agarre y miró por encima del hombro.

Dos agentes uniformados estaban a solo unos metros de él, con las pistolas Taser desenfundadas.

Kay no dudó. Lanzó una patada, su zapato conectando con la espinilla de Rogers, y este soltó un aullido.

El más corpulento de los dos agentes se abalanzó sobre él, lo inmovilizó contra la puerta y le colocó las esposas en las muñecas.

—Perra —siseó Rogers.

Kay le lanzó una mirada fulminante, luego se volvió hacia los dos agentes uniformados y se alisó la chaqueta. —Buen momento, muchachos. Gracias.

CAPÍTULO 64

Barnes escudriñó a través de la neblina que se elevaba de la maleza empapada antes de bajar la mirada al teléfono en su mano y maldecir.

El equipo en la sala de incidentes le había enviado los planos por correo electrónico, pero eran horriblemente pequeños en el smartphone, y había tomado un giro equivocado.

Volvió la mirada hacia el campo, en dirección al sitio de construcción abandonado, sintiendo que el miedo crecía una vez más mientras observaba al equipo moverse metódicamente a lo largo del perímetro, con los ojos fijos en el suelo mientras realizaban su búsqueda.

Barnes tropezó y maldijo de nuevo.

Recuperó el equilibrio y entonces se dio cuenta de que había tropezado con una de las tapas de alcantarilla que salpicaban el terreno.

Quince minutos antes, habían localizado una entrada al antiguo sistema de alcantarillado victoriano a través del estacionamiento subterráneo del esquelético edificio de apartamentos más cercano a la valla perimetral, pero se habían visto obligados a retroceder debido a una inundación.

Barnes se había quedado de pie mientras el agua lamía sus zapatos, y forzó la vista para ver a lo largo de la oscuridad del estrecho túnel.

Había gritado, su voz haciendo eco en las paredes del siglo XIX antes de desaparecer en las sombras.

El silencio había caído, y él y los dos oficiales uniformados habían esperado.

No hubo respuesta.

—Podemos usar los planos para averiguar si hay otra forma de entrar —había dicho uno de los oficiales, tocando ligeramente el brazo de Barnes—. Seguiremos buscando.

Barnes había apreciado el gesto y las palabras, pero escuchó los pensamientos no expresados que pasaron entre los otros dos hombres.

Los rostros de sus colegas hablaban por sí solos cuando salieron del sótano y llegaron al vestíbulo abandonado.

Hasta que el agua retrocediera, no había esperanza de llegar a Emma a través del sitio de construcción.

Tenían que encontrar otra manera.

Un nuevo examen de los planos mostró que el antiguo sistema de alcantarillado se ramificaba bajo tierra como una telaraña. En algunos lugares, los cartógrafos simplemente se habían rendido, y las líneas punteadas mostraban entradas tipográficas para apoyar esta teoría, indicando «desconocido».

Así que el equipo se había dividido para cubrir tantas de las rutas conocidas como fuera posible.

Antes de que el consejo municipal hubiera aprobado el sitio de construcción, y años antes de que la maleza tupida que ahora cubría el espacio, un viejo molino se había alzado en el sitio, hasta que se tomó la decisión de derribarlo por temor a que los intrusos quedaran atrapados dentro de su laberíntico sistema de drenaje.

El curso natural del agua habría sido una bendición para los dueños del molino, pero también una maldición, y así se había creado la red de drenaje y alcantarillado para desviar el exceso de agua de lluvia de lo que ahora era un campo, hacia el alcantarillado que estaba bajo el sitio de construcción.

Un sargento uniformado se acercó a él, con la mandíbula tensa.

Barnes se preparó. —¿Qué pasa?

—Tenemos otro equipo de expertos en camino —dijo el hombre—. Traen consigo algunos equipos. Una especie de aparatos GPS que mostrarán exactamente dónde están enterradas estas alcantarillas.

—¿Cuánto tardarán?

—Alrededor de media hora.

Barnes cerró los ojos.

—Lo siento, es lo mejor que pueden hacer.

—Lo sé. —Barnes abrió los ojos y se secó las lágrimas—. Lo sé.

Ambos se giraron al escuchar un grito desde el otro lado del campo.

Un joven agente les hacía señas con los brazos, luego se volvió e hizo un gesto a uno de sus colegas que estaba más cerca.

Barnes salió corriendo, con los pasos del sargento cerca detrás.

Oh Dios, ¿qué habrá encontrado?

Dos policías más llegaron antes que él, y cuando se detuvo tambaleándose, se agacharon y hurgaron en la maleza, con las cabezas casi tocándose.

—¿Qué es?

—Shh. —El joven oficial que les había hecho señas

levantó la mano, luego se sonrojó—. Lo siento, creí escuchar un ruido de golpeteo.

Barnes miró hacia donde señalaba.

Una tapa de alcantarilla de acero, similar a la que había pisado, yacía cubierta de maleza y musgo entre la vegetación.

Se dejó caer al suelo, donde los tres policías uniformados intentaban desprenderla de su alojamiento.

—Dame tu porra —dijo.

El hombre a su lado le tendió el arma telescópica, y Barnes insertó el extremo en una de las hendiduras de la tapa de acero.

Los otros dos policías se dieron cuenta de lo que estaba a punto de hacer y se prepararon para crear la palanca adicional.

—A la de tres —dijo Barnes.

Se apoyó contra el arma, y el borde de la tapa se movió en su lado opuesto.

—Otra vez —dijo el sargento, y se dejó caer de rodillas. Sacó su propia porra y la deslizó bajo el borde cuando se levantó.

Un silbido de aire escapó, el hedor centenario flotando a su alrededor, antes de que lograran agarrar la tapa de acero y deslizarla a un lado.

Barnes se asomó al abismo.

Una escalera había sido fijada al lado del desagüe para facilitar el acceso todos esos años atrás, sus bordes deshilachados por el óxido y el desgaste.

—¿Papá?

Su corazón dio un vuelco.

—¿Emma?

La vio entonces, mirándolo con los ojos muy abiertos mientras se aferraba a los peldaños con el agua lamiendo sus pies.

—¡Emma! —Extendió su mano, estirándose todo lo que pudo—. Vamos, puedes hacerlo. Ya casi estás.

Un sollozo escapó de sus labios mientras comenzaba a subir, cada movimiento lento y metódico.

Barnes contuvo la respiración.

Su hija temblaba incontrolablemente mientras levantaba una mano, luego la otra, luego un pie, luego el otro, y subía lentamente hacia él.

¡Por favor, que no se resbale!

Su mano rozó la suya.

—¡Sujétame los tobillos para que no me caiga ahí abajo! —le dijo al policía más cercano.

Se lanzó hacia el agujero, extendió ambas manos y las envolvió alrededor de las muñecas de Emma.

—Te tengo —dijo—. Te tengo. Sube por los peldaños. No te soltaré.

Fue arrastrado hacia arriba, su estómago y pecho raspándose contra los lados de ladrillo y mortero del desagüe, y luego unas manos se extendieron, agarrando a Emma.

El sargento lo apartó suavemente, luego tomó a Emma por los brazos y la alejó del desagüe.

El cabello se le pegaba a la cara, un feo corte detrás de la oreja se le había coagulado, y su vestido se aferraba a ella, rasgado y desgarrado, pero mientras Barnes recuperaba el equilibrio y corría hacia ella, lo único que podía pensar era en lo hermosa que se había vuelto su hija en los años desde la última vez que la había visto.

—Estás a salvo, mi amor —murmuró.

—Papá —soltó ella, y se dejó caer en sus brazos.

CAPÍTULO 65

Kay pasó un dedo sobre el suave vendaje acolchado que el médico le había puesto en el cuello e intentó no pensar en los moretones que cubrían sus pómulos.

Antes, se había parado frente al espejo, a punto de intentar cubrirlos cuando apretó la mandíbula y volvió a meter su polvera en el bolso antes de regresar a la sala de incidentes.

Una sombra cayó sobre su escritorio y ella levantó la mirada.

—Oficial Hunter.

—Jefe.

Comenzó a levantarse, pero el Inspector Jefe Larch le indicó con un gesto que se sentara.

—Quería felicitarla por los resultados del equipo —dijo—. Sharp se dirigirá al equipo en detalle en breve, pero me dijo que usted había resultado herida durante el arresto de Bob Rogers.

—Estoy bien, jefe, de verdad —graznó ella—. El médico dice que mi voz volverá a la normalidad en un par de días.

—Tiene que tener cuidado, Hunter —dijo el Inspector

Jefe Larch—. Un día su impetuosidad la meterá en verdaderos problemas.

Se dio la vuelta rápidamente.

Barnes se acercó mientras el Inspector Jefe Larch salía de la sala de incidentes.

—Tuvo que tener la última palabra, ¿eh?

—Algo así.

Él sonrió. —Bien hecho, Oficial. Lo atrapaste.

—Lo hicimos todos, Ian —Ella sonrió—. Gracias por apoyarme.

—Alguien tenía que hacerlo.

—Sí, supongo. —Se rio y luego volvió a ponerse seria—. ¿Cómo está Emma?

—Deshidratada. La mantendrán en el hospital unos días; estaban preocupados por el efecto que el agua fría pudiera tener en ella, pero hablé con Sarah hace un momento, y al parecer Emma ya dio su declaración inicial a Debbie West. Estaba decidida a hacer su parte para ver a Matthews y Rogers encerrados por mucho tiempo.

—Me alegra oír eso, Ian.

—Sí. También hablaré en privado con ella sobre el acoso escolar. —Su voz tembló—. No puedo creer lo cerca que estuve de perderla para siempre.

Kay extendió la mano y la puso sobre su brazo. —Pero no la perdiste. No juegues al "qué hubiera pasado si", ¿de acuerdo?

Él parpadeó para contener las lágrimas y luego miró por encima del hombro. El resto del equipo estaba rondando la oficina de Sharp. Se volvió hacia ella.

—Escucha, Kay. Hice una promesa hoy allá afuera. —Bajó la mirada—. No creo en Dios ni nada parecido. Ya sabes cómo es con este trabajo. —Se encogió de hombros—. Prometí que renunciaría si la recuperaba con vida.

—¿Qué?

—Hoy casi la pierdo para siempre. Ella nunca quiso que fuera detective, ni su madre tampoco.

—Ian, tú mismo dijiste que eso fue hace años.

—Lo sé, pero quiero pasar tiempo con ella ahora. No puedo soportar la idea de perderla de nuevo.

Kay dejó caer su mano. —Escúchame. Eres uno de los mejores detectives en esta sala.

—Pero…

Ella levantó las manos. —Escucha —repitió—. Habla con Sharp. Tómate un tiempo libre para estar con Emma, pero por favor, piénsalo bien antes de renunciar, ¿de acuerdo? —Forzó una sonrisa—. A pesar de lo que todos dicen de ti, me gusta tenerte por aquí.

Él resopló, y luego volvió a ponerse serio. —Gracias, Oficial.

Se giraron cuando el Inspector Sharp entró a zancadas en la sala.

—Muy bien, reúnanse todos —dijo, y se paró frente a la pizarra. Miró su reloj.

Kay tomó asiento entre Carys y Gavin, y esperó mientras el resto del equipo se acomodaba.

—Hace veinte minutos, el Inspector Jefe Larch y yo nos reunimos con Jude Martin del Servicio de Fiscalía de la Corona y presentamos nuestro caso contra Eli Matthews —dijo Sharp—. Ha sido acusado formalmente del secuestro de Emma Thomas, el secuestro y asesinato de Melanie Richards, el asesinato de Beryl Matthews, y cargos asociados con la muerte de Guy Nelson. Y, gracias a la evidencia continua y la corroboración de testigos por parte de Emma Thomas, esperamos que Matthews reciba una sentencia significativa.

» Bob Rogers ha sido acusado de agresión a un oficial de policía, así como de financiar el secuestro de Melanie

Richards y Emma Thomas, y de obstruir el curso de la justicia —dijo—. Estoy seguro de que añadiremos más cargos a esa lista a medida que nuestras investigaciones continúen hasta el juicio.

Sus ojos se encontraron con los de Kay, y luego cayeron a su cuello. —¿Deberías estar aquí?

—El médico dijo que estoy bien, jefe.

—Suena como si pudieras cantar como vocalista principal en una banda de blues.

Eso provocó una risa, y Kay lo agradeció. Todos sabían lo cerca que estuvieron de tener otra víctima de asesinato, pero no era conveniente detenerse demasiado en eso

Barnes le guiñó un ojo desde el otro lado de la sala.

—¿Matthews le dijo por qué se mudó a Suffolk, jefe? —preguntó Carys.

—Iba a llegar a eso. —Sharp se volvió hacia la pizarra y fijó una fotografía de Bob Rogers en la parte superior junto a Eli Matthews—. Felix Peters, el vecino, le dijo a Hunter y Barnes que el padre de Eli abandonó a Beryl Matthews cuando Eli tenía cinco años. Al parecer, Eli logró localizarlo en Ipswich, donde trabajaba en el depósito de County Deliveries.

Dibujó una flecha desde la foto de Eli hasta la de Bob.

Kay ignoró los murmullos de asombro que llenaron la sala y se inclinó hacia adelante. —Si Bob Rogers era el padre de Eli, ¿por qué no lo dejó quedarse con él? ¿Por qué hacerlo quedarse con su madre si sabía que ella seguía abusando de él?

—Cuidadosa planificación —dijo Sharp—. Rogers sabía que su hijo tendía a guardar recuerdos y no quería ser atrapado. Al mantener a Eli lejos de su casa, se protegía a sí mismo mientras seguía teniendo a alguien para secuestrar a sus víctimas.

Gavin emitió un silbido bajo que cortó el silencio conmocionado. —La niña de once años, que fue encontrada vagando —dijo—. ¿Fue su primera víctima?

Sharp se encogió de hombros, su rostro sombrío. —La Policía de Suffolk se ha comprometido a reabrir todos sus casos antiguos que muestren alguna semejanza con este. Puede que no haya sido la primera, pero esa niña fue la única que sabemos que sobrevivió.

Kay se estremeció.

Si Bernard Coombs no hubiera informado de la sangre que había vislumbrado en la parte trasera de la furgoneta de Eli aquella noche; si Grey no hubiera examinado tan de cerca esa orden de compra, si…

Todo podría haber resultado tan diferente.

Sharp arrojó el bolígrafo sobre el escritorio más cercano.

—Buen trabajo —dijo. Miró por la ventana mientras el sol empezaba a disipar las nubes y sonrió—. Bien, creo que todos se han ganado salir temprano. Los quiero a todos de vuelta aquí mañana a las ocho de la mañana.

Kay se despidió mientras el equipo abandonaba la sala uno por uno, luego se acercó a su escritorio, cogió su bolso y agarró las llaves del coche.

Cuando se enderezó, vio a Barnes acercarse a Sharp, y luego ambos hombres desaparecieron en la oficina del inspector, cerrando la puerta tras ellos.

—Mierda —murmuró.

CAPÍTULO 66

Kay se giró al oír pasos en la escalera, se ató una toalla alrededor del cuerpo y salió del baño privado justo cuando Adam entraba en la habitación.

—Hola —dijo con voz ronca.

Adam le echó un vistazo a su rostro y cuello y salvó la distancia entre ellos en dos zancadas, atrayéndola hacia sí.

—Por teléfono dijiste que no era tan grave —comentó, y luego le acunó el rostro entre sus manos mientras examinaba los cortes con ojo experto—. ¿Qué te pusieron en estas heridas?

—No lo sé, pero ardía como el infierno.

—Dios mío.

La abrazó con fuerza, hundiendo el rostro en su cabello.

—¿Atrapaste al bastardo que te hizo esto?

—Sí —murmuró contra su pecho—. Va a pasar mucho tiempo encerrado, y el otro tipo también.

Mientras él se quitaba la ropa de trabajo, ella le contó lo que pudo sobre el caso y el hecho de que la hija de Ian Barnes también había sido secuestrada.

—Aunque es una chica con carácter —añadió—. Creo que al final estará bien.

Adam hizo un ovillo con sus calzoncillos y los arrojó al cesto de la ropa sucia. Se giró en la puerta del baño y sonrió.

—¿Te apetece otra ducha?

Ella sonrió. —Tal vez.

—Te llevaré a cenar fuera —dijo él mientras ella se acercaba—. Hace mucho que no celebramos nada. —Frunció el ceño—. Es decir, si te encuentras bien para salir.

Ella sonrió. —Me parece una idea estupenda.

Se acercó más y aflojó la toalla. —¿Te apetece un aperitivo? —dijo, y luego se echó a reír cuando él la arrastró bajo el chorro de agua caliente.

Más tarde, se maravilló de lo bien que le quedaba a Adam el traje y la corbata.

—Había olvidado lo guapo que te pones cuando te arreglas —dijo ella.

Él arqueó una ceja. —No me mires así. Llegaremos tarde.

Ella soltó una risita y luego se contuvo.

—Qué bonito sonido —dijo él—. Pensé que no volvería a oírlo.

Ella se puso de puntillas y lo besó, luego se giró para coger sus pendientes.

—Pero hay algo que aún te preocupa —dijo él—. Me doy cuenta. ¿Qué es?

Ella suspiró y se puso los pendientes. —No te va a gustar. Es sobre la investigación de Asuntos Internos.

—Vamos, dímelo —dijo él, poniéndose serio—. ¿Qué te pasa por la cabeza?

Kay suspiró y se pasó la mano por el pelo. —Esto va a sonar como una locura.

—Estás hablando conmigo —dijo él, y le guiñó un ojo—. ¿Recuerdas?

Ella tomó aire profundamente. —Necesito averiguar qué pasó con el arma que desapareció —dijo.

Los ojos de Adam se abrieron de par en par una fracción de segundo antes de que ella oyera su brusca inhalación.

—Obviamente no fui yo. Pero alguien la cogió. La hizo desaparecer. *Sabía* que era todo lo que teníamos para inculpar a ese sospechoso de esa muerte.

Adam se apoyó contra el tocador. —¿Por qué?

—No lo sé.

—Bueno —dijo Adam, entregándole un gemelo y girando la muñeca para que ella se lo abrochara—, tú eres la detective. Supongo que tendrás que averiguarlo.

—No puedo. Si el Inspector Jefe Larch se entera de que estoy metiendo ías narices, me linchará. —Levantó los ojos hacia él y se encontró con una mirada intensa—. ¿Qué pasa?

—Siempre puedes usar la habitación de invitados. Llevar tu investigación desde aquí.

Ella se mordió el labio.

—En algún momento tenemos que seguir adelante con nuestras vidas —dijo Adam, y entrelazó sus dedos con los de ella.

—¿Y tú qué?

—Me preocupo por *ti* —dijo. Llevó la mano de ella a sus labios y le besó los dedos—. Si tú eres feliz, yo soy feliz, y creo que necesitas descubrir la verdad. Por ti misma, si no por nadie más.

—¿No te importa?

Él negó con la cabeza. —Hazlo. —Sonrió—. Pero ni se te ocurra empapelar toda la habitación con fotos de tus sospechosos, ¿de acuerdo?

Kay puso los ojos en blanco. —Eso solo pasa en la televisión.

Él sonrió y le besó los dedos una vez más.

Se oyó el claxon de un coche en la calle.

—El taxi está aquí —dijo ella.

Adam le apretó la mano. —Baja tú. Yo estaré allí en un minuto.

Kay sonrió, cogió sus zapatos y bajó las escaleras descalza antes de ponérselos, sin atreverse a bajar la pendiente con tacones.

Abrió su bolso de mano mientras se dirigía a la cocina para comprobar que la puerta trasera estuviera cerrada.

Llaves, dinero, tarjeta de crédito, teléfono móvil…

Se detuvo a la altura del microondas, con el corazón en la garganta.

La tapa del terrario de Sid estaba torcida, con un gran hueco en una esquina, y el salero estaba volcado sobre la encimera de la cocina, con los granos blancos esparcidos como si fuera granizo.

—Oh, no —dijo Kay con voz temblorosa.

Retrocedió hasta chocar con el frigorífico y luego gritó.

—¡Adam! ¿Dónde demonios está la serpiente?

FIN

BIOGRAFÍA DEL AUTOR

Rachel Amphlett es una de las autoras de ficción criminal y thrillers de espías con más ventas del USA Today; y muchas de sus obras han sido traducidas en todo el mundo.

Sus novelas están disponibles en formato digital, impresos y como audiolibros en bibliotecas y tiendas minoristas, así como en su página web.

Rachel, una viajera entusiasta e investigadora privada por accidente, tiene ciudadanía australiana y británica.

Para más información sobre los libros de Rachel entra en: www.rachelamphlet.com.

www.ingramcontent.com/pod-product-compliance
Lightning Source LLC
Chambersburg PA
CBHW010427170726
48283CB00011B/3085